主　编　李昌新
副主编　彭　澎

湖光金海

民族出版社

目录

龙腾乌蒙

——写意毕节金海湖新区（代序）

李发模

一

山是天的底座，一座、两座、三座
无数座……高原站上去

高原顶天立地，一代、二代、三代
无数代……骨质塑出来

在毕节，节节升高民族气节
毕生活力，智慧成龙

龙腾乌蒙，座座峰峦挽不住蹄声
壮哉黔西北，天马行空

二

座座山，高原人伸开的十指
十指连心
掌心是金海湖新区，掌握发展
峰峦出拳

如今世界是拳击的赛场
实力赢得和平
贫弱输掉友谊
五大洋是五只酒杯

落后挨打，杯中是血泪
超前奋起，碰响的是尊贵

在贵州
金海湖你只要抿了一口
就抿出了党心、民心、公心

在共和国的旗帜上
新时代的滋味

三

在高原撑开的天空，创业者
饱蘸风雨，大写一个龙字
金海湖是龙穴，“一城二区”是
龙飞行的姿势
工业化与城镇化顺天下之大利
高铁、高速、机场乃龙之气脉
大物流、大商贸、大平台、大发展
慢道九仞之上是无路的千古，展现未来
五百八十九平方公里，二十七万人心
是醒来的龙腾

四

日月促膝，谈论阴阳裂变
亿万斯年的望眼，噙一轮大海
毕节，开凿一条新区的运河
于滇黔川“金海湖”
日锤月錾
神与形化，九乡镇、街道

九十三村、新区
远帆招展，龙的图腾

敢于喝退贫穷，引进高新与职教
加速双山大峡谷浪拍，共侏罗纪
生命发源地起始
千年古银杏作证，创新能取暖
石头可呢喃

古建筑遗址之奎文阁
古建筑遗址之“集安营”
填补神佛的失职，追加
海马宫万亩茶园，及
青山村玫瑰花产业基地
共谋越逾贫困，在新区
有创新与发展接应

五

一座座山，曾是勤耕的农夫
一条条水，曾是奶羊的游牧
山水面前人类是孩童
自从政策像太阳做榜样
人心参与的风调雨顺
高新科技，也来山水里劳动
睿智含辛

看芦笙舞与火把节
民俗风情也东风

六

山水有情，长商业数据
与天地默契
云计算得上苍许可凭证
湿地出浴林竹花草
江南，可上高原定居

寸土寸水觉醒
路网活跃山脉成动脉
峰岭驮天下，电力的能量
蕴藏玄妙奥秘

七

春风得意，自然会有严冬
有奔跑就会有摔倒
只想获得而无付出，莲花中
打坐
无痛痒，只会是平庸

连太阳要发光
也需早出晚归

八

沟壑绕山
高速跨“勇”步，山水起舞
驯野性为家养
蛮夷之地科技高楼问天
元初沛然，乌箐国家级森林公园
养育的天、地、人、神

生机袅娜飘升
氤氲不息

九

回想“天地玄黄，宇宙洪荒”
默念先祖
现代洗过的烛台、祭器
穿戴红屋、青瓦、白墙

让人进住古朴，请自然入室内
保留和改造
老习俗必须紧跟时代
否则被抛弃

数彝族象征一年十月的雕柱
古色之香的神秘之外
那行白鹭，与云的白衣白裙
保持着灵魂的自由

十

云雾翻腾峰岭起伏
人世与爱之变故
雾浓林竹繁体，云薄峰岭简笔
日出天地朗阔
是另一提携

十一

悠久若是时间的天赋
刹那，不应仅是佛的用语
过程在人与事的理解中

下一秒如何
此一时的表相之外
下一刻是什么呢

现在
我该怎样说出，花草活着的方式
林竹所处山势的高低
到隆冬，金秋也后退一步
阳雀含露，绿叶掩花红的
半遮笑颜
其中的细节和含义
怎一句合时？或是地宜

十二

当然，可以把一天星星
说成米粒喂养夜晚
哦，还可形容弦月解密
山民向往美好的密码

黄昏熄了晚霞的烽火
灵思的众鸟：斑鸠、麻雀、昏鸦
那些高处与低处
只见轮廓，拥抱创新
前半生叫农耕，后半生叫开发
来世之远
已定位千万年的无涯

我的诗歌，怎样才能配得上这群山
与众壑
无尽的风光在成长，而我
还像西西弗斯，在搬运
身不由己的斜坡

十三

踮起脚尖，在高原的山上可以摘月
山脉以雁阵抬高手势
云似叶子掉落，梦见黎明
怀揣旭日之果

山脉是门前大路，一群孩子
追响上学的钟声，丢开鸟啼
树们全都站起来，几网老藤牵扯
几泉山溪叙事

十四

过去，一座座山是红苕和土豆
就像“思而在”和“在而思”
天空从容高高在上
沟壑纵横是“抓伤”和“流逝”
玉米启齿的高粱脸红
方言透骨的生存方式

变了
汽车跑上公路的排行榜
心安理得的希望小学和农舍
雄心勃勃崛起

十五

双山大峡谷
顺从地球，河流弯下身段
随山势运转

融云水一湖，似人与事圆周的运动
以时运瞳孔的立场看，以为“的确”
待开放一个时代的闸门，才发现
岁月的码头下，游艇
已飞起来了

所以乘船远望高铁的跨度
远比两岸风景可爱
人过峡谷会挤扁视野
嘴上赞誉，也时常败给
俯空一鹰翅叼一尾鱼的
鲜味

十六

在海马宫品贡茶
这一杯，是大明皇上朱元璋喝过的
那几岭，是奢香休闲的一望风景
再来一碗抑扬的苗歌
“一饮生津破闷
再饮情思朗爽
三饮得道通灵”
这“乌蒙三宝，毕节珍好”
两千余年来，共宇宙万物安好
举杯海拔一千六百米以上
主客融入和、静、清、圆之境
听上苍传话，好茶滋润天下

十七

金海湖畔
上帝造人类只用了七天时间

人类以愿望的原料加工
园区
基地
太空
锐气、大气、灵气
湖映天空，把人面
当作上天的镜子

十八

园区漫步
一个园区发展的时间
与整个世界的时间

须臾
一个接一个退远

脚步与车轮转来转去
想看看以后，昨天总在眼前
林竹成长，花草谈恋爱
喊我老汉

古老的高原，也返老还童
进入展厅，想是学童
数据与远景也笑我迟钝
这才发现
自己真的老了

十九

在毕节，不再纠结鸡与蛋的质问
用一枚蛋的沉默
回答了所有幸福的圆满

用一座座山的腹部孵化的鸣唱
唤醒了一方水土的翅膀

养鸡场的窗户，转动阴晴圆缺的思考
白云撞上高原，发出郁香的脆响
公鸡震颤华丽的阳光，坚守往日的梦想

美女解说员为养鸡场寻找到
一个比喻
如果爱情和婚姻，是让鸡蛋里长出羽毛
往后，人类的传承要靠机器
可怕

二十

乘车山行有感
山是黄龙，水是青龙
人是游动的龙

人文顺自然，自然佑仁治
双赢皆英雄

一如一粒大米一颗内心之爱
一坡玉米一坡金秋的笑容

粒粒叙说的艰辛
坡坡道出的感动

山水之春秋大业，乃人世
天作之合的龙凤

二十一

叙说川黔滇结合部区域
毕节“一城三区”，产城融合之示范
金海湖新区
须跟随雄起的高原，落脚现实
抢先一步
登上高铁，替换退场的蛮荒
长出天地双翅
昨日新，今日新，日日新
联动世界，以高原的高度
开阔通达

古今是铁轨，岁月是列车
向前是高速
驶出山海冲天的波涛
规划一方水土，立志日出
盖一枚通达天下的印证

二十二

龙的中国
十四亿人，十四亿血性舞动的
山脉乌蒙
神龙在天，成天下大顺
致天下大利
日月得天而普照
阴阳因变而灵动
这东方的力度，智慧的化身
世道进入
每一人心都敞开龙门

屹立千古，是民之尊啊
风流万里，乃国之幸哟
腾的布局
舞的风骨

毕节，用高原的言辞
点亮一座座山
与百年的复兴对话

李发模，贵州省绥阳县人。中国作家协会会员，中国诗歌学会常务理事。曾任贵州省作家协会副主席，遵义市文联主席等。长诗《呼声》获中国首届诗歌奖。

金海湖新区纪行

史小溪

海马宫茶园

季节上是初冬，黔西北的乌蒙山垭却正像北方的深秋。在霏霏细雨中，我们乘坐的中巴驱离市区，先是向北面的山包攀爬，最后在山间拐来拐去，绕了高高低低好几个青绿的山头，来到一片青翠山包笼围的坳地，等那中巴在缓坡慢下来进入村道，才知道我们已经爬上海拔一千六百米的高度，到达了竹园苗族彝族乡，海马宫。

这里是海马宫万亩茶园。海马宫是汉语译音，彝族人叫“合莫谷”。

先是一些绿树华盖参差巨干凌空，接着便是夹裹山包山脚，显现地畔地条的一簇簇，一丛丛，一排排，一行行，拥挤的小灌木茶林。蜿蜒曲折，回环缭绕，一直延伸到望也望不到的边际……

诗韵吟高处不胜寒，可对我这个北方之北的人来说，一点也没有感觉到“寒冷”，我惊奇得两眼圆睁，恍惚亢奋。可惜不是采茶的时候!

在黔西北乌蒙一带，自古就盛产茶叶，茶叶生产历史两千多年。海马宫年均气温十三度左右，尤其适宜茶叶生长。

据说大山中仍有许多树龄逾千年之上的野生古老茶树留存，福泽着这块土地上的人民。也就是说这里是中华茶树原产地之一。

我们采风团四五人甚至更多人围坐在一起品味“贡茶”。

支部书记、村主任和乡民亲手给我们这些来宾沏茶，倒茶。世代生活在乌蒙大山垭这方诗香画意乡野中的苗、彝人家，还沿袭着古老而淳朴的待客礼仪。

茶自然是出自母土、亲手种植的香茶，他们拿出土头土脑的陶器土罐，小小心心取出一撮清香的海马宫新茶，冲上开水，数分钟后我们就慢慢享用了。第一泡茶还是淡淡的鹅黄色；到了第二泡，就开始有了褐红的色泽，并有了一点点微苦的味道，这才是上佳的颜色。第三泡的时候，颜色就更加沉郁浑厚了，那味道也由淡淡的微苦变成了淡淡的甘洌。每桌都有他们村人相伴招呼。与我同桌的村主任非常趣味，他性格爽朗随和，一副憨厚的脸谱，一身民族服饰，他去过外面不少地方，见过世面，哈哈笑着尽情地给我们叙说着他们从前民族传统敬酒敬茶，渲染那种喜悦的风俗风采：腰一弯，像舀水一样，然后双手高擎杯子敬献你面前，让我们忍俊不禁。

他咧着大嘴说：喝本土自产的海马宫茶，舒服，感觉浑身自在。其他茶少了这种气息，我理解他的这种感情，是因为熟悉了它的气息，我懂他的这份故乡的情意。

深秋初冬的雨淅淅沥沥地飘在（遮阳、挡雨的）大雨伞上，海马宫茶热气袅袅地飘散出一缕缕诱人的清香。我们围拢圆桌品就着一杯杯香茶，五六张桌子茶香悠悠，一呼一吸间，阵阵清香使你会感觉心境清雅起来，眼前不远目之所及的山野也开阔起来，明朗起来。

《中国茶经》记载海马宫茶“一饮生津破闷，再饮情思朗爽，三饮得道通灵，使君融入和、静、清、圆之境地”。

相传奢香夫人以海马宫茶上贡明太祖朱元璋，朱品饮甚喜，大加赞赏。夫人建就黔中大道，不但是茶马古道，也为西南开辟了一条经济文化发展之道。又有清朝简贵朝官员，为海马宫带来“竹叶青”制作工艺，加工成“竹叶青”茶送官府品尝，深得赞赏，作为大定府的贡品，岁岁上贡。

黔西北人本来祖祖辈辈就对喝茶情有独钟，乌蒙茶叶历来就有“山崖水傍，不种自生”的野性，自由不羁的茶，自然也就有了一种原汁原味的野味，就像乌蒙山野那些土生土长的乡村女子，淳朴而又甜润。所以，这种茶固然会成为当时宫廷和上层人士的首选佳茗。

奢香夫人，我并不很清楚其人，好像断断续续看过一个电视剧。后在百度搜索，才知自己孤陋寡闻！奢香是古蔺彝族部落的女儿，才能出众，自古川东南黔西北一体。后嫁给贵州宣慰使、彝族首领陇赞霭翠，常辅佐丈夫处理政事，丈夫病逝后，她摄理宣慰使一职，在此执掌黔地，兴汉学，纳汉儒，励耕织，筑路，设驿站，通九驿，安边陲，为沟通中央王朝和西南民族团结，维护祖国统一，发展西南经济文化，做出卓越的贡献。她是元末明初黔西北了不起的女政治家。病逝后，朱元璋特遣专使吊祭，赐予朝衣锦帛；按正三品规格礼葬，并敕建陵园、祠堂……

可以说，开拓黔西北茶马古道，宫廷贡茶“海马宫茶”，自然也有她的功绩。而民间的极品名茗——“海马宫茶”的源头，遥远地让我们看到元末明初时中国茶文化的一缕亮光。

先茶，后酒。好客的彝、苗人家在上茶时，也会为你倒上一碗烧酒，端上来他们的农家饭。茶与酒同时招待，更见那一份厚朴的盛情。

我知道，改革开放，海阔天空自由了，再不像那时，给农民每月制定二十七八个必须完成的工日，加上各省、全国的统一粮票制，农民很难（全民都很难）轻易地流动他乡异地，而是死死地捆绑在那个旧篱笆中！长年困守那种僵硬的合作化大集体。想起我的故乡，好多农人都纷纷离开了祖先世世代代收获的故土，都进城打工闯荡了。有闯荡好的，也有命途多舛混得极其惨况的，好多偏远乡村已是空洞、索然寡味一片萧瑟……问及此事，村主任说，这一带大山也有一些人出去了，但大部分还在，有些出去以后又回来了。这使我坦然，想起黔贵大地，精准扶贫，不断引导农民开发产业，通过各种渠径吸引农人回乡，先行一步，培养技能型、知识型职业农民，在全国也是做得好的。更深感毕节市金海湖新区对农民在专业技术培训上扎扎实实进行的工作。也赞叹在这远天远地故乡山水的逃匿者与穿越者中，像海马宫村支书、村主任这些众多建设家乡造福家乡的守望者，他们在自己故乡的生活气象中长大、结婚生子、吵闹、仇恨、欢乐，在自己的土地上，与茶相伴，水乳交融，终了一生。

一九九一年有关部门在海马宫茶场新建茶园三千四百多亩，当地政府异常重视这一致富产业的开发，海马宫茶叶有限公司的“海马宫”茶被列为“乌蒙山宝，毕节珍好”名优农特产品，并进入中国名茶排行榜。

乌蒙海马宫茶，在沉寂了很长一段岁月之后，在这个中国伟大复兴的时代又青春再现，又重新带着它特有的皇室至尊，寄托黔西北儿女的愫愿，再次散发出跨越时空的千年幽香。

曾经，在洞庭湖君山茶乡的朋友说，只要你留心，每一片茶叶里都深藏着一个缤纷灿烂的民族魂灵。现在，我恍若就看到了黔西北、毕节、金海湖新区——整个乌蒙大山彝、苗、回、汉各族儿女，他们的灵魂。在一杯杯清韵流连、香意浓浓的海马宫热茶中，认识了他们。

采风的文友们喝酒正酣。我不胜酒力，就邀村主任陪我到茶山茶坡茶园转转。

我们穿行在青绿青碧的茶林，缓坡低坳的茶林深邃地静着。这时已是午时，弥漫的山雾慢慢游移着，细雨似乎停歇了，静谧寥廓的田野逐渐生动起来，一片碧绿与一片云海连接出天地的大美。迷雾中，茶园随着山势，满是浪漫情调，有的坡地茶丛分布也很随意，或密集，或疏落，并不太规则。这样的景致是足可以让心绪燃烧的，我能偶然来到这里探寻茶文化的源头，这其实已是我命途的幸运。只是现在清幽茶林里没有茶农，只有轻纱一样的薄雾弥漫这里。

我说，我在西子湖畔的茶园看过采茶。村主任听了兴致很高，说采茶季节很热闹，那些穿着花布衣裳的女人们日夜赶时光采摘，小道上到处是那些挑着一篓篓茶叶的山民，那季节的茶鹅黄嫩绿一天一个香呢！然后采回来的茶要用一道一道精细的工序，将其精心加工成多种形状的茶片。原生态的极品名茶“海马宫”就是这样制作的，最后被小小心心装在典雅的青花瓷罐密封，或细竹枝条精心密编的精巧小竹器皿珍藏。

我是北方之北人，究其不能更深地感觉诸如茶道这些东西，现代化的进程和交通工具已经遮蔽了远古的许多传奇与惊叹，抛弃了更多为人知晓的宝贵！迫使我们有时只能在一些传说和支离破碎的文字中想象和索取。但是在“海马宫”极品茶园故地，在这漫山遍野的茶林，我寻觅到了那一缕茶魂，也更想珍藏那一缕永久的茶魂。

透过那腾飘在大山上的雾霭，远远地，我仿佛看到，那条千年前的古道宛然就是一缕沉淀在时光里的绵长的文化思绪：

一千多年前的乌蒙大山那些采茶女的俏丽容颜；黔西北茶马古道挑着茶叶往山下行走的挑夫们急匆匆的脚步；然后再送到泸州、遵义或贵阳，装进大商船，再顺长江而下，一路辗转芜湖、南京、扬州；辗转大海岸一艘艘起航远去西亚、欧洲的洋商船上……

我脚下的这块古老土地就是岁月的直接见证者，我想我以后会永远想到海马宫、乌蒙山。

双山大峡谷

突突突，我们乘坐的游艇就离开简易的小码头了。坐不了那么多人，我们是第一批，岸上剩下的伙伴站在那道斜斜的石阶上，向我们欢呼送行。人多了就是快活，我们十几个算是先遣队的一行闹嚷嚷跟着启航，畅游双山大峡谷，心绪如李白笔下一样：长风万里送秋雁！

按照有关远景规划，毕节、金海湖、大方三地将同城建设，双山大峡谷，位于金海湖新区核心仅两公里，是国内罕有的城市天然峡谷。指点江山，中国城市数百上千，有哪个城市的边缘两公里就有一道如此绝佳的大峡谷呢！

刚才，穿过当年那些乡民、开山工人一锤一錾凝结血汗凿出来的一个数十米长的石洞，一下就站在双山大峡谷口。我就惊叹：乌水一勾，分双山，携两岸。群峰笔立，险峻峭拔，一川清水深流，一下就看到了它的古老雄奇。

乌江横贯黔西北到黔东北。驾驶游艇的师傅说：这里是乌江最上游的小支流，峡谷原来就很幽深奇险，水流奔腾湍急，落差大。筑起这座水电站，水深了，全主河道长二十六公里，有点高峡平湖了。

溯流而上，游艇刚转了个向，刚才还平展的水域，倏地一下眼前就挤出两道石壁来，奇峰突兀，嶰洞崿峪，重岩叠嶂，逶迤盘桓，

最奇在，两岸典型的喀斯特地貌，石壁巉岩间，嶙峋峰巅，尽是小盆粗、碗口粗、粗细不一的乔木、灌丛，幽静、繁茂得蓬蓬勃勃，苍苍郁郁。有的树根曲虬裸露崖壁，有的灌丛枝柯匝蟠垂入水中。在岩石峭壁缝隙能生长到如此景致，该经历了多少岁月沧桑呢？

几道青铜剑一样的山锋高插云表，横空出世，背负着远山和高天。

当游艇往左或右偏行一点时，那高峻挺拔的巉岩峭壁突兀郁森，立刻显示出它咄咄逼人的强悍来，仰视若中流砥柱，仿佛令人心悸得要压下来一样。

记起地理旅行文学家徐霞客诗句：“犬牙差互，斗折蛇形”，青铜色的岩壁犬牙般高低交错，水流若北斗那样回环长蛇那样蜿蜒，

恰似这里的水势。记起李耳老道的“壁立千仞，无欲则刚”，恰似这里裸露对峙的赤壁。它千年万年，峭然巍立，风雨不动，坐怀不乱，热也热得，冷也冷得，给人多少超然深睿的精神升华和启示啊！

船在水中行，山、水、树木在水中变换多姿，人在画中游。

游艇轻盈着，划开碧玉一般的湖水，不时送清风于两袖。

骤然间，水面突然大开大阔，一片灏灏淼淼深绿绿的宽阔水域。水光滉漾，倒映两岸山峰树木的倩影。濛濛细雨中，远处，雾霭和水气融合成一片混沌。

水域一岸缓坡，隐隐约约还残留些细如羊肠的野径，当年似乎耕种过的痕迹，不过许多树木灌丛已经长起来。

水曲流环，身临其境，“青山缭绕疑无路，忽见千帆隐影来”的人生感叹掠过脑际！青山隐隐，白帆点点——不，现在不是白帆、小舟，是现代豪华游艇，在阔水茫茫的峡谷水道意气竞发，自由驰往。这时候，你也许会觉得以往生活中的那些忧伤、落寞和龌龊，顿时就像这双山大峡谷河心的一点水珠，像两岸悬崖树枝上飘落来的一片枯叶，都即可飘忽，随风远去……

静静立在船头，一任有些清冷的秋风，把眼里的世界吹乱，再慢慢洞开另一个无法用语言或是色彩表达的天地雄阔。

绕过一道突兀而出的拱背石脊。崚嶒高处传来哗哗水声，一泓清流顺着山涧飞动直下，倒挂成如诗如画的乳白色细小瀑绉，似薄雾，似轻纱，轻盈柔和，飘入河中。

游艇不疾不缓向前驶行。雾霭中的峡谷，缥缥缈缈，水面悠悠，时而宽，时而窄。在峡谷的不尽诱惑里，空中的飞鸟，水中的游鱼，时而飞跃，时而消隐。

传来一串清脆的鸟啼。几只飞起的黑白色相间水鸟，盘踅地落在高壁的树上。也不知是哪里飞出的一只白鹭，真傻，一直在水域前面给我们开道引航。我们的游艇到了，它从水边上扑噜噜展翅，贴着水面飞在不远处而落；游艇很快又到了，它又惊慌地起飞。也许是和我们嬉戏呢，一直陪伴我们飞了有好几里，总算遇到一泓水汊才不见了它的影。

古人说“人为财死鸟为食亡”，其实说的都是形而下的那类。人各有志，鸟儿也不尽相同。就说这偏远峡谷里的鸟儿，祖祖辈辈不为世风所动，优雅而高贵地和这些树丛、石壁相厮守，繁衍生息，才美化了这方鸟语花香的神仙洞府之地，这叫人真有点惜怜和崇敬了。

我刚刚回到游艇舱内，站在甲板上的同伴们又指点着叫起来：啊呀，柳暗花明，又是一景。

果然，在这个独特的角度，前方一段延绵的低岑山脊傲然显出头状形体，大额头凸现，格外饱满智慧。怪石，丑石，怪怪的，神奇美妙，像不像“老寿星”？我们全部把目光投向那里，一时卓识纷纷：大千世界无奇不有！中国有石头文化，很多哲贤对石头都有自己独特的审美。就说丑，被称为“东方黑格尔”的清代大文学家刘熙载，就把平凡石头当灵性之物，他最为人称道的经典佳句是：“怪石之丑为美。丑到极处，便是美到极处”。而爱画丑石的扬州八怪之一郑板桥，也常以丑石自喻，他在自己的一幅丑石画题中写道：“板桥之石，丑石也！丑而雄，丑而秀”。真不知，要是他们遨游在双山大峡谷这块崚峻突兀的巨石前，又会发些什么感慨呢?

唉，多少有点可惜了！如果在这悬崖石壁上，有几幅名人画龙点睛的古诗，题名石刻，那石头就更非凡更“灵性”，那就不单单只是自然景观，而是又有自然更有历史和现代文化意识的意蕴了。

当然，双山大峡谷鬼斧神工，本身就是一首绝美的诗。它是“江上有奇峰，锁在烟雾中”！它是“峰高崒屹境幽深，穿谷清溪醉牵魂”！偏远大西南，夜郎一隅，漫长古代落后闭塞的交通，哪个骚人墨客做梦又会涉足这险关隘道呢!

不到一小时，行程结束了，面前孤峰秉分，山水相连。雨雾濛濛中，两岸青山依旧奇奥美妙，水流依旧碧绿澄澈。舵手笑着说，再往上就漂不起来了。我们有些意犹未尽!“行到水穷处，坐看云起时”，看来只有等未来、下一次再来金海湖新区了。但二十六公里回返的山重水复又可以让我们潇潇洒洒浏览品味一回了。

站在游艇甲板上，我听见峡谷的风像音乐一样穿过。

金海湖

车儿向金海湖湿地公园驶去。当地的文友说：如果是晴天丽日，阳光照耀湖面，顿时金光四射，水波灿烂，湖水尽情地渲染色彩。夜晚，满湖倒映着月亮、星斗、微云，星汉荡漾湖中，恍若碎金流彩银花闪闪……所以叫“金海湖”。

黔西北人问路不说向南向北、向东向西，只说向左向右。也就不便多问，只知道刚离开市区应该是向北，一路翻坡绕岭左拐右拐，连着几日都是细雨绵绵，我更没有了方向感，心里就觉迷惘。那里的文友说金海湖自然有湖，是一片湿地。我就更纳闷：这黔西北乌蒙大山中有湿地么？有一个，是当编辑时从来稿中看到的：黔滇交界处有个草海，周遭水草葳蕤，是一大片湿地。

江流源地和湖泊周遭才有湿地。我曾在乌苏里江之源兴凯湖岸见过芦苇摇曳的漫漫沼泽，游览过西子湖畔以东新开发的美丽湿地，也在三江之源瞭望过水光潋滟辽阔的湿地，可这大山腹地没湖没泊的金海湖呢！

到了，金海湖到了，车上有人叫起来。沿着缓坡柏油路，远远就看到那片碧波粼粼的湖了。细雨澄明，金海湖被衬托的空灵碧澈，静静地镶嵌在那里。

它是新开发的金海湖公园。虽然它还在兴建中，但已经很具规模了。

门口是平坦的小广场。很有气势的高大门坊，大门外有精心设计极富本土彝族、苗族、白族文化风格的雕塑。门口迎接我们的是一位来自岭南广东的小伙，他们也是金海湖风景区的建设者，正在日夜紧张地施工。小伙子说这一片湿地公园投资了好多个亿，他带浓重粤语味的话我没太听清，但那口吻充满建设者的喜悦和豪情。是啊，正是这些成千上万普通的建设者，用他们的勤劳智慧和汗水，营造出这一片魅力无穷的水泽湿地公园。使古老的金海湖，再也不保持亘古的沉默，青春焕发，如万物拔节的声音正在这片土地上骚动峥嵘。

雨似乎停了，中天透出一抹淡淡的晕黄，四围山色在云雾开豁之间，又显露出它淡青色的、变幻多姿的隐隐约约、重重叠叠的曲线。

听说金海湖原名叫瓦厂塘，十多年前，地名还叫作瓦厂塘呢！同行者当地一位文友说：瓦厂塘是有历史的，这一带土好，黏韧性度强，极适宜打砖坯瓦块，古时人们代代相袭一直在此制作烧制砖瓦。明初，相传为明洪武年间，贵州宣慰使奢香为建造贵州宣慰府，大动土木，命人在塘边采泥铸瓦。

可别小觑了这宣慰府古城堡，它是水西政治、军事、经济、文化的重镇，也是当时彝族社会活动中心。后人有诗曾赞誉宣慰府：

云山万里水环溶，古洞高峡大箐封。
济火开疆立大业，奢香通驿建奇功。
贵荣香炉军功显，安坤水西碧血红。
宣慰古城留韵远，英雄一代树高峰。

这足以佐证水西这方古老的彝族文化，真实而宝贵的历史遗痕。在这里，任你想象曾经的繁荣景象，也可以遐想硝烟弥漫、战火纷飞的英雄年月，尽情地领略彝、苗、白崇山峻岭的沧桑历史。

——流韵远播巍峨的宣慰府！劳动人民智慧结晶的宣慰府！

这传说记载把金海湖隰湿之地的历史文化留在时间的深处，供尔浏览。

……久而久之，这里逐渐就形成了这一片四面倾斜的低洼之地。西黔雨水充沛，四面高处的水倾汇而来，积日累年，遂成天然水塘。水塘越来越大，又变成了湖。一年一年过去，风雨不辍，日月精华深铸其间，水面逐渐扩大，故称之为瓦厂湖，后又叫成金海湖。

有了水，有了岁月，山水天光，湖水仿佛世外，四周便自然衍生了林木和青竹，芦苇和水草，烟村树影。

现在，我们沿着园区小道，兴冲冲穿行在林荫间。早先时的荒坡野地，水沟齐整划一，纵横有布；花圃傍坡毗连，错落有致。不论平缓的低坡还是蜿蜒的山弯，到处是桃、杏、迎春、海棠、银杏，更多的是南国的棕榈、樱花、玉兰、山茶花、杜鹃，大多叫不上名的风景树种……树影或疏或密，或浓或淡，林丛和树间不时飞出欢鸣的鸟儿。季节虽已深秋，这里却是一片青翠，林木挺秀，花海红鲜，处处恬静温和的色调，每棵树都在炫耀自己的活力和光芒。不像我的陕北高原，我来的时候，草木早已凋零，无边落木光秃秃的，偶尔几片挂在枝丫残剩的枯叶也在寒风中直打哆嗦。

贵州属于亚热带湿润季风气候，四季分明，平均气温在十五度左右，由于纬度较低，许多地区的气候冬无严寒，夏无酷暑。

有三五老者，老头儿老太太扶着拐杖，牵着孙孙，悠闲享受着这旖旎风光。对山花草木香味的迷恋，是黔西北人对美好生活向往的一大特征，他们世世代代生存在大山花海丛中，享受着大自然的陶冶，香味渗透到他们饮食、起居、服饰、信仰、艺术等生活的各个侧面和细节。

现代化城市的人你很难找到这份浪漫。

毕节是花海啊！

中央电视台的广告词早已让毕节名扬遐迩。名不虚传，听说百里外就有几架山全是大红粉红雪白的原始野杜鹃，还有国家级森林公园！可惜这季节毕竟不是它鲜花怒放的时候。但是我一点都不失落，我在金海湖坡、湖畔，看到了毕节花海的缩影，这里有最美丽最鲜艳的花。

碧绿的草坪，五彩缤纷的花圃，观景石根下，曲径两旁，好多花都叫不来名字。雏菊、大丽、凤尾、鸡冠、玉簪、大红袍、兰花、芍药、紫罗兰、蝴蝶兰……奇花异卉，一丛丛，一串串，一球球，笑靥迎人，花团锦簇，花朵吐蕊竞放。

光焰四射的花朵，横七竖八，悠游在你眼光能到达或是不能到达的地方。远处的花，你看到的是色彩的斑斓与交融，近处的，你才能看清它的纹理和花蕊。丹红的，金黄的，雪白的，绛紫的，米黄的，粉红的，墨黑，瓦灰，褚褐……一簇簇光彩斑斓，灿烂芬芳。真正是姹紫嫣红，争奇斗艳。单瓣的，重瓣的，有的闪烁着它深蓝色的光彩，有的吐着长长的花絮，有的垂着沉甸甸的头，有的一粒一粒向上举着圆球，有的是一穗一穗的序状。有一种花像极了热烈的、跃动的火焰，有人就介绍说，那花唤做千日红，花期盛而长。看来花朵得名的因由，大约和花期有关吧！

又有内行女士叫起来，说是“鼠尾巴草”。我们都围拢过去，我真的还从没有见过这鼠尾草，一丛丛细细的半尺长的深绿窄叶，缀着幽兰的小花，花如梦如幻，仙气缥缈。

文友中就有人富于诗人气质地唱起那首深沉跌宕、情感浪漫的外国歌曲《你要去斯卡布罗集市吗》，听来更是一种美妙陶醉的艺术享受：

你要去斯卡布罗集市么吗？
香菜、鼠尾草、迷蝶香和百里香，
代我向那里的一位男孩问好，
他曾经是我的爱人……

花气袭人，所到之处各样不同的鲜花，或清冽，或浓郁，或芳馨，香味沁人肺腑，使人不禁飘飘然陶醉其中。金海湖，真正是一首中国诗词的“飞花令”！

人们坐在花前，走在花下，湖畔花影如潮，湖坡花影如潮，四山花影如潮，花的生命力在不断拓展，你完全置身于一个花的世界……

最后，我们来到金海湖畔。金海湖像一颗大鸭梨形状狭长而明净，波平浪静，娴静媚人，给人一种安详和舒坦。四面青山倒影湖水中，变幻出迷人的美丽的风景。湖面斑斑点点，飘着睡莲，一角有几丛残荷。环湖滩地，垂柳依依，水草逶迤，菖蒲、芭茅、大叶草，远处湖心的青郁茂密的一片芦苇，半遮半掩，显露出弯弯的小沙汀来。

也许是我们人多，说说笑笑，惊扰了水鸟，几只亚麻色野鸭贴着水面飞起来，落到芦苇荡去了。而白鹭，浅浅地扇动翅膀，低翔的姿势清晰映入湖中，使水底和水上同时出现相向对称飞行的一对对倩影，风姿绰约，煞是好看。说到白鹭，当地的文友情不自禁流露出自豪：秋天里，金海湖公园周边白鹭的数量居多，有一次摄影圈的朋友们来此，湖中的芦苇中，湖畔的密林上，白压压的一片，少说也有上千只，仿佛鹭鸟是在举办什么盛大的舞会。

溅溅水响，湖水中不时乌亮的东西在水面上一闪，一刹那间又消失了。那是有鱼儿跳跃，一圈一圈轻柔的涟漪荡漾、扩展。

它也可以是天然的鱼库。听说已经放入了青鱼、鲤鱼、鲫鱼、鲈鱼、鲑鱼、鲢鱼、鳊鱼……我们中有人听了就连连夸赞说：高见，远见。这既可以供游人和市民们休闲垂钓，也可以作为金海湖游览地的一道特色美味膳食啊！

可惜天不作美，随同的当地朋友说，如果在初夏的时候，碧绿的湖面上就会有大片的荷叶铺展，粉红或洁白的荷花竞放与湖岸的花圃争艳媲美，大家乘风泛舟荡漾，自由地轻拨着双桨，在飘曳的水草或荷花丛中穿行，那多惬意。一句话，提起了兴致，情感里一切就都成了金海湖的直抒胸臆，大诗人苏东坡有名句“湖光潋滟风光好，山色空蒙雨亦奇”，昔日是“风光好”，我们今日是“雨亦奇”，谁又说不是呢！

雨比来的时候大了，濛濛细雨中，湖远处，是看不透的乳白色

雾霭的混沌缥缈。金海湖静静地镶嵌在那里，细雨点在湖面点起一个个细微的纹圈，泫然是西王母或哪个神明轻轻丢下的一块靛青的丝帕。水赋予人多么美妙的意象！蓦然记起《诗经 · 蒹葭》中的水湄伊人："蒹葭苍苍，白露为霜。所谓伊人，在水一方"。虽然清凉的毛毛雨中只有望湖喷叹的我们，只有湖心薇草边那一只弯弯的小船，但我想，当春风送暖啼鸟欢鸣之时，那岸上，一定会有数不清的双双对对，少男少女。在湖岸，在曲径幽林，在芦苇小船上，所谓伊人，在水一方，把蓬勃的生命和爱情向四方张扬。

谁心里会轻易就抹去金海湖呢！

站在新区规划展厅前

沾一身玫瑰花的香味（玫瑰花在金海湖新区再也不只是传统中火热浪漫爱情的象征了：你那玫瑰似的嘴唇，我吻行不行？它早已成了玫瑰花源、玫瑰花精、玫瑰高级香料、产业深加工一道亮丽风景）；带一种"我不是一枚普通的鸡蛋"的遐想（金海湖新区链接国内著名的"圣迪乐村"绿色高品质蛋及种禽有限公司，建了"圣迪乐村"养殖基地，养殖德国血统纯正罗曼种鸡），我们兴冲冲来到金海湖新区规划展厅参观，感受金海湖新区作为毕节市一城三区同城化核心板块的美好未来。

我们采风团的作家，目光全聚焦在金海湖那幅未来宏伟的粗线条蓝图上：

金海湖新区城市建设规划面积一百二十多平方公里，她是毕节的一面形象窗口，是毕节的白菜心。围绕着高铁站、飞雄机场、高速公路站，一座座建筑物鳞次栉比，足可以想见未来她刚建的骨骼和现代化的规模了。

金海湖新区正在"知耻而后勇"，奋发图强，靠科技引领，努力实现自己"强区"的远大目标。

我耳边现在还响着他们掷地有声的话语：乡村振兴，关键在人，核心在产业。

金海湖新区下血本推广农产品、培育种植新技术和标准化生产，打造特色食品产业链，集聚科技型农业企业，开发旅游，为农民的致富拓宽途径……

金海湖新区人不搞形式主义，不搞繁文缛节，不做表面文章。

——工业园区，海马宫茶，青山村玫瑰花基地，乌箐国家级森林公园，金海湖湿地公园，双山大峡谷……

在展厅大院，就可以看到正在忙碌建设中日日挺起的新城。

坐落金海湖新区的职教城，有职业技术学院、医学高等专科学校、幼儿师范高等专科学校、工业学校、财贸学校、体育学校……无疑，未来这里将是黔西北产业转型升级人才资源的大平台，是培养知识型技能型的职业农民的大熔炉。

金海湖新区人很自豪即将隆起在他们区内上下两层的“成贵高铁”毕节站。是的，怎能不自豪呢！以前的毕节，只是一个偏远、闭塞、落后，只有一条弯弯曲曲勉强算是二级公路能到达的地方。短短几年，飞雄机场；沿海厦门到成都的“厦蓉高速”公路大动脉纵穿这里；杭州到云南西陲瑞丽的“杭瑞高速”东西大动脉横贯这里而过；还有，南北过毕节的“隆（昌）黄（桶）”铁路、毕（节）兴（义）铁路、昭通经毕节到黔地的铁路……这“四线共廊”站铁路枢纽也在金海湖新区！

大道纵横，街路通衢，江山如画，人物风流。我的区，厉害呀！

毕节，金海湖新区，在这个伟大的时代挺立起自己一幅咄咄逼人的立体化形象！

虽然，整整四日全是雨雾，沉沉云天，苍茫大野，遮挡了我许多目力不及的地方，我只是看到她一抹粗线条勾勒的淡淡轮廓。但是我坚信，我眼前的这片热土，她犹如岩浆地火般的强悍生命力，必将焕发出空前巨大的能量并继续谱写出不朽！

史小溪

一九五零年五月生，陕西省延安市人。原《延安文学》主编。资深编审，中国作家协会会员，中国西部散文学会名誉主席，现为青海《雪莲》和《四川文学》散文栏目主持人。散文代表作选入《华夏二十世纪散文精编》《百年美文》《中国新文学大系》《新中国散文典藏》及初高中、大学标准课本、课外选读等数十家出版社的版本。散文集《纯朴的阳光》获新时期三十年中国西部散文奖，散文集《最后的民谣》获全国第六届冰心散文奖，中国散文学会成立三十年授予“散文理论贡献奖”。收录国家二十一世纪重点工程图书《中国散文通史》（当代卷）专章论述。

毕节抒怀

夏天敏

昭通与毕节的联系，不仅是地缘的，还有文学的。八十年代中国文学经过长期的寂寞，突然变得热闹非凡，盖因“文革”结束，在地下积蓄已久的地火，左冲右突，兀然爆发，形成文学喷薄而出的壮丽景观。那时，同处西南边陲，贵州的文学却先于云南登上全国文坛，何士光、叶辛、李发模等作家异常活跃，写出了一大批优秀作品。文风流布，与昭通毗邻的毕节，同样也比昭通在文学上领先一步。

从那时候起，毕节和昭通就有了文学上的交流和互动，作为文学初学者，我最初的作品也是在毕节文联主办的刊物《高原》上发表的。当时的喜悦心情，不亚于今天在大刊名刊发作品。从那时起，我就有个心愿，想到毕节走走、看看。但由于各种原因，近三十年了，却一直没去成，这成了我的一件憾事和一个心结。

机会终于来了，十一月份，接到《高原》主编彭澎邀请，终于踏上了去毕节的路，了却了一段心事，圆满了一段文缘。

从威宁到毕节，全是高速公路。这大大出人意料，过去贵州交通状况之差，是出了名的，“天无三日晴，地无三尺平，人无三文银”，说的就是昔日贵州。去过贵州的人对贵州交通之差啧有烦言。记得过去从昭通到威宁，一路坑坑洼洼，弯大坡急、尘土飞扬，把人颠个半死。现在，从威宁到毕节，高速路笔直宽敞，道路设施完善，两边青山飞速退去，前方胜景扑面而来。搭我们去毕节的是威宁的作家唐福德，他也是应邀去参会的。他有个极好的名字，既有福又有德，顺着念倒着念都好。唐福德人热情、好客、待人诚恳，在路上给我们介绍了很多情况，他说他先是在毕节工作，后来调回威宁，过去走这趟路，要七八个小时，从早到晚，一天才能到达，而且路况极差，坑塘很多，车行其上，有如水上行舟，颠簸起伏，把人颠得七荤八素、死去活来。现在，一个多小时就可到达。事实上，我们也就是七十来分钟就到毕节了，始信此言不谬。

路好走，车行其上，有如在风平浪静的水面行舟，两岸青山排闼，白云悠悠，心也悠悠。在昭通，我听朋友说贵州这几年变化极大，交通、教育、文化、城市建设、医疗卫生都发生了巨大变化。很多方面是要慢慢去体会的，但交通和人居环境，是一目了然的，在高速路上，我看到了坐落在山顶、山腰、山坳里的农居，这些房屋之好之精致和有特色，让我感慨不已。我去过贵州很多次，过去的贵州，其贫穷程度似乎超过云南，具体到人居环境，更是糟糕透顶。过去毕节农村的房子，大多是土墙瓦顶、年代久远、东倒西歪、瓦塌墙裂，长年烧柴，屋里熏得一塌糊涂，还有不少茅草房、叉叉房，村里道路泥泞，没有一寸水泥路，到处都是牛屎马粪，蚊蝇铺天盖地。现在，眼前目之所及，全是两层、三层的小洋房。毕节地区农村小洋房之普及，是令人难以想象的，不管是密集的村落，或是分散在山上的房子，全是造型独特，既有现代元素又有地方特色的建筑。这些年，昭通的发展速度也很快，但小洋房多是在中心城市周围，且不成规模，其间夹杂着土房、砖房、平顶水泥房。山区、半山区小洋房就鲜见了。而这里是很彻底的清一色的小洋房，这就让人惊奇、惊喜、惊叹了。由于时间关系，我们没有机会了解详情，但我相信，政府投入力度一定是很大的，农民自身的努力，也是可观的。

毕节是一座古老的也是新兴的城市，对于这座城，我们的认知是粗浅的。一座城，内涵太丰富，一座城，体积太庞大，没有较长时间的了解，谈的都浅显而表层。毕节的历史、建筑、民俗、人文是浩大的，我们走马观花似地参观，其实只是一种印象。印象粗浅，但显像也是重要的，我对这座城的印象是，新旧交替，发展很快，高楼林立和过时建筑并存，宽阔的街道和城市管理有些差距，但总体是欣欣向荣的、充满勃勃生机。

毕节和昭通毗邻，两个地区有很多相似之处，山川地貌、物产气候、生态环境、民风民俗，惊人的一致。就是贫穷，也是一致的，都属于国家级贫困地区，都是国家重点扶贫对象。这些年，作为土生土长的昭通人，对昭通的发展变化了解得多一些，目睹了昭通发生的变化，目睹了昭通在交通、教育、城市建设各方面取得的成绩，尤其是素以脏、乱、差出名的昭通城，现在的变化，说翻天覆地一点也不为过。但从经济发展、社会发展上看，感觉毕节速度更快一些。这里面有各种各样的原因，得地之便？得风气之先？得政策优惠、倾斜之利？似乎都是，似乎都不是，到底是什么原因使原本极度贫穷的毕节高速发展，一时想不清楚。但毕节确确实实地快速发展起来了。

参观毕节金海湖新区高铁站规划展厅，让人心灵震撼，使我有种穿越的感觉。历史的发展，有时真的是在短短的十多年里，跨越了几个时代。高速公路、高铁建设在我们印象中是神话般的事物，但交通极其落后的毕节，很快就会建成高铁。驱车驶出金海湖新区响水收费站，成贵高铁、叙毕高铁两条交通大动脉平行延伸，站在落脚河畔眺望，已经合拢的成贵高铁落脚河大桥有如彩虹，横跨两岸，蔚为壮观。高铁时代的到来，大大缩短了毕节与外界的联系，到一个遥远的地方，朝发夕至在过去算是快捷的，现在则是朝发朝至了。杭瑞高速、厦蓉高速毕节段已全线贯通，成贵快速铁路、昭黔铁路、隆黄铁路建设完工后，新区将一小时融入黔中，一点五小时融入“珠三角”经济圈，成为对内连接成渝、滇中、黔中经济区，对外通达东南亚、南亚的重要通道。穿境互通的杭瑞、厦蓉高速已建成通车多年，与新区贵毕高等级公路、碧阳二道、梨寨大道、小瓦路、同心大道、新双大道、双水路、飞双路等形成高速便利的立体交通网络。

我有机会见过一些城市的经济区、开发区、工业园区，搞这些区似乎是形势使然，各地争相而建，不建这些区，显然就跟不上快速发展的经济速度，有搞得好的，有流于形式的，有真正为当地经济发展带来活力的，有做表面文章没有多少实际内容的。金海湖新区，不仅规模大、起点高，而且与现代经济发展新理念和新的科技成果融合在一起，具有长远发展的潜力。

这个新区，成立于二零一五年十二月六日，它由毕节双山新区和贵州毕节经济开发区整合而成，是毕节与贵阳、遵义成为贵州“金三角”的重要组成部分，是毕节市大力实施工业化、城镇化带动战略的主战场，是把毕节打造成川滇黔结合部区域性中心城市、综合交通枢纽和物流中心的核心。这个新区面积之大，叫人瞠目，面积多达五百八十九平方公里，工业产业园区规划面积一百四十三平方公里，工业园产业规划园二十三点六平方公里。

毕节的变化之大，让我想起了曾在贵州任职的胡锦涛同志。作为一个知识分子，我敬仰他的人品、才识、胸襟和人文情怀。他初到贵州时，是多么的年轻、多么的富有生气和多么的关心贫困地区。他才到贵州任省委书记的第三天，就到不仅在贵州，就是在全国也是以穷而著称的毕节搞调研了。从过去的老照片中，我们看到的不是前呼后拥、浩浩荡荡的走马观花式的调研，而是深入到了作为邻省邻居的我都耳熟能详的威宁等深度贫困的山区、农村、城镇、矿山、工厂、学校、农户去调研，他不止一次来到这些地方，有的地方来了几次。看到他凝思的眼神、沉重的表情，他是动了真感情的。贵州的发展是天翻地覆的，毕节更是如此，我以为胡锦涛同志做的贡献是功不可没的。胡锦涛同志经过深入的调查研究，针对毕节发展面临的经济贫困、生态恶化等难题，创造性地提出了建立毕节"开发扶贫、生态建设"试验区的构想，围绕"开发扶贫、生态建设、人口控制"三大主题，引领毕节走出"越穷越生、越生越垦、越垦越穷"的恶性循环怪圈，开辟了贵州发展的新路子。

"越穷越生、越生越垦、越垦越穷"像个魔咒，过去在贫困地区莫不如此。昭通和毕节山水相连，尤其以人口众多、生态恶劣的镇雄最为典型，两个地区有很多相似之处。贫穷导致人口素质低下，人口素质低下导致人口增多。在贫困地区，在恶劣的生存环境里，人作为劳动力就成了重要的生存手段。这个怪圈，是贫困地区长期走不出贫困的原因。但走出这个怪圈，我以为外力是很重要的，贫困地区就是想发展，没有外力是无法发展的。

贵州的发展、毕节的发展，我认为无外乎就是两条，贵州人想发展，这是内力，另外，中央的关心、社会各界的支持，是非常重要的因素。有关领导协调、联系了许多中直单位，尤其是民主党派来贵州扶贫，民主党派汇聚了大量社会精英，各种人才都有。别以为扶贫主要是资金投入，其实，智力扶贫、科技扶贫效果更长远。民主党派中不少人不仅是专家、学者，并且有忧国忧民之心，有智力报国、以智力扶持弱小之心。我相信，贵州以及毕节的快速发展，是和他们的无私奉献和拳拳爱国之心分不开的。

毕节"开发扶贫、生态建设"试验区，是胡锦涛同志深入调研、科学决策，经当时的省委、省政府研究决定，报国务院一九八八年六月九日批准建立的综合改革试验区。三十年来，有关领导心系毕节、亲自关怀和倾情推进试验区坚定不移深化“开发扶贫、生态建设、人口控制”三大主题的改革试验，矢志不移践行“近期作示范，长远探路子”的光荣使命，在乌蒙大地上谱写了中国贫困地区科学发展、攻坚克难、赶超跨越、同步小康的壮丽诗篇。

夏天敏

中国作协会员，昭通市作协主席。曾在《当代》《十月》《人民文学》《中国作家》等刊发表中短篇小说两百余万字，作品被《小说选刊》《小说月报获奖作品集》等书刊选载。获第四届云南省政府文学一等奖，二零零一年《当代》文学拉力赛总冠军，首届梁斌文学奖一等奖，《人民文学》“爱与和平”中篇小说一等奖，第三届鲁迅文学奖，首届绽放文学艺术成就奖。根据同名小说改编的电影《好大一对羊》在法国、美国、加拿大分别获奖。同名电视剧八集获“飞天奖”“金鹰奖”。长篇小说《极地边城》获中国作家“剑门关”文学奖。已出版长篇小说《极地边城》《两个女人的古镇》及散文集、中短篇小说集十四本文学专辑。部分作品被译成英文、韩文版在国外发行。

金海湖变奏

皇泯

梦寻源流

翻过这个坡就是生育金海湖的那一片处女地了。

那纤索拉出来的号子，那桨叶摇出来的曲调，和那浪花一样漂游的故事，在这里萌芽。

有一系列隆起于水平线上的古铜色肌体，是连绵不断的山脉，在排筏的排列组合里，编成壮观的队伍。

你赤脚去寻源。

有流水告诉你，小石子是长不大的山，小石子是来不及交媾的精子和卵子。

于是，你忘了拾掇黄昏里的童年。

一颗颗上天的眼睛连成一串项链，挂在岁月的脖颈，成为一位漂亮的公主。

你便是这空旷而蛮荒之地的公子！

娃娃鱼可知道你们的婚礼日？

在敞露神奇的诡秘的暖腹里，有你们孕育的娃娃鱼。

许多年后，娃娃鱼长不大。

长不大的孩子读不懂父亲和母亲。

娃娃鱼，永远是娃娃鱼。

即使，长大了的娃娃鱼，仍然是这源流的孩子。

幻象金海

这叫海？

这耐饥熬渴的胸脯；

这幽深黝黑的肌肤。

只有汗滴从毛细孔渗出，只有露珠在肌腱上波动。

载着月华和阳光，树叶是船。

船朽了，风吹不起微波，皱纹张开血口，吞噬光阴。

有人称海，是因为你唾液喷吐的泡沫么？是因为你面孔隆起的颜色么？

我跳上一方龟裂的焦壳作舟，始终也划不到岸，而跌落草丛的思索，又游不出自己的视野。

海呀海，你莫不是镀金嵌边框上的一幅油画。

这像海。

诗人想象的翅膀扇落一行澎湃的诗，画家的取景框嵌住一方辽阔的风光，乡民的水瓢，却掏一汪苦涩的泪水。

一行白色鸟，贴着草尖飞过去，吻出一片空旷的清音。

岸边炊烟，袅如桅杆，而穿孔的衣衫是风帆，五千年历史在这里下网，捕海，吃海，喝海，祭奠海。

一代又一代，是一波又一波消逝于远方的浪沫。

生活，形成一个倾斜的平面。

风雨会激起浪，地汐会涌动潮，颠簸的人生足够了。

一个猛子扎入酒杯里，醉淹三个白天和三个夜晚，一口老天锅又会碾出一肚子苦水来，连同五脏六腑也吐得精光。

而杏黄旗仍在黄昏里不停地招摇；

而地窖里的老酒仍在发酵。

生，要喝酒；死，要喝酒。

梦，要喝酒；醒，要喝酒。

难道，出海时不喝酒？

我也喝了，却沉不下海，抱着一块石头在海边戏水，河湾都游不够，还敢想象海么？

这不是海！
墨黑的蝌蚪，游不出坑洼；
五彩的蝴蝶，飞不出天空；
泪水，流不出自己的胸膛；
脚印，走不出自己的家。
目光，沉下去，也浮不起来哟！
船儿，不击浪，也不被浪掀翻。
没有港湾，也没有漂泊哟！
坟墓，不是生，墓碑，也不是死。
触礁，却没有礁的雕像。
太阳在这里升起来，也在这里落下去。

金海哟，金海！
金海，走出四周的山，也就看见外面的世界。

呈现草叶

在金海湖，你有一片草叶，衔在嘴里吹。
那嫩绿的——年轻的叶；
那金色的——生命的叶。

有歌者——高原的儿子认识你，崇拜你，秉承你的神韵，放开喉嗓，让沸腾的热血，喷吐出云贵高原燃烧的诗篇。

过去，我不曾认识你，只是从电视新闻上听到过你的名字。

如今，我倚靠着你挺拔的山脊，沐浴着你清澈的湖水，我见到了你面向世界的笑容，我也要将草叶衔在嘴里吹……

当我吹响赞美的草叶时——
我年轻的血管中，奔涌着你奔涌的激情；
我隆起的肌腱里，刚强着你刚强的力量；
我矫健的步伐中，坚定着你坚定的信念。

啊，哪里有土，哪里有水，哪里就长着草，草是你生命的旗帜，希望的旗帜。

啊，我听到了！

我听到了你的呼唤，摇动了山，波动了湖，折叠了风，翻卷了云——

让小草，在宽广和狭窄的地方都生长：

让希望，在大地的每一个角落都茂盛。

扬起风帆

我是三色帆。

在金海湖，我是一块竖起的三角板。

丈量湖的宽广，校正山的脊梁。

在七色彩虹里，有我年轻的三原色——

火红的信仰；

金黄的希望；

蔚蓝的力量。

我是三色帆。

我知道，创业的艰难像时间的潮汐，将冲淡青春的颜色。

但，在海天之间，我是一束辐射的光。

我生命的血管，储满了太阳的能量。

我是三色帆!

我是一面搏击风浪的旗帜。

风，可吹散我的长发，浪，可溅湿我的衣裳。而我信念的桅杆，决不会折弯。

我，将抖落贫困的辛酸，摒弃落后的懊丧，扇动海燕般矫健的翅膀。

我的理想，在飞浪和彩霞欢聚的地方。

皇泯

原名冯明德，中国作家协会会员，国家一级作家，《散文诗》杂志社总编辑。有散文诗集《四重奏》《散文诗日诗》《一种过程》等。

希望的土地上

杨雪

这是一片神奇而充满希望的土地。

世世代代生活在这里的彝、苗、汉等百姓和谐相处，企盼用自己勤劳的双手改变贫困，走向富裕美好的生活。千百年来，这一美好的梦想，即将变成现实。这便是处于祖国西南乌蒙高原腹地的毕节。

公元一九九零年五月，我沿中国工农红军长征路线徒步采访，在一个黄昏，来到了宁静古朴的毕节城。长征时期，工农红军红二、红六军团途经毕节，并在毕节休整过一段时间。红军严明的纪律和远大的理想、坚定不移的信仰，以及为全中国穷苦大众幸福奋斗终生的决心，赢得了毕节人民的热烈欢迎。由此，苏维埃工农政权诞生，很多毕节儿女纷纷参加红军，成为红军有力的新生力量。特别值得一提的是，当时毕节爱国人士周素园，早年参加孙中山领导的同盟会，并在贵州任过行政总理，受到红军主张和信仰影响，积极配合红军组建贵州抗日救国军，任司令员。在帮助落实红军政治主张方面，不遗余力，鞠躬尽瘁。后来，红军北上，上了年纪的周素园先生和他组建的抗日救国军部分编入红军一同北上抗日。

时隔二十七年，我应邀到毕节参加“知名作家走进金海湖”文学创作笔会。金海湖新区，它的前景就如它本身动听的芳名一样，充满了美好和期许。确实，时代的变迁，早已深入边远的贵州毕节地区，那种“地无三分平，人无三分银”的旧时观念，早已经被历史的车轮抛在了岁月的身后。从厦蓉高速毕节北海子街出口站驶出高速后，我们的小车就从一条宽阔、笔直的大道驶向城中心。

沿途拔地而起的高楼一幢紧挨一幢，车流穿梭，人流如织，沿街铺面灯火辉煌……繁华，喧嚣，人气旺盛，生机蓬勃，很难让人相信这是一座地处西南高原的边城。这与我二十七年前到过的毕节不能同日而语，那座宁静古朴的小城，如今变成了时尚的城市，新城仍在扩展，金海湖新区正是这扩展中重要的一环。而旧城的历史人文血脉依旧存在并延续中。当我问及周素园先生故居时，当地文友告诉我，那是当年对革命有功劳的抗日救国军司令啊！这让我稍感欣慰。我常想，当年的周素园先生家，在贵州是首屈一指的名门望族，其本人也担任过行政总理一职，但他偏偏追随中国共产党，跟随红军，冒着年迈之躯北上抗日；又为何要抛妻别子，放弃荣华富贵的生活，为着人生的信仰和民众的幸福生活，去顽强地艰苦奋斗，拼搏前行？我想，周素园先生肯定是思索了很久很久，才毅然决然地下定决心。一方面，他逐渐并最终看透了国民党政权的腐朽和专横，一个打着为民旗号而不为民的政府，一个只为少数人利益集团谋利的政权，终归会失去人心和道义，并最终会导致垮塌和灭亡；另一方面，在外族入侵和为民谋利方面，一个全新的中流砥柱的政党出现了，那就是民族希望之所在的中国共产党和他领导下的红军队伍，他们的主张、他们的信仰、他们表里如一的言行……都给人带来耳目一新的震撼和期许。这与周素园先生经年思索的想法和抱负不谋而合，他隐约看到并坚信：要结束中国近代百年屈辱史，要想中华民族重新走向独立与强盛，只有中国共产党才是唯一的希望。所谓国家好，大家才好，民众生活好，国家才能安定向上。因此，他后半生坚决选择中国共产党和红军，也就在情理之中了。

当我再次走进毕节，走进金海湖新区，我强烈感到，老一辈革命家的理想和愿望，正一步步变为现实，国富民强的期许正一步步到来。创建“开发扶贫、生态建设”的试验区和经济开发区，不正是为了实现中华民族全面复兴和全中国人民过上幸福生活的缩影？而毕节各级领导和人民也正撸起袖子加油干，金海湖新区的创立就是一个很好的例子。

几年后，将为毕节的经济腾飞和社会文明进步产生巨大而深远的影响。现在，以金海湖新区为核心的现代化交通枢纽，不仅早期规划已经落实，且正在试验推进中。比如空港、高铁、高速公路在此交汇，成为连接起毕节走向全国乃至世界的便捷通道。空中地上换乘，在此一并完成，舒适、简约、高效的换乘设置，一定会让你惊讶于这高原明珠之城的特殊魅力。而金海湖新区的产业园区，引进的多个企业项目，均注重生态环保，比如金融、科教、新能源汽车等，这些项目，将为毕节地方财政和民众就业提供新一轮的发展

机遇，也会为毕节脱贫致富打下坚实的基础。

我在走访这些地方时，确实看到了扶贫攻坚、生态建设相协调的核心理念在此绽放希望之光。这是非常了不起的理念，经济发展只有在环境更加美好的基础上，才能结出更加香甜的果实。金海湖新区秉承了这一理念。他们在前期规划中，就把这一理念融入其中，并严格实施和推进。在经济产业园区之外，更加注重生态产业的引进和推广。我们在参观圣迪乐村养鸡场时，偌大的养殖区，几乎看不到工人的身影，在平地与山岭间，厂房宽大、整洁，通风设备良好，养鸡房的设施设备，包括喂食、捡蛋、检测、冲洗等，几乎全是现代化操作，只有包装、搬运才动用少量人工。每天几十万枚鸡蛋的产出，通过货运卡车的运输，销往全国各地。据说这种生态鸡蛋在市场上要卖几元钱一枚。因为鸡吃的食料，全是生态的草本籽食料。

我的家在四川南部的长江之畔，每年七八月份，由于地理环境的原因，暑热难耐，虽有空调，总不如自然的气温舒适。因此，我愿把乌蒙高原的金海湖新区作为我的后花园，在暑热的季节驱车前往避暑。从泸州到金海湖，若走厦蓉高速，不过两个多小时车程。主要原因是，在乌蒙高原的金海湖地区，没有污染的企业和雾霾，更没有严格意义的夏天，这里夏天的气温，一般在摄氏二十多度。

毕节在建设金海湖新区时，就把经济发展与休闲生态观光生活紧密地结合在一起。比如正在打造的金海湖四千多亩湿地公园，透彻撩人的高山湖泊和香气弥漫的各色花海让人沉醉，让人流连忘返，让人享受生活的美好。那天，在金海湖湿地公园，一大块蓝色鼠尾草花地旁边，不大易动感情的我，突然身心欢悦，禁不住叫上同行的老朋友、诗人李发模和散文家史小溪先生，分别合影存照，颇为快乐。

即将开发的金海湖双山大峡谷，全长二十六公里，我以为这是这颗蓝色星球上为数不多的原生态的高原大峡谷。这里神奇险峻，两岸溶洞幽奥，人在其中，如置身梦幻。据说大峡谷中的河流，是乌江的支流之一，难怪水质如此清冽，让我深深陶醉其中，忽然就想到两句诗：此水浸我心，此心更洁净；此水擦我身，身无恶俗依。旁边的文友听了，不禁莞尔。

当地文友对我说，来金海湖新区发展，不仅可享受到国家改革发展带来的红利，还可享受到当地美好自然风光的陶冶。我说，这一切我都喜欢，然而我更加喜欢在离金海湖新区不远的海马宫山上的贡茶。诚然，我喜欢喝茶，而且对茶叶的品质多有挑剔。但那天在海马宫山上喝有机贡茶，在微雨薄雾中，在清香甘醇的绿茶汤中，我的心情如此愉悦。不仅是青山净水中的绿茶让我愉悦，而且是在喝茶的过程中让我想到，此种被称为“奢香女”的贡茶，六百年前的朱元璋，可曾喝到过？海马宫山上的茶，既然是贡茶，我想，他和他的家人，朝廷官员都应该喝到过。我相信，这与一个非凡智慧的女子有关，这人便是名震中外的奢香夫人。在金海湖畔的湿地公园，在湿地公园的奢香广场，面对一片松软的黏性黄土，当地文友对我说，当年奢香夫人曾在此筑窑，取土造瓦，造建宣慰府。我站在奢香夫人曾经亲手劳作的土地上，不觉心里一震。十七岁从我故乡四川泸州永宁嫁入贵州宣慰府的彝族少女奢香夫人，在丈夫因病去世后，儿子年幼，经朝廷批准，代理主政宣慰府，以其惊人的才能、宽广的胸襟，远大的政治主见和抱负，忍辱负重的操守，受到了明王朝朱元璋的高度认可和广大百姓特别是贵州彝族民众的拥戴和赞美。因为奢香夫人的功德、治理、付出，毕节地区和贵州省大部的经济文化、道路交通、彝汉民族生活融合发展等在一定时期内，都得到了空前繁荣。

任何时代的民众，都渴望有一个安定美好的社会环境，才能更好地创造和追寻属于自己的幸福生活。

历史走到了今天，当金海湖新区迎来了又一个新时代，我想，它的机遇也是空前的，其力度可能更加超前，它的规划，它逐渐推进的速度，它受到的关注度和支持力度，都是空前的。由此，金海湖新区的建设和逐渐的成功，将为毕节地区老百姓的幸福生活指数奠定坚实基础。

由此，我也想成为一个幸福的毕节人，每当炙热的夏天来临，我会到金海湖畔赏花，到双山大峡谷探幽、戏水，在奢香广场小憩，在周素园的故居沉思，在海马宫贡茶的氤氲中，品味生活的甘甜。

杨雪

本名杨忠孝。上世纪八十年代初开始在《人民日报》《人民文学》等报刊发表诗歌、散文作品，以其诗歌代表作《红高粱》引起当代文坛的广泛关注。国家一级作家，中国作家协会会员。出版《早起看风景》《洁白的鸽子花》《梦里故园》《杨雪诗选》《川南的乡愁》等诗歌、散文集十余部，部分作品入选海内外四十余种选本并多次获奖，其中散文随笔集《梦里故园》《川南的乡愁》分获全国第四届和第七届冰心散文奖。

大自然的大手笔

毛竹

一句话，击中了我

那天，我接到了鲁院同学彭澎的电话，邀请我去贵州毕节金海湖新区参加笔会。去？还是不去？我正犹豫间，彭澎抛出一条诱人信息：鲁十一高研班会有七八位同学到会……还会请一些其他知名作家……

我怔了一下，高兴起来。这可真是机会难得！可不是，鲁院结业已经八年，见面却寥寥几次，成规模的见面次数更少。鲁十一这帮同学们分散在全国各省，相距遥远，真可谓“相见时难别亦难，东风无力百花残”。分别这么多年，我真的想同学们了！更让我感动的是，红尘滚滚，大浪淘沙，可是鲁十一这帮同学们，一个一个“拣尽寒枝不肯栖，寂寞沙洲冷”，愣是经受住了一次次大潮与寒流的考验，都在坚守写作，一个个都没有改“行”，一个个把“酸”进行到底。比如，谢凌洁辞职后没有固定工资，更非专业作家，在比利时沉浮，仍写出长篇小说《双桅船》；近日《双桅船》由《十月》连载，由花城出版社出版，这段日子她正在中国南方各大小书店做签售活动。比如，山西葛水平居然辞去实职，仅留“山西作家协会副主席”虚职，“沦落成专业作家”，只为全身心投入写作，前一段葛水平编剧路遥的《平凡的世界》，大获成功。比如，“创三次进茅奖前十，三次落选奇迹”的云南范稳，近日又出版了长篇小说《重庆之眼》。周习在“女人生命最特殊的时段”，仍坚持写作，出书《鲁院纪事》《盐碱地》等，不仅两获冰心文学奖，还获得宝石文学奖等多种奖。诗人康桥更是把一个女人的美丽都投入到诗歌创作中去，且无悔无怨，康桥参加这活动那活动，忙得连上街买件衣服的时间都没有，穿的多是部队发的服装，诗集却出了一本又一本，为近两百人的新书作序，尽可能出席新书发布活动，诗集获奖多多，其中诗集《长征》为康桥拿下一个二等功。江西陈然更像小炮弹，整天都在思考创作创新与人性相关的深刻选题。这次活动的组织者彭澎，居然把时间与精力全部投入到组团“黔西北青年作家阵容”这件“傻事情”上……“物欲横流，方显‘真文人’本色！”“沧海桑田，更见‘酸文人’骨性”。鲁十一同学，不论互联网、微信如何冲击传统写作，不论作家的处境多么堪忧，作家之路如何成险道绝路，可是他们一个一个仍坚守精神与灵魂那孤独一隅，且个个成果多多。

我从小学到大学，从这班到那班，同学群虽然好几个，可是鲁十一的同学们一天一天展示出其丰富内涵。只要肯打开鲁十一这个包，就有各种新鲜的东西源源不断地流出来，且内容越来越丰富。鲁十一这个包不是“潘多拉魔盒”，而是“那西瑟斯神盒”，里面源源不断涌出神灵、仙女、野花、蜜蜂、野兽的啸声、野禽的叫声、野人的歌声，且越涌越多，真的是太精彩了！鲁院发生的每一件小事情，八年过去，都被鲁院同学们拿出来反复诠释反复演义反复推测反复探索，内容一天比一天更精彩。就我上学时转瞬飘逝的某缕情感，都不时被同学们从悠悠时空中找回来。恍惚间只有这个群中的人身上发生的每一件小事件都是大事情，永远不被大家遗忘的大事情。

如果真能把鲁十一同学集中在一起，这事儿真是太有意义了。

毕节我已经去过两次。这一次，我被告知将去一个新开发区：金海湖新区。这个新区有什么特点？有什么魅力呢？这个新区气场如何？在新区将看到什么？为什么新区要办这么大规模的笔会？我对这个金海湖新区脑子里一片空白。我喜欢去前对金海湖保持一片空白！

我要克制自己，先不去搜“金海湖新区”，先不去问有关金海湖新区信息。我要保持对这片新鲜土地的处女地情结，我要保证金海湖新区给我的第一印象是泼洒在一张白纸上。

喜欢西门在神性土地上演唱的呼麦

到了首都机场十六号登机口，我和鲁院老师陈涛与同学西门“三聚合”。我们三人从首都机场飞贵阳机场。途中铅块一般的“云戈壁”和傍晚血红的“云牧场”，让我感觉到此次云贵高原行的悲壮。我们三人到贵阳机场，转机到达毕节飞雄机场时，已经是晚上九点多。

来机场接机的是宋武全、周礼仲、郑绍忠。他们给了我一本《知名作家走进贵州省毕节市金海湖新区采风笔会》接待手册。

我看到到会的作家：原贵州省作家协会副主席李发模、云南省作家协会副主席夏天敏、《解放军文艺》杂志社副主编文清丽、原《延安文学》杂志社主编史小溪、《散文诗》杂志社主编冯明德、民族出版社编审宝贵敏、中国语言翻译局蒙文室主任哈森、《星星》诗刊主编助理杨献平、《人民日报》文艺部主任编辑周舒艺、四川省泸州市文联副主席杨雪、云南省昭通市文联副主席沈洋、贵州作家协会副主席王华、《南风》杂志社社长冉正万、六盘水作家协会副主席王鹏翔、贵阳市作家协会副主席王剑平，另有毕节当地的作家数名：刘靖林、叶光良、陈菊、王咏桂、唐福德、王纯亮、黎巽僎等。

鲁十一高研班到会八人，除了彭澎外，还来了七位。老师陈涛，中国作家协会创联部民族处处长。畅销书作家顾坚、编剧西门、军旅诗人康桥、山东作家周习、石油系统作家毛竹、公安系统作家刘楚仁、《创作评谭》副主编陈然。感觉稍稍遗憾的是，我被告知，本来说好来的新疆作家协会副主席亚楠与云南作家协会副主席范稳、广东省珠海市作家协会主席卢卫平均没来，原因是他们正在其他重要活动中，不能脱身。

我们三个从机场到达毕节鹏程国际酒店已经很晚。见了已经先到的鲁院同学：刘楚仁、顾坚、陈然，当然还有彭澎。同学们多年不见，见面的第一个动作就是双双相互拥抱，西门和彭澎的拥抱很是投入，那是哥们式的，陈然与彭澎拥抱时，陈然看起来像个找到组织的孩子一般可爱。虽然忘情忘形，但是同学中好几位都抑制着八年终相见各种激情，不让对方看到心底的浪花、眼中的泪花。三位早到的同学在那里嚷嚷，刚才我们四人见面只是握手，没有拥抱。之后，我们鱼贯走到贯城河边一家烧烤店，二十多人，挤在一张最多只能坐十多人的长方形桌子上。

我的左手是宝贵敏、哈森等，我的右手是陈然、彭澎、顾坚、刘楚仁等，斜对面是西门，我的正对面是一大帮黔西北的青年诗人。大伙儿一个挤一个，桌子满满登登，好不热闹。

高潮是轮到西门给大家演唱。当西门的“呼麦”响起，全体震撼。那神秘低沉的声音，恍惚不是来自西门的嗓子，而是来自嗓子周围肌肉的深处，带出的是生命深处与遥远大自然与远古人渐渐合拍的律动。更奇特的是，似乎不是一个人在唱，而是两个人在唱，更多人在唱。我觉得奇怪，那西门分明只有一个人，却怎么能发出两个人甚至更多人的声音，且那声音相互纠缠，交织成网，低沉浑雄，神秘古老，磁音悠悠，嗡音萦回，回声袅袅，颤音阵阵，撼动的不仅是大地，更有大地上的我们。这种低分贝的来自生命深处的声音带着一种神性的引导，仿佛要把大家带到了一个更幽暗、空旷、隐秘、蛮荒、空旷、寂寥之地。那个地方原始，那个地方神秘。而那瑟瑟颤音，悠悠回音，让大家感觉到自己的肉体、自己的内脏、自己的骨骼，甚至自己的纤毛，都跟着那旋律颤动起来。那是一种寻找自我的感觉，那是一种抚摸自己的感觉，那是一种从表面抚摸生命深处的感觉。西门唱得如痴如醉，大家听得如醉如痴。

西门不但演唱呼麦精彩，还知道呼麦发音的原理，知道呼麦的历史渊源。西门说：呼麦，实际上是“喉音”的艺术，那是一种以喉咙紧缩而发生的“双音”共鸣的泛音咏唱技法。表现为一个人在歌唱的同时，发出两个或者更多的高低不同的声部。作为一种歌咏方法，目前主要流传于内蒙古及俄罗斯的图瓦、蒙古国、新疆阿尔泰等地区。

别说我们这些从来没有近距离接触过呼麦的作家们，就连哈森和宝贵敏这两位来自内蒙古大草原的巾帼脸上都出现了惊喜。

那声音不是音带发出的，那是母羊对小羊、母牛对小牛、母驼对小驼发出的呼声。而在我看来，那是一种深情的呼声，发自身体内部那个看不见的宇宙深处，带出一种撼动人心的生命神秘相连的个体宿命相吸的依赖感，带出一种震动肺腑的血肉相连的无法割开的依赖感。

西门又说还有一种呼麦，那是大喇嘛在大山顶上讲经的声音，同样是发自肺腑。没有麦克风，但是，大喇嘛的声音，不但能震撼山下几万僧众，而且能震撼好多座大山，甚至绵延到方圆几公里的地方。西门的呼麦真是唱得太精彩了！在毕节这个多民族聚集的神秘之地，在毕节这个多民族聚集的原始宗教仍存的神性土地上。我知道，从此以后，只要是到会作家想起金海湖笔会，就会想起西门的呼麦！果然，以后三天，作家们一见西门，就请他再来一首呼麦。

这一次，我对西门横溢的才华有了进一步了解，也对西门的出身有了深一步了解。原来西门生在河北的正定，他的父亲原来是新华社河北省分社社长。西门说自己一生下来就被“送人”，西门编导的电视连续剧《我的三个妈妈》，拍的就是他自己的成长故事。

大家终于从呼麦的气场中拔出来。

透露了一个信息：“明天的笔会不走形式，直接切入主题。”这让作家们很是开心。

一开局，就创下一个“第一个没有开幕式的笔会”。或许还不知道，这带给作家们怎么样一种贴心贴肺的惬意感受。有几位自由散漫惯了的作家一听我的转告居然欢呼起来。想想也是，因为，这些年，笔会大大小小几千几万个，优秀作家作品没见几个，可是作家活动的开幕式却一个比一个声势浩大。这个没有开幕仪式的笔会在中国，可能是“中国第一个”呢！某几个作家的欢呼，可能是为了这个笔会一开局就创出一个“中国第一”而兴奋莫名。

又一个“潜力股”

第二天一大早，果然没有举行开幕仪式，更没有请什么官员到场，直接将作家们拉到约一小时车程外的金海湖新区高铁站的规划展区。

我看了一会儿，知道金海湖新区枢纽中心的一些主要信息。

金海湖新区枢纽中心的总投资虽然还不到十亿，占地面积不过两百多亩，总建筑面积近十万平方米，但却是一个集“高铁、轨道交通、中长途客运、城市公交和机场”五位一体“零换乘”的示范项目——在中国并不多见。它将是推进毕节市交通“大动脉、中动脉、小动脉”外联内通、打造“大进大出、畅通无阻”的综合交通枢纽和现代物流中心重要节点，是融入成渝、黔中、滇中两小时经济圈的关键一环，对毕节试验区打造川滇黔三省结合部区域性中心城市具有里程碑一般的重要意义。而金海湖新区的公路交通同样令人振奋：杭瑞高速、厦蓉高速已经建成通车；成贵快铁、昭黔铁路、隆黄铁路和毕—水—兴城际快速铁路正迅速推进。特别是成贵快铁明年就有望通车，城市路网开工建设三十三条……

接着，组织方又将作家们拉到金海湖新区规划展厅。

展厅大，漂亮。规划展厅四围是照片与加建的照片壁，中间是大大的沙盘，正面是电视屏幕。四围照片以胡锦涛与这里的缘分拉开帷幕。电视屏幕不停地介绍金海湖新区的规划。那时，我们作家们不知道，金海湖新区党工委、管委会的领导喻祖常、彭玉祥、谢品邦已经悄悄来到展厅，陪同作家采风。因为没有介绍，作家们并不知道他们是谁。我仅仅觉得金海湖新区展厅里有几位陪同人员看起来携风带雨，气宇不凡。

讲解进入后阶段，沙盘边多了另一个讲解员，只是这个讲解员一开讲，给人的感觉就与众不同，带出比普通的讲解员不同的大气场。讲解员对着沙盘中的建筑模型“指点江山”：这是华西康健城。这是澳能工业园、这是新鑫集团发光二极管光电产业园、这是兴国电动汽车生产项目、这是乌蒙山生物医药产业园、这是医药物流交易中心、这是贵州北斗卫星煤矿安防设备及车载导航仪生产项目……

这一片初具规模的是职教城。现已入住的有：毕节职业技术学院、毕节医学高等专科学校、毕节幼儿师范高等专科学校、毕节市工业学校、毕节市财贸学校、毕节市体育运动学校六所公办职业院校。

讲解员接着说：我们将给到金海湖新区职教城参加培训的高中毕业生一年三千元补助，另有每月两百元伙食补助，帮助他们完成培训。他们将成为金海湖新区建设的第一批蓝领精英群。当然，前提是他们来自毕节市的贫困家庭。

我问：必须是来自毕节市贫困家庭的高中毕业生吗？其他省贫困家庭的高中生行吗？讲解员说：也行！我说：那你们的学校当和学生签一个合同，学生培训结束，必须在金海湖新区工作五年到十年，否则退款。作家们都笑了。

讲解员又讲到新区引进的项目。我听了一会儿，又问：贵州不是保持青山绿水吗？贵州不是要把生态建设放第一位吗？这些引进企业污染排放问题怎么解决？讲解员说：我们引进时严格把关，不达标的根本不能引进。还有，如果某个企业的整个项目有污染有排放，我们只引进环保达标那一部分。这就保证了从源头上杜绝污染与排放。讲解员听我问到这么严肃的有关生态的话题，也特别地加重了语气。

听到讲解员的讲解实在不一般，回答实在不一般，我心生怀疑，便悄悄打听，果然，他就是金海湖新区党工委副书记、管委会主任喻祖常。怪不得!

我通过观沙盘，听讲解，问当地人，对金海湖新区有了一点了解。原来，双山新区是五年前才成立的。前年底，双山新区才改名金海湖新区。改名的同时，金海湖新区才有了一体化发展整合方案。也就是说金海湖新区还不到两岁。我用手机打开了毕节地图，我看到：金海湖新区位于毕节—大方城市总体规划中心城区中部，处在七星关区和大方县行政区域交界处。

喻祖常主任对我们说：金海湖新区规划面积不到四百平方公里，近期规划面积约一百平方公里。规划人口三年后达三十万人，十三年后达百万人。金海湖新区管辖小坝、梨树、岔河、双山、响水、竹园、文阁等共九个乡（镇）等。涵盖毕节经济开发区及正在推进建设的毕节国际内陆港和拟规划建设的临空经济区。

这次我们从贵阳到毕节，已经体验了一把毕节的航空。毕节市几年前交通是落后的，只有长途客车，到一趟贵阳需要七八个小时。就是近几年，毕节的交通才发生巨大变化。毕节飞雄机场于二零一四年正式通航，毕节立体交通网络正式形成。毕节至北京、上海、广州、深圳、成都、重庆、杭州、贵阳、西安、厦门、南宁、三亚、丽江、昆明空中航线全面开通。

从全国各航线飞往贵州，选择飞毕节，是最便宜的：为了吸引人们来毕节，凡是直飞毕节的旅客都享受特价机票。比如，从毕节飞北京居然才七百多元，仅是大飞机的一半。只是特价机票不退，也不改签。飞雄机场开通以来，吞吐量位居贵州省第三。仅这一点，光是来毕节旅游都可带热毕节经济。而从毕节到景点，显然比贵阳到景点划算得多，也方便实惠得多。

毕节旅游，金海湖新区将是“落脚点”。金海湖新区今后可是了不得。去“中国第一溶洞”织金洞和织金大峡谷，去百里杜鹃、乌江百里画廊都不远。后来，我又去了金海湖的双山大峡谷，这又是一个有潜力的景点，如果宣传到位，打造到位，有可能和贵州其他几个著名景点媲美。

毕节市区虽然繁华，但是很难推进城市新规划；这金海湖新区，白纸绘新图，修起来一定比毕节市区更有现代化色彩，而金海湖新区的立体交通优势，马上就会显示出来。我一听，一看，一观，一想，就知道，这个金海湖新区很快就会了不得。不仅会揽黔西北之大气，甚至会揽西南之大气。投资这个地方是个不错的选择。

我很想对那些小青年，特别是在一二线城市打拼的小青年们说：一二线的房子已经贵得离谱，如果有钱，在这个毕节金海湖新区买一套房，用来工作居住——把工作选在这里，或用作保值或用作“老年退路”，都是一个不错的选择。更何况现在从一二线退到这个城市来工作，机会可能更多，还会成为这个新城的元老，因为它的发展惊人，因为这个地方潜力无限。不说去哪里都方便，仅仅是离高铁与机场都只有十几分钟的车程，且是高铁枢纽站。不说“仅仅是等两年这地方就会完全不一样”，不需要在其他地方投资等那么久才见回报。更重要的一点是，现在抓紧时间等于抓住了机遇，等于一下子就融进了成渝、黔中、滇中大经济圈。

苗家“咣当酒”和古老芦笙

金海湖湿地公园正在建设，分湖区部分、花海部分，只能部分参观。作家们参观了海马宫万亩茶园。在茶园，作家拉开的不是喝茶的战场，而是烧烤的“战场”。喝的酒是当地的“咣当酒”。为什么叫“咣当酒”呢？这不就是我们常喝的醪糟吗？当地人告诉我们：大米酿造的酒是珍贵的，只有重要客人来了才能喝上这“咣当酒”。这酒很奇怪，度数不高，不知不觉喝多了，出来，凉风一吹，就会“咣当”倒地，得名“咣当酒”。

我妈妈小时就被这醪糟喝醉过。妈妈说：有一天我被醪糟桶中酒香诱惑，大酒桶是实木“刳”出的，几人牵那么粗，一人那么高，上面有一个酒龙头。我找来一个大瓷碗，接了一碗又一碗，喝了一碗又一碗，结果，我啥都不知站定了。三舅补充道：你妈妈醉倒了，睡在那里，啥都不知道，小脸儿红扑扑的。喝剩的半碗酒加上没关酒龙头，引来了蝴蝶、蜜蜂、松鼠、白麖子、小花猫、小白狗，大动物小动物醉倒一地。

我每次想起那个情景就会笑起来，眼前都会浮出这样一景：山花飘飞，草叶旋转。蝴蝶醺醺，松鼠陶陶。妈妈醉卧于花丛，小脸儿飞红，身上落满草叶，变成了一个山野版的史湘云。

我放开喝了几杯，可是一看史小溪老师的态度，不敢再喝了。史小溪老师不敢喝，说曾经不知道，喝多了点，真的“咣当”一声醉倒。现在看到这个酒就害怕。我当时对“咣当酒”理解不深，以为说着玩的，以为我们喝得都不算太多，不会遭遇“咣当”一声醉倒的人。

我只是觉得彭澎喝着喝着，变得越来越可爱。彭澎终于全部放开了，不仅话多了，人活跃了，也亲和了。彭澎到好几张桌子敬酒，神态与平时格外不同，又张胳膀，又仰脑壳，变成一个潇洒的性情中人。那时我们还不知道“咣当酒”的厉害。

下午，雨越下越大，我们下去看尖山村原生态苗族芦笙表演。演员们穿着漂亮的苗族服装，演出将在雨中进行吗？

我正疑惑间，彭澎就在我的眼前“咣当”一声，跌倒在泥水中。

这时表演开始了，我便挤过去看表演。细雨渐密，我们都披上了雨披，可是演员都冒着雨给我们表演。许多的尖山村村民，有的站在小广场商店的屋檐下观看，有的站在商店后一个二层楼的阳台上观看，更多的站在广场后半月形的回廊中观看，那应当是“主观众台”。除了原生态苗族芦笙表演，还有各种民族舞蹈。演员除了村民，更多的是孩子。

几个节目过去，我发现一群身着亮丽苗族服装的苗族小姑娘，我过去拍照。西门对一位带着牛角状头饰、漂亮得不得了的苗族姑娘手中的芦笙发生兴趣。我凑过去，我听见西门在给小姑娘“上课”。西门说：你知道吗？你们苗族的芦笙古称“卢沙”，它不仅是你们苗族乐器，也是侗族、瑶族、水族、仡佬等族的吹奏乐器，流行于黔、桂、滇、湘、川省区。西门讲时，眼光并不停留在小姑娘脸上，而是停留在小姑娘手中的芦笙上。我忍不住也把小姑娘手上的芦笙多看了几眼。那是长长短短一丛竹子管，被并在一起，不同的是，每一根竹管的前端都系有草絮绳索一类装饰，很有艺术感，像一个古朴大拙的工艺品。这可真是一件带有乡愁色彩的乐器，带出一种收魂摄魄的神秘魅力！西门接着讲道：你知道吗？这个芦笙是你们苗族的古老乐器，后来这个芦笙传到了国外，外国人根据芦笙原理发明了好多种乐器，比如外国发明钢琴时利用了它的某些原理，比如外国人发明电吉他时借用了它的原理，这些洋乐器最后又传到中国。

西门的讲解让我有些儿吃惊。因为钢琴洋洋的，电吉他酷酷的，居然跟中国这么土土的乐器芦笙有关。

我正想就这个话题追问下去，忽然想起来我这样转来转去，是寻找彭澎的。我甩开西门，又去找彭澎。遇到哈森、宝贵敏和彭澎在一起，我过去问候。温馨饱满的哈森与宝贵敏对我说：我们怕他再跌倒，一直陪着他呢！感觉彭澎怎么变成了一个大男孩子，敬酒、抒情，那么投入，那么幽默，那么性情中人，比平时更加可爱！

我想起我当年在西藏探险，搭乘一个牧民的卡车，从晋兰到阿里。在驾驶室，那个牧民司机一边开车，一边喝着五升装的醪糟酒，还一边唱山歌。那两个头发卷卷的藏族小宝宝，像刚从母腹生出来，用那样亮晶晶小鹿一般的眼睛望着我，望着车窗外，也跟着爸爸唱着山歌。而那卡车的窗户是开着的，凉风不时吹进来，那个司机为什么没有“咣当”一声倒下呢？如果倒下，我们的车会不会从海拔五千多米一直冲下？

我想起这个醪糟一直是我们大巴山人的最爱之一。我妈妈自己也喜欢做醪糟。家里来了珍贵的客人，妈妈总是先端上一碗香喷喷的醪糟鸡蛋。而来我家的客人总说妈妈做的醪糟鸡蛋好吃，总是吃了一碗又一碗，我怎么没听说过谁喝了醪糟遇风就会“咣当”一声摔倒？如果是这样，大巴山那么陡峭，会有多少人因为喝醪糟跌死？而我家门槛那么高，楼梯那么陡，会有多少人跌伤跌坏？可是我从小到大，没听说过醪糟喝醉，更没有听说喝醪糟会成“咣当酒”？心里总以为醪糟是大米酿的，可以放心喝。我想知道，这苗家的“咣当酒”和我们家乡的醪糟到底有什么区别？

五元一个的鸡蛋

作家们参观了一个生态养鸡场：贵州圣迪乐生态食品养鸡场，先进了两次消毒室，像进了集中营的“毒气室”，有些作家捂头捏鼻，有的作家屏息敛气。好玩的是，这么严格的安检，却并不是直接通向鸡场，居然消完毒，作家们走上了一条露天院子中长长的“L”形小路，然后才进入现代化的养鸡楼。

里面生产的鸡蛋居然五元一个。注意，不是五元一斤，而是五元一个。参观的最后一个环节，是品尝这五元一个的鸡蛋。

那些五元一个的鸡蛋被工作人员切成“金黄花瓣状”放在小盘里等待作家们品尝。我被告知可以按个品尝，便拿起一个鸡蛋开吃，里面的蛋黄被我整个剥出，果然像是一轮金黄灿烂的夕阳，带电般熠熠生辉。我举起来，它恍惚真的照亮了整个的房间，给房间平添了几分暖意。我咬下一口，灿烂的鸡蛋黄，里面的“金色夕阳”便有油流出来，带出喷喷香味。果然是不一样！果真是物有所值！说实在的，这么好吃的鸡蛋，近年，我只吃过两次。一次是在这里，一次是在我的大巴山，那是我的幺舅母在大巴山散养的鸡蛋。那散养的鸡吃的不就是谷物虫类，而这个鸡蛋的味道与我幺舅母养的鸡下的蛋果然有得一拼。

我有些儿纳闷，刚才参观时，我看到这个养鸡场，鸡的饲料配方看起来也很一般，不过是些大豆荞麦类，加了一些天然亚麻籽、苜蓿、海藻一类，居然出来的鸡蛋的蛋黄就灿烂如红红小夕阳。

难道我们平时吃的鸡蛋的鸡吃的饲料都不是这些制作出来的吗？那里面添加了些什么可怕的东西呢？现在的养鸡场的老板们到底给鸡吃的是什么玩意呢？

我记得，当年在北京，与塞纳河老总一起吃饭，他说起过这样的项目，给鸡吃亚麻籽甚至深海鱼油甚至DHA-omega-3不饱和脂肪酸，一个鸡蛋可以卖到几元。并说，美国这样的企业，这样的鸡蛋已经上市，很受注重生态与健康人群的欢迎。没有想到，中国还真的办起了这样的鸡蛋“按几元一个，一个一个地卖”的企业。且鸡蛋价格在贵州这样的非发达地区，达到五元一个。更让作家们吃惊的是：五元一个的鸡蛋，在中国居然还能卖得动。这家四川企业已经在多个省份有分场。金海湖的这个分场只是其中一个。

“处女地双山大峡谷”探险记

笔会安排作家们游览了双山大峡谷。该峡谷长有二十六公里，我们或坐游艇或坐皮筏子游览了其中的十几公里。

金海湖新区是两年前由“双山新区”改名而来的。就连金海湖新区出笼时发布的方案都叫《毕节经济开发区双山新区一体化发展整合方案》。所以，这个双山大峡谷绝非一个景点那么简单。在贵州历史上，双山以大峡谷著称，原来的双山新区又被称作“大峡谷边的新城”。这样的新城，世界上都没有几个。重庆市原来有一个，但是峡谷景观被破坏了；国外的卢森堡有一个，但是峡谷长只有三十三米长。而这个双山大峡谷有二十六公里那么长呢！

介绍还说：双山大峡谷是国内罕见的城市峡谷风光。双山大峡谷位于金海湖新区城市规划中心。海拔约一千一百米。峡谷南部距金海湖新区核心区仅两公里，北部是毕节内陆港物流园区。

为了增加双山大峡谷的诱惑，讲解员加了一句：我们金海湖的高铁枢纽中心是五位一体，而这个双山大峡谷将会是六位一体。我对这个“将”字当时并不理解，后来才知道，因为此景待开发，才出现一个“将”字。我问是哪六位一体？带队回答：大峡谷、溶洞、岩石、湖泊、桥梁、人文历史。也真能靠的！好多景点都可往这六点上靠，只是有没有本钱靠。别忘了，我可是几乎走遍中国的记者，我倒要见识一下，这个双山大峡谷与其他景点有什么不同，哪方面能胜出，能不能靠上这个“六位一体”。贵州省的几个景点，先别说黄果树大瀑布，仅织金洞、织金大峡谷、乌江百里画廊，都十分震撼，都很难超越。贵州几年前交通不便，难怪深山大谷野地蛮荒藏了这么多震撼人心的景点。这个双山大峡谷，景色如何，我在心里充满期待。

让作家们难忘的是下水处，漂浮着无数的垃圾。这些垃圾最多的，是塑料瓶子。在落脚河水库高约八十多米的大闸水坝一面，作家登船的口岸，垃圾可谓波澜壮阔。作家们需要手拉手下陡峭石头台阶，石头台阶上长满了青苔，很是危险。我战战兢兢被人推人拉，几次倒手，才上到船的甲板上。我感叹，如果谁不小心掉进去，会不会挣扎几下就沉底，就消失得无影无踪？这样想，不由倒抽几口凉气。这完全是请作家们来冒险，且是冒大险。

游艇转不过头，作家们需要走几寸宽的艇边，几次倒手，几扶几转，才能进艇仓。行进中，作家们上甲板拍照，也很是危险。因为没有完整的围链，没有可安全依靠的围栏，更是没有好的抓手，如果稍有不慎，身子一歪，拍摄者们就会掉进落脚河，这完全是请作家们来冒险，且是冒大险。原来，金海湖新区初建，不仅是高铁站不仅物流园……原来，作家这次来，相当于政府考察人员中的一拨，去考察一个没有被游人看过的“神秘处女地双山大峡谷”。这太有新意了！这也太大胆了！别说一切的安全设施还没有完善，这个双山大峡谷怎么开放，如何开发，甚至值不值得开发，都是未知数呢！

这完全出乎我的意料！原来双山大峡谷不仅没有开发，更谈不上成熟。原来给作家坐的，是政府的考察艇。也就是说双山大峡谷能不能开放，如何开放，作家们是“考察团”，作家们是“建议团”，而不是普通的作家游人团。无疑，这是我的记者生涯中挺冒险的一次活动。

落脚河看起来很清，河水像玻璃一般透明，且隐约浮动着美丽的落叶。这些落叶不像是浮在水玻璃的表面，而是被镶嵌在水玻璃中间，带出一种落叶在琥珀中的生动形态，真可谓诗情画意。

让我震撼的是，在双山大峡谷水道两崖上，可见三个高高的桥。三个桥挂在双山大峡谷陡峭直立的悬崖上。因为落差大，像挂在天上的秋千索一般。其中两个桥上面有小虫一样的车在爬，这可真叫荡人魂魄的风景。啥叫“一桥飞架南北，天堑变通途”？

第一个高高的桥就是成贵高铁，也就是我们刚才参观的“成都高铁客运枢纽中心”那条高铁的桥，当时参观金海湖新区梨树镇的枢纽中心沙盘，是成都—贵阳的高铁一级站。建设工期为两年。两年后，这个抬头望的“索索桥”上，会有高铁长虫儿爬来爬去，那会更加壮观。

另外两个高高的桥，一个是杭瑞高速，一个是贵毕高速。这一点可真是震撼。因为，在青藏高原的景点，我没有见到过这样一景。大巴山北蜀道，也是中国最险的，也没有十几公里高高大峡谷上三个这么高的桥。织金大峡谷，同样震撼，但那是天坑，天生桥，而这双山大峡谷却是“后生桥”，且这“后生桥”是那么重要的三座桥。

再走了一段，我们抬头看到一条废弃的栈桥，只见块块栈板挂在头顶空中，有的地方已经少了栈板，有的地方栈板欲掉没掉，更有的地方栈板仅一角挂在栈桥上。远远地看过去，我感觉它挺像一个方木的宽项链，挂在空中，不知道谁能戴上。那不知道用了多少年的破旧的栈道，年久失修的状态，更透出一种与古旧岁月相关的沧桑美感。

我们并没有走完双山大峡谷的二十六公里，而是在十几公里处掉头。我问为什么不往前走了？开船的胡国举说：我们的船大，前面水道窄不好掉头。在掉头的那个岔河口，胡国举说：这是一条水路，通向响水的寨子。

回去的路上，胡国举对我说：你看到右崖上下两个洞了吗？这两个洞通向一个大大的溶洞。我在心里自己问着：有织金洞那么壮观好看吗？有织金洞那么震撼吗？里面的钟乳石有织金洞那么奇特吗？里面有“织金娘娘地下宫殿”那类世界奇观吗？那可是我发现的，专利！那一次，在织金洞，我正是发现了“织金娘娘的地下宫殿”，才开始认真看织金洞，开始迷失在织金洞。

开船的胡国举说：双山大峡谷这个没有开发的溶洞不比织金洞差！这一句话，把我震撼住了。

可不是？我几乎看遍中国的溶洞后，才去看织金洞的。看完织金洞，我觉得，以前看过的所有的溶洞都黯然失色。织金洞，中国第一溶洞！当之无愧。

看完织金洞后，我又去了一次桂林七星岩溶洞，这个隋唐时就已经开发出来的著名溶洞，那个不知道接待过多少外宾的更早成名的溶洞。看完后，我想说：桂林七星岩溶洞跟贵州织金洞比，差的不是一个档次，而是差了好多个档次。

现在胡国举居然说这双山大峡谷的那两个方洞比织金洞还好，这可能吗？这唤起了我的好奇。如果真是，那可是了不得！因为织金洞已经震撼人心，这里如果真的如胡国举所说，右岸有一个比织金洞还好的溶洞，那这个双山大峡谷可是真了不得。如果这里出现一个织金洞第二，且是走这么长的河道上盘旋进洞，那是多么有趣的一件事情。

如果胡国举所言经得起“考验”与“考证”，那么金海湖新区光旅游都会给新城带来源源不断的收入。

开船的胡国举看我对他的话有兴趣，指着右前方的另一个方洞对我说：这个方洞，看到了吗？更神奇！里面大得很，是土匪住过的洞子。洞子里面可以装好多人呢！有人说这洞子通向神秘的地方；还人说，这洞子可以通到云南境内去。洞子下面还发生过战役，有历史故事呢！这水下原来是古路，那些石台阶，都被这落脚河给淹没了。

这时，作家们又有新的发现，双山大峡谷的左边一个男人的阳物，右边一个女人的阴物。这景点我来时就已经发现了。

有女作家找不到这两个“物件”，作家顾坚便对些女作家指手

画脚：你们先看左岸上那个突兀的柱子了吗？那就是我们男人的阳物；你再看右岸那个槽状物了吗？看到了吗？那个就是你们女人的阴物。顾坚的幽默，引得大家哈哈大笑。

我把这个双山大峡谷与上次去过的乌江百里画廊做了一下比较。我感觉乌江百里画廊是美，但是坐上游艇感觉不过瘾，只行走了不到几公里，船长就开始掉头返回。根本没有这双山大峡谷可能行走十几公里甚至二十几公里，让你饱览画廊上的崖画。可不是？太不一样了，这样一路在河中随船行走，真可谓一路风景一路崖画。而那些崖画、壁画、崖雕、岩塑，一幅幅涌来，真的很壮观。真是百幅崖画壁画各不同，千幅崖雕岩塑非相似，任你欣赏，任你想象，由你发掘，由你发挥。河道曲折，一个拐弯一个大景，真个“山崖峭壁无重数”，“峰叠树怪奇景多”。真个“划纠葛缠鬼怪洞”，“钩心斗角巧妙岩”。我们眼前呈现一幅幅大画，一帧帧大景。有两次，作家们在叫，我望过去，一次是一只野鹤灰灰地立在右岸，一次是五只野鸭子，三只在水中，两只钻树丛中。船工说，来回走，经常可见珍贵野鸟，多叫不上名字。说话间，船篷碰到右崖匝出一枝苍松，苍松没动静，上面一棵绿竹却开始纷纷坠叶子，落满了船舱，被风一吹，竹叶纷纷坠入水中，在船后的浪花中翻滚，消逝。真是山河壮美！真是岩画奇观！真是鬼斧神工！真让我们感觉视觉冲击的同时，领略山水的奇特。更独特的是，峡谷两崖的直崖峭壁，好多地段，不是整个的岩石立在那里，而是像是块块碎石砖砌上去的，且直砌得直上云霄。真的担心大峡两崖会溃“坝”。我说出我的担心，船工忙说：不会的，不会的。要垮早垮了，结实得很！

大自然在云贵高原这种动不动就“高山深壑”的大手笔，真可谓“起笔雷鸣起，落笔风雨落”。双山大峡谷果然潜力无限！不得不由衷叹息：双山大峡谷比起其他中国景点与其他贵州景点，一点儿也不逊色。

可不是？这个双山大峡谷，除了有湖水、有峡谷、有岩画、有三个飞桥，再加一个待开发的大溶洞，再加人文历史，那可真叫“六位一体”！

而这个双山大峡谷景点最大的潜力，在于它还是一个没有被开发的处女大峡谷，有很多的神秘未知，有待我们去解谜、去探索。这才是最吸引探险旅游者的地方。

毛竹

系中国作家协会会员，中国石油作家协会常务理事、副秘书长，鲁迅文学院第十一届高研班学员。著有作品集《迷失在西部》《生命的隐衷》《透明的女性》《透明的性感》《透明的激情》《鸽子雨》等。其作品《透明的女性》被称作探秘青藏高原文化的“青海密码”。《透明的激情》揭秘棚民开发大巴山的历史。

我在金海湖等你

周习

我也没想到，我会在贵州毕节金海湖新区等到你。

贵州是块多情的土地，你来这里，总有令你留恋的地方，要么是连绵的万重高山，要么是奔流不息的美酒源的河水，要么是一铺三叠随处可见的瀑布，要么是山间升腾的雾气，要么是红色的圣地，要么是热情好客的彝族、苗族等各族人民。而我总被阿妹口中的歌声所吸引，比如这首《我在贵州等你》：等到花都开了，等到山顶红了，等到每颗星星，都为你亮起，我在贵州等你，等你和我相遇，等待如此美丽……

等你来，我们到金海湖新区老鹰岩下的海马宫万亩茶园，那里海拔有一千五百米，穿过写着“大定府茶叶有限公司”字样的铁艺大门进来，我看到门两边有一副对联，有“千企扶千村”开头的字样，我知道这是大定府有限公司帮扶海马宫村了。

穿过逶迤曲折的木廊，我们来到一块支着帐篷的空地上，远处就是雾气升腾的青山，一片雾的海洋，那山脚下一片青绿的地方就是万亩茶园。天上下着淅淅沥沥的小雨，没有停止的意思，看来茶园是进不去了。大家不约而同选择眺望，看到三面青山，我们觉得迷人的不是青山，是山间腾空缭绕的白雾。我想雨雾滋润的茶，该是多么的可口！果然，茶水端上来了，低头看去，全芽整叶，芽叶竖立悬浮于水面，好像竹叶。一会儿，卷曲的小叶芽，在清澈的水中舒展，水变得清清亮亮，映着叶片上毛茸茸的似雾，端详一番，茶水透亮，黄澄澄的。轻轻地啜饮，一股甘甜滋润咽喉。这是绿茶，是大定府茶叶有限公司制作的海马宫茶。这茶属于小群体品种黄茶，谷雨前后采摘。闻着香气浓郁，品起来醇厚甘甜。在制作过程中会产生大量的消化酶，对脾胃有好处。说起来，这茶叶与山东有渊源，据一九二五年《大定县志》记载，在山东文登做知府的贵州大方人简贵朝从山东回家探亲，带过来茶籽种种在大方。明朝的时候贵州宣慰使奢香，在这里修养过，喜欢喝这里的茶，后进献给当时在南京做皇帝的朱元璋，遂赐名“彝族贡茶”。朱元璋赏赐金银珠宝，奢香承诺筑修驿道，改善了水西的交通条件。贵州和山东自古就有缘分，出生在毕节织金县牛场的丁宝桢就是清朝时期的山东巡抚，他发明的宫保鸡丁（因其后官至宫保）成为鲁菜的一种，深受百姓喜欢。他在山东做巡抚十年，治理黄河，后调任四川总督十年，在四川去世了，山东人自己凑钱，把他的灵柩运回山东济南，和他夫人合葬在华山南侧，向阳处，这里是齐烟九点的鹊华烟云，在黄河边的石碑上有纪念他的文字。

在千企帮扶千村的今天，种植养殖成了一种模式，就如常丰村种植葫芦、岔河村种植刺梨。大定府茶叶有限公司生产基地，就在金海湖新区老鹰岩竹园民族乡海马宫村和尖山村之间，也叫“万亩高山（有机）茶生态观光旅游园”，海马宫的茶叶大发展就不奇怪了。原来的田间地头种植茶树，现在有一万亩，属于公司经营。贵州大定府茶叶有限公司从事茶叶种植加工，有海马宫翠芽和海马宫香螺等绿茶。比陆羽的《茶经》早四百多年的《华阳国志》就有记录，说明毕节这一带自古就产茶叶，人们喜欢饮茶。看来引导村民入股种茶是快速脱贫致富的一条途径。

沐着小雨，品海马宫茶。来自北京的西门、江苏的顾坚、安徽的刘楚仁、江西的陈然、中石油的毛竹、北方战区的康桥，还有中国作协的陈涛老师，我们相遇在大定府茶园。陈涛在二零一五年到二零一七年两年间到甘肃省甘南藏族自治州扶贫，由于气候温差大，饮食等方面严重损伤了他的健康，但这次来贵州，精神多了，他那有磁性的声音还是那么有魅力。陈涛去甘肃挂职两年，付出了很多，也得到了很多，他写了很多扶贫日记，回到北京，在中国作协担任了创联部的重要职务。因为共同的扶贫情结，他愉快地接受邀请。我和鲁院同学顾坚、刘楚仁、陈然都是毕业后第一次相见，虽然没有泪汪汪，但彼此惺惺相惜，我们的好友重庆的苦金是土家族，会唱民歌，小说写得好，但因为疾病，是第一个永远离开了我们的同学。这份痛只换来无奈的长叹，长叹人生的无常。西门的儿子继承了中国传统的乐器尺八吹奏，尺八属于古代吹管笛箫类乐器，起源于吴地，隋唐成为宫廷乐器，随着国际上尺八的流行，逐渐传回中国。在车上，听西门说起爷爷的故事，才知道，他爷爷是当地的戏剧家，他的家族是文艺世家，看他骨子里有着文艺范，举手投足间带了出来。他的影视企业发展有了一定规模和基础。大家很兴奋，一边品茶一边说着自己的变化。刘楚仁已是宿州作协主席，陈然做编辑做得好，最多的时候一年写小说到四十篇。顾坚也写了四部长篇小说了。这几年康桥足迹踏遍中国，尤其热爱孩子们，给他们送去精神食粮。毛竹多次去自己出生地大巴山采风。我们也多次来贵州，采访农业的事情。我们在这里品到了烤肉、米酒，见到《南风》杂志主编冉正万，一位著名的作家，他每篇小说都是精品，一年一篇。那一年，他去火车站接我到百里杜鹃采风，五年过去了，那漫山遍野百里不绝的杜鹃花令我记忆犹新。据说，金海湖双山大峡谷，水域面积一千二百亩的金海湖湿地公园等将与百里杜鹃、织金洞等景区形成毕节大旅游圈。今天我用贵州的酒敬他，用大定清冽的茶敬他，表达我的感激之情。

雨还在下着，彭澎因美酒而有了醉意，他在雨中接受了洗礼。这里每天午后时有演出。我感到寒冷，在木廊下站着，忽然一回身，一位中年女性走过来，她的头顶有长角头饰，是苗族中的花苗。妇女胖胖的圆脸，仔细看去，着蓝色短衣，下边是黑底镶着红白绣带的麻布百褶裙，上有刺绣的几乎着地的缀片附在身后，身前有护兜。头上用黑线缠起长长的两只角，有人说这些头饰是由母亲或者祖先的头发加上黑麻毛线盘成。有两公斤以上重量。有一些妇女上身穿着长袖荷叶边T恤衫，下身穿着打底裤，看起来很贴身，她们跳广场舞。还有年轻美丽的姑娘穿着白色的裙子，披着一肩的小花球，跳苗族舞。小伙子的服装以白为底色，配上绣花，踏着节拍跳着，吹着芦笙。苗族是一个国际性的民族，遍布世界各地，在我国他们算是人口较多的少数民族，贵州又是苗族的大本营。苗族是个古老的民族，源于黄帝时期的九黎和尧舜时期的三苗。按其服饰分为红苗、白苗、黑苗、长角苗等，也有人按地域分。大约有九百多万人口，在中国是人口较多的民族。他们最隆重的节日就是跳花坡，也是青年人唱山歌跳舞谈恋爱的时机。

一群头戴银饰的幼儿园的小宝贝在蒙蒙的细雨中舞蹈，那么认真，小脸蛋粉嘟嘟的，白静静的。一队穿着蓝色的裙装，头上是戴着珍珠项链，一队穿着红色的裙装，头上是叮当作响的银饰，可爱极了，惹得来访者纷纷和他们合影。

我远远地离开，来到了延安作家史小溪身边。史小溪是中国散文届的翘楚。雨中的彭澎醉在苗族的歌声中，我就看着欢乐的人群、远处美丽青山，我们说着延安的事情。前几天才得知作家出版社的兴安从延安曹谷溪处回来。兴安是蒙古族人，从小在北京长大，但对于他的蒙古族有着割不断的感情，父亲去世，他似乎一下子成熟了。曹谷溪是白描先生多次提及的人物，我在《路遥十五年祭》中读过他们的文章。白描先生给我的《鲁院纪事》题写了书名。他在《上帝咬过的苹果》中说到，还有从外地专程赶来北京看我的——西安作家吴克敬、红柯、陕北曹谷溪老兄、会涛老弟，安徽玉届朋友许慧，山东的学生周习……走上文学道路，我受陕西作协老师们的恩惠多，我问起了陕西作协几位老师的近况，得知他们有的身体不好，我感到很揪心。

我踏上毕节这块土地已有六年之久，除了土生土长的彭澎，鲁院这些同学，就属我对毕节熟悉了，我以贵州媳妇自居。丈夫从织金县调到七星关，我的家也跟着搬过来。这里我见到了《毕节日报》的陈菊，她采访了许多八零后、九零后诗人，写成《黔西北青年作家访谈》。我问起《毕节日报》的总编辑张培立，陈菊说他病了，在贵阳住院，工作很认真，手把手教新来的记者采访，还要操心单位创收的事。他在病床上还给记者修改稿件，把关版面，他和阿春是我最早接触的彝族同胞。我知道这些，都是我在海马宫的茶园采来的带着露珠的精品。

响水河的流水声没有听到，但我们确实到了响水民族乡青山村的养鸡场。一座云雾里的大山形成天然的隔离带，后面就是养鸡的地方。我们经过消毒后进入空旷的院子里，穿上规定的洁白的隔离服，一个一个像医生。一道墙上有标语："以大党建统领大扶贫大安全"。旁边有大饲料加工厂房。讲解员说，鸡饲料他们出去定做，保证环保。这里有个有机肥参股项目介绍，大意说的是，贵州圣迪乐村生态食品有限公司对口帮扶青山村，前期公司的鸡粪多销往云南的嵩明和陆良有机肥加工企业。现在他们准备要找一家具有成套技术的企业经营销售，而贵州圣迪乐村生态食品有限公司用鸡粪参股，贫困户成立合作社，以合作社牵头进行资金入股，资金需申请贫困帮扶资金。旁边有三个大盒装三个小瓶装一个大塑料袋的肥料，塑料袋绿色的底子，很生态很让人信任的感觉。墙上有大量的宣传画，从二零零一年开设，他们要来一场鸡蛋革命，并且在二零一三年获得销量冠军。接下去是大车间，工人们在装鸡蛋，穿着蓝衣服的女工们在输送带前忙碌着，地上是绿的、白的、棕色的塑料网格板，装着整整齐齐的鸡蛋。继续走下去，终于看到山后面的鸡舍了，一座座的小房子排列在那里，地下湿漉漉的，很洁净。这就是养鸡场了。贵州圣迪乐村生态食品有限公司的圣迪牌鸡，与众不同，这样大的企业来到这里不到两年，规模已经很大了。

这是中国高品质鸡蛋引领者，圣迪乐村，英语是Sundaily Farm，寓意天天阳光，专注于为人们提供一枚安全营养的高品质鸡蛋。在四川梓潼、河北沧州、安徽铜陵等有十个养殖基地。留给我印象最深的是远处那一座屏障一样溢彩流光的山，那飘渺的雾气缭绕给人以无限的想象力。我总被贵州的歌沉醉，被贵州的雾迷惑，被黛青色升腾着山诱惑，想走进去走进去。

我们继续跟着车走，到了一处很漂亮的村庄，有一块牌子写着毕节金海湖新区玫瑰种植基地。

这一天是毕节最典型的冬天天气，天无三日晴，一整天都是微雨蒙蒙，地面都是湿漉漉的，村广场上古铜色的圆柱上有雄狮造型，一面弧形的墙壁，雕刻着彝族人劳动舞蹈与图案。站在这里，我恍惚到了毕节市的同心广场，只不过从这里看过去，没有青山。广场不大，人为设计的大柱子，上面刻着花纹和图案，是图腾吧，褐色的底子，很是壮观。我们仰头看过去，不知道这里面的寓意，倒是几个人从远处的一座三四层楼里出来，我们看到是个村委办公的地方。我们去的第三个地方就是彝族村子，美丽乡村建设的典范，是人居环境改造工程的一部分。二零一七年打造这个村子，就是说这个村子也是旧村改造的，因为很彻底，高低坐落，没有落差，每套房子都是美丽的家园。这座四层楼的办公室，窗子下面的墙上画着图案，一看就是彝族风格。

彝族是中国一个人口较多民族，水西彝族的远族为古代西北氐、羌族的一支，是由中国北部的古羌族发展来的。水西泛指贵州鸭池河以西的地方，包括毕节周边的大部分地方，是元明两朝彝族土司贵州宣慰使司辖地。青山村也有苗族、白族等少数民族，但以彝族为主，村子就以彝族风格为主。新区政治部的干部说，国土、规划部门都参与了民居改造这个工程。去年搞火把节，就在这里的广场

上，看到的地方全部是人。我很欣慰地看到青山村村民所有房子都进行了整修，焕然一新，整个村子就像公园。

我对金海湖新区很喜欢，昨天党工委副书记、管委会主任喻祖常亲自过来给作家们介绍金海湖新区的情况，党工委副书记彭玉祥、管委会副主任谢品邦、曾艳也参加采风活动。这时候，一位小姑娘给了我一份接待手册，我看到认识的和不认识的一些名字：李发模，夏天敏，文清丽，史小溪，冯明德，陈涛，周舒艺，杨献平，哈森，宝贵敏，杨雪，沈洋，周翔，顾坚，康桥，陈然，周习，刘楚仁，西门，毛竹，王华，冉正万，王剑平，王鹏翔，彭澎，刘靖林，叶光良，陈菊，唐福德，王咏桂，王纯亮，黎巽僎。昨天我没有去二十六公里长的双山大峡谷，没有看到玉带似的落脚河，也没有去贵州夜郎西民族乐园。但我听说金海湖引进了几家大型的企业，有汽车制造、有职教城。我却感受到了金海湖是那样的年轻，他是一个健壮、勇敢的小伙子，又是一位婀娜多姿的美丽少女，据了解，它诞生于二零一一年，成长在二零一五年，毕节市把原双山新区和贵州毕节经济开发区合并，组成二十七万人的新区。金海湖，是毕节市腾飞的试验区，是经济发展的火车头，就如飞雄机场将要起飞的金鹰，一飞冲天，目标是西南一流，国内知名。走过的金海湖，就像掩映在绿树丛中雨打芭蕉的竹楼，令人怀恋和回味。我感到了这里的生态环境的美和干部群众干事创业的热情，他们都在为水西更美、为小康路上没有一个穷人而奋斗。

你听歌曲《水西谣》：高高的乌蒙山，美丽的水西女。走过了千万里路，唱过了千万支歌，比不上唱一曲，思念的水西谣。太阳是月亮的歌，月亮是太阳的梦；男人是女人的歌，女人是男人的梦，何不唱一曲梦中的水西谣。

周习

中国作家协会会员，中国国土资源作协小说委员会副主任，山东作家协会全委会委员。鲁迅文学院第十一届高研班学员。著有长篇小说《少男少女》《土窑》《天干地支》等；报告文学《守望大地》《种麦者》等；散文集《鲁院纪事》《北川纪事》《菜乡纪事》等；并有若干短篇小说发表。获得过首届泰山文艺奖、冰心儿童图书奖、冰心散文奖、宝石文学奖等。

到毕节，看金海湖

顾坚

立冬这天，我突然接到彭澎电话，邀请我到他的家乡贵州毕节参加一次采风笔会，问我有没有空。我说没空抽空，肯定去。他很高兴，说："坚兄，等你过来，喝酒！"

二零零九年三月，鲁迅文学院第十一届全国中青年作家高级研讨班开班。高研班在京学习四个月，来自全国各地学员共五十四名，可谓优中选优。彭澎代表贵州，我则代表江苏。所有学员都珍惜这来之不易的研修机会，更珍惜来之不易的同学缘分。彭澎此次受金海湖新区党工委政治部委托，组织这次采风笔会，邀请了全国三十多名知名作家，其中鲁院师生就有好几位。他特别告诉我，邀请了西门，我一听笑了，说"这个老呆 ×"！他在那边也乐，说西门得知我在邀请之列，也是脱口一句，"这个老呆 ×"！

西门是笔名，大名魏增军，祖籍河北保定，京城著名编剧。我俩互为同桌，互相亲爱又互相抬杠，互相欣赏又互相埋汰，是鲁十一人见人爱又人见人恨的一对搞笑活宝。想不到时隔八年，又把我俩拉到一起来了，见了面肯定又要胡闹一番。

还没成行呢，我已兀自激动了。赶紧上网订购往返机票。

十一月十六日报到。上午八点三十分从南京禄口机场起飞。我担心早晨从扬州出发天气有雾，或路上遭遇突发情况而耽误航班，决定十五日下午即赶到南京住上一宿。江苏广电总台的曹峰峻先生知道情况后，联系了他熟识的禄口机场派出所戴招军所长，请他在机场附近找一家宾馆，他开车接站送我过去同住，第二天早上再送我去机场。

在燕雀湖花园酒店住了一夜。我和曹峰峻在戴所长引领下，到机场食堂用过早餐，即去机场领登机牌，顺便会同来自安徽宿州的鲁院同学刘楚仁。刘楚仁系中国公安大学毕业，任宿州看守所副所长多年，居然是个“路痴”，一定要和我做伴儿——复制了我南京到毕节的往返航班。

飞机经停贵阳，逗留了两个多小时，正好和来自江西的鲁院同学陈然会合。陈然是我们班的“小萝卜头”，天生一张娃娃脸，以至同学伊始，谁也想不到他也是“六零后”。他的短篇小说写得相当奇峭苍烈，在圈内广有影响。三人复登机，四十分钟后，即降落毕节飞雄机场。

报到下榻处在毕节鹏程国际酒店。彭澎早就和接待人员在大厅恭候。来自中国人民解放军北部战区的康桥同学已经早到，而西门、毛竹同学和鲁院陈涛老师（现任中国作家协会民族处处长）此时正在首都机场准备登机。握手，拥抱，嘘寒问暖。彭澎恶作剧地把我和西门安排同住一间客房。因为在贵阳经停，旅途时间差不多六个小时，身体非常疲惫，进了房间放下行李，马上洗热水澡上床睡觉。参加活动多了，便有经验，一定要精力充沛神清气爽，才能优游自信地应付晚上的接风宴——贵州是酒乡，贵州人最好客，必须做好心理和身体的双重准备。

醒来后坐在床上，环顾室内，朦胧而亲切，国内星级酒店格局布置有太多相像，一时竟不知身在何处。从江苏平原到贵州高原，从南京到毕节，差不多两千公里，天上直飞两个小时便可到达，真可谓腾云驾雾。作为六十年代生人，即便在青年时代也不曾想过，现代交通能够发展到这般便捷，真的要珍惜眼下的好光景呵！

起身撩开北窗窗帘。从十六楼朝外看去，对面是大山，山上树木蓊郁，山腰有民居和菜地，山下有公路站、小学校等机构。天约黄昏，夕阳西沉，一切都是暖色调，赶紧摸出手机，对着窗外景致一口气拍了十几张照片。

晚宴设在酒店四楼，两个包厢，主客满座。主办方发表了热情洋溢的欢迎词，采风团员们则表示感谢热情接待和妥帖安排。我这边坐着中国民族语文翻译局蒙古文室主任哈森和民族出版社编辑宝贵敏。我虽出身江南水乡，却天性剽悍奔放，人又生得魁伟，喜欢大碗喝酒大块啖肉，喜欢唱草原歌，常有朋友说我“南人北相”、“简直像蒙古人”。既然像蒙古人，两位蒙古美女就在身侧，岂能放过！主动搭讪，频频敬酒，话题迭出，乃至戏谑搞笑，很快与她们成了好友（原来哈森是“鲁十”的，虽然是七零后，论起辈来还得称

“师姐”）。二十几天后，当哈森和宝贵敏得知我在北京开会时，百忙中约我到人民大学吃饭聊天，令我十分感动。

宴罢回房，正准备烧水泡茶，门铃骤响。原来西门一行人到了，毕节朋友在五龙桥的“刘家豆干”安排宵夜。此时我已微醺，但西门兄弟驾到，焉能不陪？

虽然没有酒店正式，但烧烤的气氛却更加热烈。没有接待领导和文学前辈在场，以鲁院师生为主，又加入了毕节地方上的文学青年，满室男女，笑声喧哗，歌声不断，亲热无比。西门放箸猛吃，捉对和我干杯，我虽喝过一场，但兄弟情深，勉力相陪。一直闹到十一点方散。回到酒店同学们意犹未尽，集中到我房间聊天。我借着酒劲和西门互掐，说他作为北京健尚影视文化传媒有限公司董事长，对我的剧本不闻不问，有悖同学情理，有损兄弟情分，西门是受不得“冤枉”的人，急赤白脸与我分辩，而我在他喋喋不休中居然睡着了。

想不到来毕节第一天就搞醉了。不是定力不够，而是主人盛情，同学情深，酒不醉人，人亦自醉！

次日，居然是被山里的鸡唤醒的。连续三天，我都静静地躺在被窝里，谛听山里远远近近的雄鸡啼鸣。我出生苏北乡村，鸡鸣狗叫蝉噪虫吟是最原初的生命体验。想不到在现代城市的高楼上，于凌晨静谧中能够听到连绵不绝的雄鸡高唱，其意外和反差，于我不啻天籁之音。在很多时候，暌违已久的某种气味和声音以及似曾相识的某种景象会在刹那间攫住你，牵扯你走进从前的意识和记忆，引发灵魂的悸动和生命感伤……毕节的朋友告诉我，这些鸡是山中的居民们散养的。云贵人好食鸡，黄焖鸡汽锅鸡白切鸡辣子鸡风味独特，名满天下，我均品尝过，而在毕节被鸡唤醒，让我与这座古老山城多了一份实实在在的亲爱。

上午八点半，采风团和接待人员在酒店门前集合，分乘两辆中巴前往金海湖新区。金海湖新区于二零一五年十二月正式成立，由毕节双山新区和毕节经济开发区整合组建而成，核心区距离主城区十五公里。出城道路宽阔，市面繁荣，不逊于东部沿海地级市；而因为是山城，道路坡度不断变化，穿隧洞，傍河谷，比平原城市又多出不少新鲜景致。到了金海湖新区，首先参观的是高铁站规划展厅和新区规划展厅，在工作人员的讲解下，我们为即将到来的毕节高铁时代欢欣鼓舞，也为毕节近三十年来的巨大发展变化而感奋不已。地处乌蒙山腹地的毕节，素有“八山一水一分田”之称，是贵州乃至全国最落后的地区之一，落后的生产方式、严重的水土流失和传统的生育观念导致了“越穷越垦，越垦越穷，和越生越穷、越穷越生”的恶性循环，陷入经济贫困、生态恶化、人口膨胀的怪圈。一九八五年以来，通过深入调研，科学决策，经省委省政府研究决定，报国务院一九八八年六月九日批准建立了“开发扶贫、生态建设”综合改革试验区，从此在乌蒙大地上毕节人民上下一心，共同谱写了中国贫困地区科学发展、攻坚克难、赶超跨越、同步小康的壮丽诗篇。

跟着采风团在车上游览了职教城。我再一次惊讶了，想不到离市区十几公里的地方，竟坐落着毕节职业技术学院、毕节医学高等专科学校等六所公办职业院校，入住师生四万余人，与我居住的扬州高等教育规模简直不遑多让，而扬州却是东部沿海地区发达城市。毕节人民在改天换地的过程中完全践行了“要得富，先修路”“经济发展，教育先行”的科学理念！

上午采风团活动的最后一站是参观金海湖湿地公园。湿地有天然的，比如我的故乡兴化，地处苏北里下河地区，拥有大量的滩涂和芦苇荡；也有后天“加工”形成的，比如眼下的金海湖湿地，原本是个小小湖泊，后来明代奢香夫人为建造贵州宣慰府，命人在湖边制造砖瓦，湖面逐渐扩大，故称之为瓦厂塘。山间湖塘，人迹罕至，阳光照在湖面，金光灿灿，因此又称“金海湖”。无论是天然湿地，还是后天形成，我都喜欢。湿地是天然氧吧，是“地球之肾”，是重要、独特、多功能的生态系统，现在金海湖新区花巨资打造高品格的湿地公园，既是保护宝贵的湿地资源，也让湿地为现代市民和全国游客服务，为他们提供了身心憩歇的最佳休闲场所。我最担心的是对湿地本身的无意伤害和刻意改造，然而漫步其中却让人放心和怡然，具有多民族特色的石面广场紧靠路边，神柱铜鼓布置有序；公园深处，沙汀竹丛老树原原本本，只是在闲隙空地种着密集的观赏花卉，比如紫格莹莹的“千日红”，缤纷俏丽的格桑花，还有最适宜毕节水土的杜鹃花。

这里的喜鹊体型很大，在树林竹篁之间飞来掠去，嘁嘁喳喳，自由自在，一点也不理会我们这一拨蓦然闯入它们领地的游客的存在，简直有一种令人生羡的坦荡从容“气度”。喜鹊是大型益鸟，也

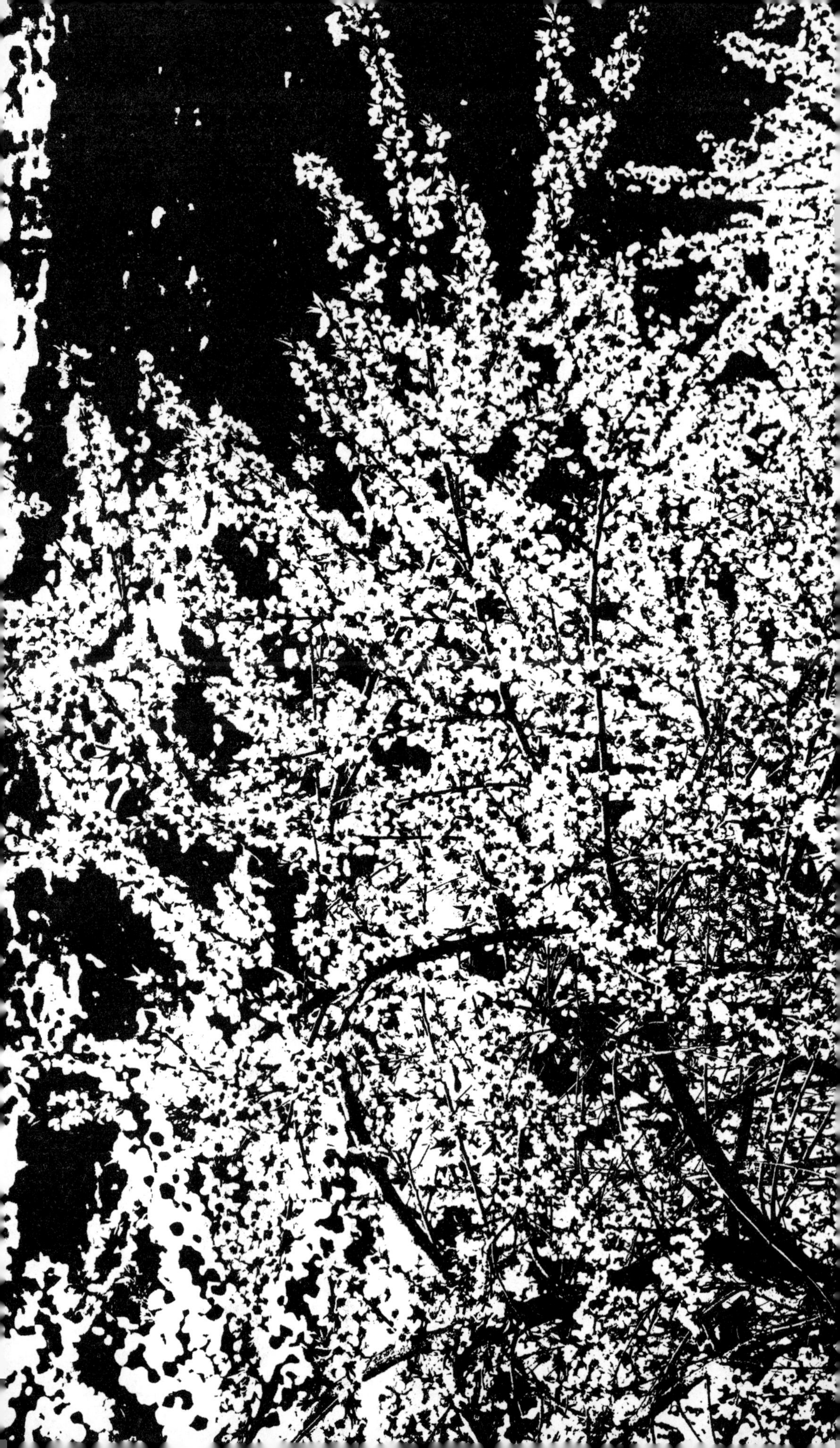

是民间最喜欢的“吉祥之鸟”，对生态的要求是很高的，在金海湖遇见这么多的喜鹊，听见它们自由的鼓噪，心下十分新鲜和温暖。而那些沙渚和湖面之上，我们又看到了成双的鸳鸯和身形伶仃的白鹭，这更让人不胜之喜了。

同行的《毕节晚报》摄影部主任黎巽僎告诉我，湖区四面的山麓，还出没着野猪等哺乳动物，虽然偶尔有啮咬庄稼，造成伤农情景，但政府还是把它们作为保护动物“管理”起来了。是啊，地球本来就是万物共生的，人类没有理由为了自己的利益，而无止境地压缩别类生灵的生存空间，甚至残忍地戕杀它们，万物共存才符合天道人伦，否则最终受害的还是人类自己啊！

金海湖湿地公园建设尚未整体完成，我们看到建筑工人正在小河和土阜上建造景观木桥和八角亭台，摹江南古典园林风格，但略显笨糙，不够玲珑精致。“杭州以湖山胜，苏州以市肆胜，扬州以园亭胜”，若论修建园林，扬州天下第一。康乾盛世，扬州盐商纷纷建筑私家园林，把中国古典园林艺术推到登峰造极之境，瘦西湖和以后的个园、何园都成了“人间孤品”；今天的扬州更成了名副其实的超级园林。扬州人已经把园林作为产品远输海外各地，园林工人只要按图纸，就能在扬州本地把所有建筑构件加工好，运到当地就可组装。我认为金海湖湿地公园先天条件优越，又是政府重点投资的旅游和惠民工程，在细节上一定要高规格，完全可以到苏浙一带园林城市聘用工匠，甚至采用扬州高级而便捷的组装方式来营造公园中的古典风格点缀，这样才能更好地满足游客的审美要求。另外，景区作为旅游经济的重要载体，仅仅满足游览是远远不够的，必须具有参与性和互动性，娱乐设施的建设几乎必不可少。

二零一一年秋天，我应邀赴常州淹城遗址公园采风，该风景区的主体是一座距今两千五百多年前的古城遗址，建筑遗迹早已无存，只剩下依稀的地形轮廓，几乎就是一块荒地，但聪明的常州人以此为“饵”，在迹址旁边斥巨资建了淹城春秋乐园，里面有仿古步行街，大型古装表演区，现代游乐场，4D立体影院，地方小吃区和饭店，甚至还能自由烧烤，林林总总，想方设法让游客心甘情愿、主动自然地掏钱消费。游客出门就是准备花钱的，你得制造让他花钱的由头，让他感到花得快乐、花得值得，让游客在花钱当中既熟悉了地方文化，又能达到放松身心的目的。这种感觉我在下午乘汽艇参观壮丽的双山大峡谷时尤为强烈。

双山大峡谷主河道长达二十六公里，集险、古、雄、奇特点，为国内之所罕见，是极其宝贵的旅游资源，沿途的景区配套产品一定要加快建设，密集到位，才能吸引大量的游客慕名而来。金海湖新区的旅游资源十分丰富，要做到当天让游客走不掉，不想走，完全可以达成二日游。而让游客逗留过宿，类似大理、丽江的民居客栈的经营模式一定要引进采纳。

十一月十八日上午，采风团驱车来到金海湖新区参观海马宫万亩茶园，用中餐时我为当地山民的热情和团员之间的友爱所激动，居然喝下了十几碗水花酒，想不到这甜漾漾的东西后劲很大，在之后尖山村观看原生态苗族芦笙舞表演时，我已经完全晕乎了，走进穿着民族盛装的女孩中间，和她们跳舞，抱起可爱的小演员合影，团员们后来把照片发给我，我都不好意思看我那个“疯相”！

十一月十九日上午，采风团员依依惜别。由于我跟刘楚仁的直飞返程是下午，就落到最后离开。山东同学周习的爱人在毕节任职，此行既为采风，也属探亲，心细而体贴的她以女主人的身份请我们吃午饭，并顺便参观位于毕节一小附近的“红军在黔西北”纪念馆，受到了一次原汁原味的红色教育。毕节是革命老区，红军用鲜血和生命在这里建立了不朽的丰碑，播下了革命火种，与人民群众结成了鱼水深情。如今，红军精神鼓舞着九百多万毕节人民战胜困难，为全面建成小康社会而奋斗。

此次参加金海湖新区采风笔会，让我对整个毕节都有了一个全新的了解和认识。当飞机从飞雄机场腾飞冲上高空时，我透过舷窗深情地凝望大地山川，心里在默默地念叨：毕节，我爱你！美丽的金海湖，请等着我再来！

顾坚

出生江苏兴化，现定居扬州。中国作协会员；鲁迅文学院第十一届高研班学员。现任泰州市文广新局剧目创作室主任；泰州市作协副主席。创作长篇小说《元红》《青果》《情窦开》《爱是心中的蔷薇》等。《元红》被评论界誉为“继《平凡的世界》之后的经典力作”，获江苏省精神文明“五个一工程”奖和江苏省优秀版权奖；《青果》获第八届茅盾文学奖提名，首届施耐庵文学奖、江苏省优秀版权奖等。

那些天，遇到最好的金海湖

西门

其实用不着落地，飞机进入毕节上空的那一刻，就算我已经抵达了。

越野车疾驶在前往市区的公路上，朋友说好好看看，这就是我们明天要采风的地方。正值夜晚，车窗打开的瞬间，潮湿空气撞击嗅觉，瞬间激活了想象。刚从干燥的北方而来，你可以假定这些潮湿来自于不远处的、山中的一棵树或者所有的树，也可以假定潮湿来自于很远的一片水面，所以，我没有问毕节究竟有没有金海湖，反正我们是奔着金海湖新区而来的。

几天前在家里做过功课，知道了金海湖新区的由来。二零一五年十二月，毕节市委、市政府将原双山新区与贵州毕节经济开发区进行一体化发展整合，组建金海湖新区，管辖面积为五百八十九平方公里，总人口二十七万人。区内人文景观和自然风光数不胜数，因为气候宜人，最是休闲居住、旅游观光的黄金之地。

金海湖新区占尽交通便利，全区交通网络大格局基本形成，飞雄机场已开通至北京、上海、广州、深圳、成都等二十多个国内主要城市及大中城市直达航线。杭瑞高速、厦蓉高速建成通车，形成了东西南北四通八达的高速公路网。成贵快铁毕节站位于新区西北部，引入成贵快铁、昭黔铁路、隆黄铁路和毕—水—兴城际快速铁路，目前上述铁路与毕节市高铁枢纽中心也在兴建当中。

峡谷之韵

伟岸的大坝留住了上游浓厚的绿色，俯身向东望下去，几条小瀑布在见底的河边不停歇地做着自由落体。面对坝体的钢筋水泥，你不得不感叹，人类和大自然的力量在这里获得了平衡。凡是平衡，即为人类所用，这不是老天的安排，是人类的思量与行动。

因为恐高，所以把视线急速转移。宛如事先做了安排，慌乱的心渐渐安稳下来，那是星罗棋布的捆石龙发挥着作用。在中国大部分地区，捆石龙被俗称为爬山虎，我们见惯了城市里那些茁壮且肥大的叶片，而在这里，不仅仅是季节转换，导致了它们只剩下零星的小小的红叶，它展示的是执拗的筋脉，鱼网状包裹着山石，正是应对了它的名字和天职。

我对同行的作家朋友说，把你的眼睛分开吧！左眼是红，右眼是绿，沿着石阶走下去，遇到大片绿意之上漂浮的白色，那就是让你徜徉峡谷的机动艇。

机动艇匀速逆流而上，这条名为双山大峡谷的奇观绵延二十六公里，令人稀奇的景致一幕幕让你遇见并记在心里。同行的朋友们高密度地惊呼，让掌舵的年轻人非常得意，他大声让人们保持镇定，担心这二十六公里的水路走完，很多人的嗓子会变得嘶哑。

惊呼的人们都是知名作家，都见过世面，又绝对没有见过这样雄险的大峡谷。根据舵手的提示，我在两侧峭壁上辨认着古人留下的山洞和痕迹，它们大多属于战争和图腾，更属于人类适者生存的最高见证。如同变幻莫测的历史，峡谷之水也在变幻着它的身高，也就是在这无穷尽的反复之中，历史被冲刷，人类还站立在时空的潮头，有了我们的追寻和感慨。

峡谷，都是深度大于宽度的陡峻谷地，我问年轻的舵手，我们脚下的水深是否有三十米，他用夸张的口吻说，三十米，那怎么可以?

据说，出于环保考虑，双山大峡谷还没有完全被开发，但它却有着得天独厚的条件。双山属于典型的喀斯特地貌山区，奇石林立、洞穴幽深。十一年前，落脚河库区水电站建成以来，库区上游水急滩险，两岸绝壁，灌丛密布，完全是“险、古、雄、奇”的峡谷风光特点。下游则完全是另外一番模样，水面开阔，鸟群飞翔，宁静的湖光山色一览无余。

这样醉人的景致，配以当地厚重的人文历史，正是游人追逐的天堂所在。

茶山之美

此行毕节，多了一份私心，因为爱茶，所以对这里的茶山格外关注。

乌蒙山是金沙江和北盘江的分水岭，位于贵州高原西北部和滇东高原北部。竹园民族乡海马宫村的高山茶旅生态观光园，就在乌蒙山腹地，这里三面环山，一面呈阶梯状，自东向西一直通往河谷。

从毕节前往茶山的路上，视线始终被雾气遮挡，看不清两侧的山峦。这里的群山平均海拔高达一千五百米左右，年平均气温十五到二十三度，无霜期两百多天，年降雨量一千多毫米，月平均相对湿度百分之八十以上，为贵州较寒冷的高湿绿茶产区，土质为豆瓣砂夹黄土的富硒土壤，水质清爽，土质疏松，钾元素含量丰富，最适于茶树生长，这样的优质环境形成了海马宫独特的茶叶品质。

颠簸行进中，突然觉得自己很渺小，或许是置身在亿万年的大山中，或许是因为这片茶山的两个典故。明代杰出的彝族女政治家奢香夫人喜欢饮用这里的茶，且带了一些进京面见明太祖朱元璋，皇上品后大喜，遂赐名为“彝家女贡茶”。后来为了使贵州西北边疆安定，又赐金银粮帛与奢香夫人，命其修建水西九驿，建九层衙门，修缮贵州宣慰府，使这样的好茶从此能随时品到。清朝乾隆年间，当时贵州大定府（今大方县）有位姓简名贵朝的人，曾在山东文登任知府，因对茶颇感兴趣，回乡葬父后到海马宫定居，对“彝家女贡茶”进行了一定规模的种植和加工，冲泡后汤色似竹叶绿取名为“竹叶青”。送大定府品尝，得到官府好评后逐一上送直至朝廷，后来“彝家女贡茶”便作为贡品岁岁上贡。

未到茶山之前，在山坡上先见到一株百年的杜鹃，前阵子刚被修剪过，锯断处裹着保护膜。有人介绍说这里也是杜鹃的家园，我想起曾和福建的茶专家谈天，他说茶园如果紧邻开花的植物，那么茶叶中也会吸收和保留花的香味，这是茶叶同地不同味的奥秘。现下过了采茶和花开的季节，不免有些遗憾，所幸制好的茶有很多，用当地的山泉冲泡，那将是原汁原味的享受。

在大山深处，没有那么多讲究，热水新茶杯子三样足矣。不仅是天冷的缘故，手捧着茶杯，瞬间感觉到的温暖和绿茶淡淡的清香同时而来。闭目细嗅，鼻息中混合着多种味道，山岚的潮湿中有树林和某种花的香气，它们如天般高高在上。热水和泥石铺陈的尾调在下，就在这天地之间，感受到了嫩芽的婉约和娇嫩。绿茶，越是高品则性格越孤傲，叶片在制作过程中，天成的青涩会转变为甜味之前的微苦，而微苦之后又决然地给味觉以回甘，爱茶的人，莫不是在这两味之间寻觅和着迷，这便是饮茶的乐趣。

海马宫村的“彝家女贡茶”是一个顶尖品牌，为了让它扩大规模走向更广阔的市场，金海湖新区大力调整农村产业结构，在这里规划建设了万亩高山生态有机茶园。生产方式优化了，生活水平提高了，思想观念更新了，海马宫成了大方县名副其实的以“致富田园、生态庭院”为主题的特色庄园、文化乐园，海马宫这个社会主义新农村成了幸福美好的和谐家园。

彝酒之醇

好日子离不开美酒，金灿灿的米酒即是最好的助兴佐使。

彝族同胞擅酿米酒，夏季刚过的时候，秋意渐渐浓厚起来，他们将上等的新米用泉水浸泡一夜，直到颗颗柔软且晶莹透亮，用竹筛滤干水分，放到木甑里蒸熟，然后盛到瓦盆里散热，撒上酒曲，兑上少量的水，最后把它盛到瓦罐里捂上盖子。不到一旬的光景，凑近就能闻到扑鼻的清香。彝族同胞朴实热情，每有客人到家，他们总要抱起大瓦盆，滤了米渣，端上一大碗黄澄澄的米酒。

此次一同采风的有三十多位作家，来自全国各地，其中几位是我在鲁迅文学院的同窗。香醇的米酒，体会到了彝家人的丰收喜悦，也解了同窗八年的思念之情。酒越喝越浓，情越喝越深，不知不觉间又仿佛回到了八年之前，按照鲁院的规矩，大家开始唱歌，开始听正宗的彝族山歌，忘情忘忧于茫茫茶山之间。

宣慰府广场，历来被视为贵州的“古彝圣地，奢香故里”，就位于毕节市大方县云龙山脚下。刚刚在这里结束的彝博会，被来自国内外的专家学者盛赞为彝文化的盛宴。此次彝博会以“彰显古彝雄风·助推文产繁荣”为主题，设置了包括彝族非遗展示馆、“中国彝风·魅力毕节”中国彝族摄影大展、彝族古代绘画书法精品展、彝族歌舞展演、特色文化创意产品展销区在内的五个展区，展出面积达一点五万平方米。

彝博会上，打造彝族特色文化产业高地的“毕节姿态”，这是当地政府的文化发展思路，从恢弘、别具一格的开幕式到丰富的彝族文化及其产品展示，从展区富有彝族特色的文艺表演到流连忘返的观众，从系列论坛到文化产业项目签约仪式，不仅充分彰显了毕节市作为“藏羌彝文化产业走廊”贵州核心区，在“十三五”期间，为贯彻落实文化部、财政部《藏羌彝文化产业走廊总体规划》和“一带一路”的国家战略勇于作为的积极之态，也为毕节市“决战贫困、提速赶超、同步小康”战略目标全面实现，发挥文化精准扶贫的作用提供了新的平台，为经济欠发达地区的文化传承和发展、打造特色文化产业发展高地提供了示范。

天下彝人是一家，在彝博会现场，不仅贵州省内的彝族文化得到了全面的展示，来自四川省凉山彝族自治州和云南省楚雄彝族自治州、昭通市、红河哈尼族彝族自治州以及广东、广西等省区的文化企业也积极参与了此次彝博会，这不仅丰富了展会的内容，也促进了文化企业之间的交流与合作，为实现优势互补、互利多赢，共创和谐美好的未来提供了机缘，也为毕节试验区抢抓历史机遇，搭建彝族特色文化产业发展平台，推动文化产业转型升级、融合发展，建设多彩贵州、民族特色文化强省谱写了毕节篇章。

据史料记载，彝族在毕节有文字记载的历史超过三千年，神秘厚重的彝族文化至今仍在黔西北古彝大地上传承和发展。早在一九五五年，毕节就成立了彝文翻译组，经过数十年如一日的持续抢救与保护，古彝文的文化价值、美学价值、传承价值得到了深度激活。

全方位、立体化展示和发展彝族文化，毕节已搭好了舞台，金海湖新区由于得天独厚的地理位置，将在这个舞台上向世人宣告，它所面临的机遇、挑战和责无旁贷的重大使命。

金海之湖

有幸参加了金海湖新区的发展建设规划说明会，因为时间关系，我们走访的地方还不足万分之一。看着巨大的沙盘，青山绿水浓缩在眼前，新兴的城区和林立的楼群浓缩在眼前，这是古老与现代的

交汇，这是历史和今天的碰撞，也是山水因人更美的最好注解。和我们这些造访者不同，我们的眼神是羡慕的，金海湖人眼神是自信的。就像解说员充满自信的话语，无论是谁，都身处在中国最好的时代，每个人要做的不是等待，而是创造和参与，既然世界给了中国人机会，既然中国给了贵州机会，金海湖人就要让世界刮目相看。

金海湖区有很多彝族、苗族同胞，他们和汉族兄弟姐妹一起，共同守护、建设着这片富饶的家园。品过了杯中的绿茶，喝过了碗中的米酒，看过了苗族姐妹的舞蹈，听过了余音绕梁的芦笙，感觉从未有过的振奋。山水一直都在，歌声和芦笙的音乐一直都在，是什么让我们的心情如此澎湃？还是这个时代，她孕育了旷日持久的能量，就要在我们的视野中爆发了，我们是见证者，但绝不是旁观者，因为我们也在创造，共同超越历史、赶超现在、共创未来。

蒙蒙细雨中，我们造访了正在修建的金海湖湿地公园，它规划占地面积四千多亩，这是金海湖新区打造“城在景中、景在城中”的景城一体化城市的理念体现。目前水域面积一千二百亩的金海湖湿地公园，库容量四千万立方米、水域面积五千余亩的归化湖和十平方公里的营盘山森林公园建设也在有序推进，这些景点建设完成后将与百里杜鹃、织金洞、草海、韭菜坪、九洞天等景区形成毕节大旅游循环圈。“大山为景，小山为园；大湖为心，小水为带；峡谷为络，绿廊成网”，这是金海湖人对家乡的建设思路，紧紧围绕“生态”这张王牌，着力把金海湖新区打造成新型山水生态园林城市的典范。

三日匆匆，离开毕节之前，我一直没问是不是真有金海湖，我的胸怀远远赶不上这里的建设者，有没有这样一面湖水的名字不重要，金海湖人已经把家园置身在了美丽的山水之间。金海湖是一个美丽而宏大的概念和关键词，它不仅仅指水物质，也不是某一个人的家，它是家园，是所有金海湖人的梦想和现实。

西门

中国作家协会会员，作家、剧作家，鲁迅文学院第十一届高研班学员。著有长篇小说、诗集多部，影视剧三百多部集，发表各类文学作品五百余万字，四十多部文学与电视作品获国家、省部级奖励。

在乌蒙山的腹地

康桥

也许，天空中飞翔的大鹰，比行走在大地上的人类更能了解乌蒙山，那是大自然有节奏的音符，布列在有生命的地球之上。

乌蒙山没有雄视天下的傲气和霸气，却也不缺少雄浑俊伟，特别是贵州境内那些圆锥形小山丘，远近高低不同，参差错落有别，它们有的重峦叠嶂，有的峭壁如削，有的凛然峻拔，有的秀丽隽雅，有的嶙峋如刺，有的浑圆若柱，别致的风姿与情态，形成音阶般的乌峰耸翠。

此刻，我在乌蒙山腹地——贵州省毕节市金海湖新区。

这里是世界六大古文字古彝文发源地，古夜郎国文化发源地，中国南方古人类文化发源地。

如巨人迈开双腿，乌蒙山在这多民族聚居、三省通衢、红星闪耀的地方，汇聚起自己的风水。

我们坐游艇在金海湖双山大峡谷考察。

为什么会是湖，而不是一条河流？

其实，是一条峡谷。没开发的大峡谷。

我们行驶在一条河流之上，确切说，我们是穿行在一条峡谷之中。

先前，这里是没有这么多水的，深长的峡谷边可以种地，因为这几年建了水坝，雨水过多积存，使这条峡谷慢慢地变成河流。

这条河有一个好听的名字：落脚河。

看来，这水不会太深，可以落脚的河，是不会有危险的。至少，河流里不会有漩涡。

千万不要因为落脚河没有什么大名气，就小看了它，它可是这里的金元宝。我们有谁见过在深深的峡谷边种地呢？

峡谷中容易积水，大雨来时容易被淹，更不用说山洪暴发；光照时间也短，只有正午时间，能有充分的阳光。

峡谷中哪来的土壤？最初，利用峡谷种地的人，是怎样不知劳苦地，一点点把土壤从峡谷外，搬运到峡谷之中？

这个人，一定要有愚公的精神。

不然，大雨来时，会冲走外面搬来的土壤。

还有一种可能，那就是大自然搬运的杰作！然而，多少年多少代的风，大自然才能为双山大峡谷运来可以耕种的土层。

那个最先在峡谷中种地的人，会是什么样的人？他当初在峡谷中种植的会是什么作物？

从一条峡谷变为一条河流的经验看：峡谷不宜人类耕种、不宜动物穴居。

峡谷，自古都是军事要地，我不知道双山大峡谷是否曾是战马嘶鸣的古战场？是否像函谷关一样，在历史上建置雄关要塞？

历史有这样的记载：东汉末年，诸葛亮平定南中，在七星关筑坛结盟，开民族团结之先河。

有一说：诸葛亮在毕节和赫章交界处，焚香拜神，祈求上天保佑平定南方，统一中原，恢复汉室。民间广为流传的《三国演义》，讲述了诸葛亮设七星坛祭风，助周瑜破曹军的故事。

诸葛亮祭星坛，是七星坛，不是七星关。

金海湖新区党工委副书记彭玉祥告诉我们：七星关区因贵州历史名关——七星关而得名，建置沿革源远流长。

果不其然，古人在这一带设过关。

七星关，自古控巴蜀之门户，扼滇川之咽喉，是长江珠江之屏障，乌江、北盘江、赤水河的发源地。

冲锋舟在峡谷中行驶，我从座位上起身走到驾驶员旁边，这样既能从前方的窗户中看清沿途风光，又能随时请教问题。

我瞪大眼睛寻找着，试图能发现深险如函，具备“一夫当关，万夫莫开”之固的古建筑痕迹。

我脑海中，浮现出赤壁之战千钧一发的重大时刻，周瑜面对曹军战舰，急火攻心、吐血倒地的情景。

鲁肃对孔明说：这是曹操之福，江东之祸。

诸葛亮笑曰：周瑜的病，我能医。

诸葛亮是神医吗？他既为良相，定是良医。

鲁肃感叹：诚如此，则国家万幸！即请孔明去给周瑜看病。

孔明问候周瑜：几天不见君面，如何贵体不安？

周瑜哀叹：人有旦夕祸福，岂能自保？

孔明曰：天有不测风云，人又岂能料乎？

周瑜闻声失色，只作呻吟。

孔明问：都督心中是否觉烦积？

周瑜点头，说是。

孔明建议：必须用凉药解之。

周瑜回答：已服凉药，全然无效。

孔明又说：需先理其气；气若顺，则呼吸之间，自然痊愈。

周瑜：欲得顺气，当服何药？

孔明索纸笔，密书十六字：欲破曹公，宜用火攻，

万事俱备，只欠东风。

诸葛亮一语中的，周瑜顿觉神清气爽，病好了一半，惊叹诸葛亮是神人。

诸葛亮曾遇异人，传授《八门遁甲天书》，上可呼风唤雨，役思驱神；中可布阵排兵，安民定国；下可趋吉避凶，全身远害。

金海湖，我们一不小心，就会步入三国的烽烟。

孔明建议周瑜在南屏山筑坛。

南屏山是哪一座山，我不得而知。

但我知道，在毕节，有古人用东南方红土筑造的“七星坛”，方圆二十四丈。

诸葛亮本欲借三日三夜东南大风，助周瑜用兵。

周瑜心切说：只一夜大风，大事可成。事在目前，不可迟缓。

船在峡谷中徐徐而行，尽收眼中的是两岸惊险奇绝的山崖，我脑中呈现的，却是诸葛亮筑坛的场景。

七星坛高九尺，共三层，用一百二十人，手执旗幡围绕。

底层插二十八宿旗：

东方七面青旗，布置成苍龙之形；

北方七面皂旗，布置为玄武之势；

西方七面白旗，踞白虎之威；

南方七面红旗，成朱雀之状。

坛中层围黄旗六十四面，按六十四卦，分八位而立。

坛上层站立四人，戴束发冠，穿皂罗袍，凤衣博带，朱履方裾。

前左一人，手执长竿，竿尖上鸡羽为葆，以招风信；前右一人，手执长竿，竿上系七星号带，以表风色；

后左一人捧宝剑；后右一人捧香炉。

坛下二十四人，持旌旗、宝盖、大戟、长戈、黄钺、白旄、朱幡等环绕四面。

当天甲子吉辰，诸葛亮沐浴斋戒，身披道衣，跣足散发，来到坛前。缓步登坛，诸葛亮焚香于炉，仰天祈祷。一日三次，却不见东南有风。

近三更时分，风声响动，霎时间东南风大起。

我不赞叹赤壁之战的精彩，只痛惜周瑜畏惧诸葛亮之神通，派人暗杀救命恩人。

尽管诸葛亮料事如神，逃脱了周瑜布置的暗杀，但还是让人心中堵塞。

不用说，在双山大峡谷，我没能发现三国时期的雄关重镇——七星关。

平定南边，诸葛亮曾遭遇一次败仗：孟获以兽为军，驱使毒蛇、猛兽，冲向蜀军，大败赵云和魏延的兵马。

由此，诸葛亮才创造出外形似兽、能喷火的兵器来抵挡孟获的兽军。

诸葛亮七擒孟获，正史中没有记载；《三国演义》诸葛亮七擒七纵孟获，应该是被美化和演义的结果，真实的历史应为：诸葛亮七战孟获。

在我直觉里，双山大峡谷，才更像是诸葛亮转败为胜，第一次生擒孟获的地方。当然，臆想而已，并无依据。

二零一一年十一月十一日，国务院批准毕节地区撤地设市。

毕节市大方县彝文碑《济火纪功碑》，刻记着一千七百多年前，大方彝族首领济火，协助诸葛亮七擒孟获，战斗有功，受封为罗甸君长。那时大方称为罗甸国。《济火纪功碑》与《三国志》记载，完全相符。

双山大峡谷深处有一独立高大的石柱，当地人称“人根峰”，对面有一玄女洞；是远古先人劈山凿洞，打造的生殖崇拜？还是大自然有意的造化？我们不得而知。

双山大峡谷的名称，由此而来。

峡谷中有可以藏兵器的藏兵洞，冷兵器时代，古人利用峡谷天险助战，直到抗战时期，游击队还利用双山峡谷的地理优势，在这里打伏击，和敌人周旋。

双山大峡谷不仅在军事上有战略意义，更重要的是当地百姓在此播种，创造了一个又一个生活奇迹。

现在，风景优美的双山大峡谷，是金海湖新区利用峡谷和积水打造出的城市峡谷风光。

在峡谷之巅，矗立着雄伟的建筑：落脚河大桥。

二十六公里的双山大峡谷上，有三座大桥，一座高速公路大桥，一座高速铁路大桥，一座简易的老桥。

让我放飞灵魂的大鹰，翱翔双山大峡谷的蓝天。

在时空隧道里飞翔，我看到乌蒙山交错的江河、叠嶂的山峦，仿佛看到与长城、古罗马大道一样历史悠久的南丝绸之路。

大鹰飞翔的峡谷，我看到成群结队的“马帮”，艰难地行进在南丝绸之路上，他们过江穿峡，由中国内地通往缅甸、印度。一条古老而又充满神奇的道路，彰显着西南先民开拓的精神、坚韧的风骨！

继往开来，毕节市打造梨树高铁客运枢纽，携手飞雄机场，并联杭瑞、厦蓉、毕威高速公路，成贵高铁，以及连接毕节中心城区公交，一座四通八达的现代化交通城市，以博大的胸襟，展开翱翔世界的翅膀！

几年前，我曾感叹：北京南站集高铁、国铁、地铁、公交、出租等交通方式于一体，这种综合交通枢纽，以人为本，极大地方便了每一个人。

上海虹桥综合交通枢纽，集航空、铁路、公路长途客运、地铁、城市公交、磁悬浮等多种运输方式为一体，更大程度地让人们享有了现代化交通的便利。

梨树高铁客运枢纽，与北京、上海一样，成为集交通功能、商务功能为一身的大型综合化、立体式的综合客运枢纽。

毕节乌蒙山区，地势险峻，地质地貌复杂，平均海拔约二千零八十米，山间多盆地、深切谷地，喀斯特地貌发育，残丘峰林、溶蚀洼地。此外，还有瓦斯岩爆，泥石流、地震区、地下暗河，有含盐、含硝、含硫酸根等侵蚀性岩层。

在西南修铁路困难重重，跨河要架设桥梁，遇山要开挖隧道，而桥梁施工，是施工任务的重中之重、难中之难。

二十世纪初，英国人和苏联专家，想从上海修一条经过重庆云南到缅甸的铁路，看了看，放弃了计划，说根本修不了。

梨树高铁客运枢纽中心工程，挑战的是比外国专家不敢修的铁路，更为复杂、更为艰难的高速铁路。

落脚河大桥，是杭瑞高速上的大桥。

杭瑞高速是毕节境内第一条国家高速公路，是横贯黔北、黔西北的一条重要快速通道。

高速毕节段，既有山高谷深的峡谷地貌，又有相对平坦的溶丘谷地，岩溶地貌与侵蚀地貌交错分布。高架桥梁密集，桥梁隧道相连，无论工程量，还是施工难度和风险都非常大。

好像一条雄健的卧龙，落脚河大桥飞架千仞绝壁的峡谷之上。大桥长五百多米，主跨二百七十八米，为预应力钢筋砼加劲板梁悬索桥，桥面至河面高差二百五十米。

落脚河大桥，在建设中面临桥梁跨度大、气候变化大等问题，要解决山区大体积承台混凝土温控问题，解决山区超重钢锚梁整体吊装问题。

大桥建设者在离地面两百多米的高空，需要将一片片钢构件在空中拼接，桥墩可以抵抗一百五十吨的墩径水平力，落脚河大桥，整个顶推重量超过五千吨。

在不规则峡谷风的吹打下，将直径二十多毫米的螺栓一个个精准对接，这要拿出在刀尖上行走、在针尖上绣花的硬功夫。

大桥一号墩高五十三米，二号桥墩高五十二米，这样细长的桥墩，要起支撑作用，同时承受桥梁水平移动产生的巨大摩擦力，风险极大。

我走过高空建筑的透明玻璃桥，见过在桥上拍照不敢前行的游客，他们中有的不敢站立，趴在栏杆上闭着眼睛一动不动；有的被同伴硬硬地拖着往前走，甚至吓得尿湿了裤子。

我不知道建筑工程师们怎样克服重重困难，在高空作业；多少次的心惊胆战，多少次剧烈跳动的心要蹦出胸口，落脚河大桥凝结着建筑工程师的智慧和血汗……

另一座横亘万顷蓝天的落脚河大桥，是成贵高铁全线控制性工

程主桥。

大桥全长四百四十余米，为三跨一联的连续钢构桥梁，两主墩儿高七十多米、八十多米，桥面到河面垂直高两百多米。

成贵高速铁路全长六百多公里，被称为世界第一条山区高速铁路。

高速铁路大桥比高速公路大桥的施工要求更高，桥位于深切峡谷之中，材料、机械设备和混凝土浇筑运输都面临着很大的困难。

落脚河高铁高速桥梁，是双山大峡谷美丽风光的组成部分，更是贵州交通的生命线。

我们惊叹双山大峡谷的美丽时，金海湖新区以更大的魅力，打造“大山为景，小山为园；大湖为心，小水为带”的里程碑建设。

不用说，落脚河是小水，那么大湖？

一千二百亩金海湖湿地公园！

金海湖湿地，原本是一个小小的湖泊，奢香夫人为建造贵州宣慰府，命人在湖边添砖加瓦，开辟驿道，湖面逐渐扩大。

有人说：“金海湖”是因为阳光照在湖面，金光灿灿而得名。

我要说：“金海湖”是一个美好的寓意和象征。金，我理解为山，理解为财和运，金海湖三字连在一起是一个美好的祝福。

峡谷为络，城市峡谷风光——双山大峡谷编织的，会是什么样的景色呢？

绿廊成网！这就是毕节金海湖美好的明天。

湿地是与森林、海洋并称为地球三大生态系统的“物种基因库”，是“地球之肾”。由于生态环境的改变等原因，世界湿地减少了百分之五十，金海湖新区利用自然资源，保护扩建湿地，让人欣喜。

严格意义上说：湿地是大大小小的沼泽地、泥滩地、长年保持水域的地带，湿地是飞鸟的天堂，是水草的家园。

虽是初冬时节，遍野的坡地上，还盛开着万紫千红的花朵。

我情不自禁地扑进这花的海洋，鲁院同学彭澎告诉我，这美丽的花是“千日红”，因为在冬日里仍然俏丽缤纷，花期长，故名。

千日红最好看的时节是夏天，花朵绽放而绚丽。

“孟夏百物滋，动植一时好”，白居易的诗只需改两个字，“野猪乐深林，虫蛇喜丰草。翔禽爱密叶，游鳞悦新藻”。

想当年，这里应该是有麋鹿的。

白居易的《首夏》诗是写浔阳的，但似乎感觉就是在写乌蒙山，写毕节。

湿地是人类的公园，更是飞鸟的天堂。

有了湿地，天鹅会来，仙鹤会来，鹭鸶会来，鸳鸯会来，红嘴鸥会来……

金海湖是乌蒙山腹地的灵魂所在，她是乌蒙山腹地的羊水，必将孕育新的生态奇迹。

站在现代化交通前沿，金海湖打开迎宾的大门。

机场、铁路、高速公路、高铁客站、铁路货站、内陆港物流园区和工业园区的新区，形成大物流、大商贸、大平台、大发展格局。

飞雄机场已开通至北京、上海、广州、深圳、成都等国内主要城市直达航线。

梨树高铁客运枢纽，一个小时融入黔中，一个半小时融入成渝，两小时融入“珠三角”经济圈，成为对内连接成渝、滇中、黔中经济区，对外通达东南亚、南亚的重要通道。

毕节，一座将现代化、智能化、人性化融入火车站建设的综合铁路枢纽、现代物流中心，毕节是国家实现“一带一路”战略的目标城市，正在崛起腾飞！

康桥

北部战区作家。中国作家协会会员，国家一级专业作家；著有诗集《寸草心》《血缘之源》《飞翔，向着太阳》《生命的呼吸》《征途》《像天鹅一样歌唱》等；散文集《天问：我是谁》《冰层下绽放的花朵》等；报告文学《穿越夹金山》《还给患者一颗健康跳动的心》《高铁时代的备忘和铭记》等。有诗集获全军文艺新作品奖一等奖、首届齐鲁文学奖、共青团精神文明建设“五个一工程”奖、中国人民解放军图书奖。二零零九年被评为首届十佳军旅诗人；二零一七年被评为中国新诗百年“全球华语诗人诗作评选·新诗百年百位最具实力诗人”。

五新金海湖

周翔

近年频传贵州毕节发展加速、日新月异的消息，我半信半疑。要说交通的变化，那是非常直观的，我曾经走过，常叹咱们云南真没有人家的大手笔。但要说其他，耳听是虚，眼见为实：一个曾经GDP 落后于云南的毗邻省，一个与昭通同病相怜的友邻地区，要实现全面翻身，的确有些玄!

我所生活的云南昭通与毕节同属乌蒙山脉，当年同属贫困程度较深的地区，同属经济、交通欠发达的状况，相互之间自然有一些惺惺相惜。昭通还好，有那么一些资源，自古有“拉不完的昭通，填不满的叙府”之说，加上金沙江下游的溪洛渡、向家坝、白鹤滩三个巨型电站开发，以及内昆线铁路贯通、高速公路延伸、城建加大投入等进步，似乎有些底气。而作为我们的老大哥毕节，似乎并没有发现什么富集的资源、能源，风景倒是旖旎，忽而听说连接威宁的高速公路贯通的信息，忽而又传来百里杜鹃的花讯，忽而还盛传织金洞的开发、金海湖的新貌……毕竟有些玄!

而当我一步迈进金海湖新区，耳濡目染，一个活生生、响当当的开发新区呈现眼前，一切猜测怀疑荡然尽释：金海湖，毕节的缩影，令人耳目一新。

综合这儿的变化发展，感觉有五新：

面貌新

我习惯用对比的方式来展示新的内涵。

其实我只是曾经偶尔路过毕节，但绝不是叶公好龙。我对那儿的印象，大抵来自两个方面：一是上个世纪七八十年代，几个毕节战友的描述；二是多年来一些到过毕节的人们口耳相传。

毕节昭通可谓互为老表弟兄。如果将毕节与昭通的联系视为藤蔓，很早以前，经济短缺时代，咱是一根藤上的两个苦瓜，改革开放后渐渐变成了甜瓜，而今却脱颖而出变成了金瓜。但若将昭通与毕节比作两个相邻的家园，那么，过去同为半荒芜、半富足的单一“粮”园；改革开放后逐渐发展，有了菜园、果园、花园，成了“良”园；到而今，俨然脱胎为“梁”园似的好个去处了。

怎么不是呢？展现在我们面前的金湖海新区，处处呈现出蓬勃的生机：不论是新区建设中的营盘，还是我们走过的区位；不论是尚有一半在蓝图沙盘中的市容市貌，还是多半在建设中的高铁、高速公路枢纽通道；也不论是迤逦舒展二十六公里的双山大峡谷，还是洋洋洒洒一千二百亩的湿地大山景……这个川滇黔区域合作的新高地，毕节经济发展的增长极，将集毕节试验区三十年来之大成，跃然黔西北。

我曾经在当年县级昭通市担任过北城办事处主任，对城市建设规划的重要性和先行作用感触颇深。当年昭通城的建设就吃了规划滞后和缺乏法制的大亏，在新城发展的南北取向上，多有长官意志作怪，结果一度形成一首童谣说的那样：北大街白修，南大街难修，东修修西修修，实在害羞。当然，后来峰回路转，昭通城市建设定向北上，励精图治，而今大为改观，“四城同创”，大见成效，已经变得在全省多有赞誉了。

而今的金海湖如何？当我实地走过金海湖新区后，欣喜地感觉到：这里绝不是纸上谈兵，绝不是长官意志，而是实实在在的科学规划、合理规划。那个将产业、校区、港口、景致、乡村与城市“五位一体”的主导思想，大有远见；那个“大山为景，小山为园；大湖为心，小水为带”的规划理念，大有气派！

毕节是一九八八年就确定为试验区的，三十年过去，这里的实验是否成功，岁月可鉴，山川可鉴，GDP 可鉴，面貌可鉴。

路子新

行前，我曾经郑重问过一位到毕节考察过的资深人士：毕节的发展优势究竟何在？要说学习借鉴毕节经验，究竟应当从何处入手？他的回答不外乎这么一些关键词：解放思想，科学规划，重度投入，政策倾斜，混合经济，科技推广，突出环保，不懈努力……

这些关键词固然缺一不可，而我感受最深的，还是在于解放思想和突出环保。

当年设置毕节试验区，显然不是为了从这块土地上获得特别的丰收，而是为了将这块贫瘠的土地改造成当地人民美好的家园，为了锁定扶贫的聚焦点，重度投入，打造样板。当年就有一个明确的主导思想，即：多予少取。在具体实施中，还特别突出了环保意识：任何情况下，都不能以牺牲环境为代价获取一时的经济效益。

这样看来，金海湖新区绿化百分之六十的说法、亦城亦乡的生态环境营造，肯定是来之不易的。我饶有兴致地观察着，三十来年，各级政府连年不断的投入，都到哪儿去了呢？

直观的高速公路最先吸引了我的眼球。

历史上，昭通的交通闭塞是经济社会发展最突出的瓶颈。而毕节的昨天、前天，其交通状况也不比昭通优越。我们从威宁前来金海湖，高速公路不过七十多分钟的历程，过去至少要十小时以上。有句话说得很有哲理：两点之间的最近距离不一定是直线，那是指的思维距离。而用交通的观念，最近距离必须直线，这就是：高速公路。所谓大物流、大商贸、大平台、大发展的格局，必定需要高速公路和高铁的现代交通形式来支撑。包含在几十年试验区实践中的思路，则更加令人感慨不已。

参观了试验区的成效展出，我对所谓“大众创造历史还是英雄创造历史”的讨论有了新的体会：不论是英雄还是大众创造，历史的引航人都离不开领袖的睿智和坚定。如果没有中央、省委领导确立的试验区政策，如果没有三十年来毕节人民不懈的奋斗，如果没有一条科学发展的正确路子，毕节能有今天的新气象吗？金海湖还能雄踞黔西北吗？历史可以有太多的如果，现实却只认逻辑。

山河新

金海湖的初冬，寒冷而并不萧瑟，一些耐寒的花木如月季花、万寿菊等，依然芬芳。而更重要的是城市绿化面积的扩展，湿地公园的开发，为花木盛开营造了广阔的空间。

贵州近些年的形象宣传颇具匠心，突出了自然环境的幽深和民族性。贵州是高原立体气候，曾经有人用“七山二水一平坝”形容贵州的地貌，虽然不够准确，但反映了大致的结构。

威宁自治县的草海，是一片难得的大面湿地，配上所谓阳光之城的日照，显得更加诱人，百里杜鹃如今也是闻名遐迩。而金海湖要制造人间仙境、放飞理想，自然要有一定的底气。

乘游艇畅游二十六公里的峡谷，使人多有遐思。单凭这二十六公里的水路，谁能不为之动心，不为之赞叹！就凭这穿插在新区间的景致，谁能不为之欣喜，不为之浮想联翩！要知道，任何城市，只要拥有一条穿城而过的河流，这座城市必定灵秀，必定美丽！如果它拥有的水量深广一点，它可以当作袖珍的挪威峡湾来欣赏；如果没有高崖，它可以成为一条会唱歌的河流；如果舟楫往来，它可以点缀江河，一览水光山色，让游客们放浪形骸……

可惜这些都是诗意的假设。这儿有点像云南省威信县的果哈峡谷，果哈峡全长不过三公里光景，当地彝语把它称为“飘满红叶的河流”。双山大峡谷可不一般，切割山脉，氤氲风云，有待科学开发，有序开发，依我的一孔之见，最好是分段开发，综合开发，联合开发。

当年我曾经与电力同行们研究洛泽河流域的滚动开发，溯源寻本，我们跋山涉水终于找到洛泽河的源头，原来就是草海。我曾经在曲靖见过“珠江源”的洞口，当我一步踏进毕节，才发现：原来这儿也是珠江的一个源头。

江河的源头有其唯一，也有多源的可能。山脉可以有其一贯，也可以有其各自的多姿多彩。山河之新，不在于如何改造它，只要保持它的青山常在，绿水长流，就是常新。

朋友新

我对昭通人的特质有一个概括，不一定准确，但一定真实，那就是：好客好胜，讲义气，讲面子，坦率，勤劳，慢节奏，有潜力。在金海湖新区，我惊喜地发现，其实毕节人大多也这样。只是少了个慢节奏，多了些灵活性。我有好些毕节籍的老朋友。而结识新朋友，不忘老朋友，正是人生的重要乐趣。

不论是新区的各位新朋，还是热情豪迈的文学旧友，都给人一见难忘的印象。所谓“朋友多了路好走”，是一个相互的概念，是一个“事业加友谊”的内涵，是一个可以和“一带一路”合作共赢主旨相联系的观念。

金海湖新区非常好客的彝族同胞，我也非常乐意引以为新朋友。

之前，我就对明代彝族政治家奢香摄理贵州宣慰使的事迹有所了解，毕节也曾留下过奢香筑路促进经济文化交流的痕迹。在茶山，当地群众津津乐道，谈起“彝家女”品牌贡茶，缅怀先人，喜迎远方的客人。载歌载舞，不顾劝阻，冒雨表演，展示彝乡风采，令人深受感动。尤其是那些孩子们，童真洋溢，视客人如亲人，视表演为节日，那个认真劲，大有彝家淳朴好客之风。黔湘地区还有许多苗族同胞世代居住，他们择山水而居，勤劳坚韧，也是一些热情好客、值得交往、有待交往的新朋友。

还有一些外来的新朋友，也是值得关注的。

金海湖工业园区，号称千亿级高新技术产业聚集地。是国家级新能源汽车产业基地之一，加上生物医药、电子信息、新型建材、节能环保、装备制造等，形成六大主导产业布局，并引进许多行业合作伙伴落户新区。

我们参观过的大型现代蛋鸡养殖企业集团圣迪乐，全套现代养殖、产蛋设备，饲料结构科学精细，其鸡蛋市价可超过一般鸡蛋八倍左右，令人叹为观止。我有一首打油诗《圣迪乐村》，或许能够管中窥豹，可见金海湖广交合作伙伴的一斑：

天府走来圣迪乐，蜀山赤水等闲过。

一把苜宿万千鸡，金海湖畔唱蛋歌。

前景新

金海湖的未来不是梦。

严格地说，金海湖新区并不是横空出世，是三十年来辛勤耕耘打造的产物，而且打造仍在继续。金海湖乃至毕节地区鲜少得天独厚的优势，然而开发者创造了优势。所以，创造优势的能力，本身就是优势。

从军时与贵州战友开玩笑，曾并无坏意地调侃他们是“贵州毛驴”，此典故来自柳宗元的《黔之驴》寓言。想来，所谓黔驴技穷的成语，未必与贵州地域有逻辑关系，但肯定与缺乏见识和本领的某些人有关。少年口无遮拦，过后回想起来，以地域识人其实往往有失偏颇。

还有一个“夜郎自大”的典故，本来说的是西南地区一个小国孤陋寡闻的故事，世人大都把它圈定在赫章可乐一带，说这儿就是当年夜郎都城。记得当年昭通的电力体制改革遇到坎坷，我们也曾被上级婉言批评，说你们昭通古代属夜郎国，可不要夜郎自大啊！

随着时代的发展、社会的进步，有些老概念，难免会成为陈词滥调。我有一位姓孙的朋友，以前在贵州出差受过委屈，说起贵州常有微词。去年有次机会到贵州旅游，走近千户苗寨，参观织金洞天，一色的高速路，一地的好山水，使他对贵州的印象彻底改变了，说起本地的一些落后面貌，他动辄就要和友邻对比：人家贵州，早就整巴适了……

早也未必早，贵州的经济发展，多年蓄力一朝发力，其势头之澎湃是可观的。所谓“不鸣则不鸣，一鸣惊人”，不是碰巧，却是奇迹。一朝发力，势不可挡，好生把握，前景可期。

回到昭通，恰逢候鸟入昭越冬的信期。大山包黑颈鹤的军团自不必说，转眼已达近千只。更为可喜的是红嘴鸥群也逐年增多了。在筑垒向家坝，新建为湖滨旅游新区的绥江；在环境一新的永丰水库；在发源草海的洛泽河下游，到处都翩跹着这些小精灵的身影……

黑颈鹤与红嘴鸥群，人们历来认为大相径庭，一为安贫若素、不弃偏远苦寒的乡村鸟，一为喜欢繁华热闹的城市雀。以前的红嘴鸥常飞临春城昆明，而今恰似“王谢堂前燕”般的飞临，显然是自然环境改善的吸引力。

我想到了金海湖的湿地公园，他日红嘴鸥飞临，甚至黑颈鹤迁徙，估计是迟早的现象。

我在一首《看见》中写过这样一些句子：“看得见文字，未必看得见韵味；看得见图画，未必看得见生命；看得见电灯，未必看得见电流；看得见汗水，未必看得见劳累；看得见鸡蛋，未必看得见雏鸡；看得见茧儿，未必看得见蚕儿……”

这番在金海湖，咱可是图画和生命都瞅着了，茧儿蚕儿都见着了。

周翔

祖籍山东，供职于云南电网公司昭通供电局，云南省昭通市作家协会副主席，曾任云南省电力文联副会长。出版作品集《朱提拾穗》《捉鱼》《一笼不叫一笼叫》《果缘》等。

高原上的千里光

冉正万

千里光是贵州高原最常见的野花，大路旁，灌木丛中，土坎上，荒坡上，一丛或一片明亮的黄色，像一团黄色又温柔的火。它们既可攀援在荆棘上让刺藤显眼，也可匍匐在地上造一座花桥。千里之外能看见它，吃了它能看到千里之外，肯定都不可能，因此有人叫它九里明。九里之外看得见，同样不可能。还有一个名字叫蔓黄菀，倒也准确，可又没有千里光响亮，让人一下记住。

我喜欢叫它千里光。它们是多年生攀援草本植物，是一种蔓草，分枝特别多，即便只有一株，也会开出层层叠叠的花朵，因此从不知道什么叫寂寞。民间谚语："有人识得千里光，一家老小不生疮。"可见其有广泛的药用价值。母亲曾经告诉我，千里光可治眼病。具体怎么用当时就不在意，忘记了。现在要用可以百度，但又不可能真去用。以前小孩生小病，都是靠母亲采草药处理。现在直接到医院开药，孩子们对植物的认识，被小小的药片隔开了。为了认出更多的植物，我特地在手机里下载了一个"形色"APP，认得的植物也要它认一认，检验它的准确性，有些植物换个角度就有可能认错，但千里光它从没认错过，即便没有花，只有枯枝败叶，它也知道这是千里光。千里光长在长江以南，越过长江不容易见到。所以在贵州高原，看到千里光就看到家了。它们像颇有主见的小学同学，你理他或者不理他，它都正经地开着。生命力并不强，但只要凝冻不来，它们是不会停止开花的。干也好，湿也好，树林边，疏林下，它们从秋天一直开到冬天。

还有几天就是二十四节气中的小雪，气温骤降，但在毕节的落脚河、双山、竹园，都能看到千里光，它们并没因为寒潮的到来就萎缩，在瑟瑟的寒风中，它们仍然耀眼。和石壁上的无娘藤不同，无娘藤的叶子一到冬天就发红，坚硬的石头上一串串殷红，小的像梅花，大的像枫叶，好看，但轻轻一碰就掉了。不像千里光，花和叶总是生机勃勃。贵州高原的冬天并不萧条，仍然山青水明，勃发的千里光更是增添了这种生气。和北方的朋友说起来，有种莫名的骄傲，仿佛这青山与黄花与我有关系。

毕节的海拔比我老家高一半，老家六到七百米，毕节一千四到一千六百米。在同一个纬度上，距离又不远，因此区别不大。我老家仅仅稻田多一点。贵州最高的山在毕节，两千九百米。正是这个缘故，乌江、金沙江、珠江几大水系都和毕节有关，乌江的源头在这里，偏岩河、野济河、六冲河、三岔河最终都注入乌江。赤水河是云贵川的交界河。可渡河被北盘江带进珠江。毕节大小河流近两百条，但这里却是一个缺水的地方，峡谷切割太深，看得见用不上。不过，这个自古让人沮丧的问题正在悄然变化，高原与峡谷造就的奇异景观很多都没有开发，是优质的旅游资源，这与其说是巨大的财富，不如说是江山有意，在等待最佳时机。毕节旅游的日渐兴旺间接说明了这个问题。

站在金海湖新区响水收费站旁边的山头上，可以看见成都至贵阳高铁，叙永到毕节的铁路，两条铁路并排延伸。杭瑞高速、厦蓉高速在本地区已经全线贯通。飞雄机场通航已逾三年。贵阳前往成都以前走遵义、重庆、江津，现在改走毕节、泸州，偏远的毕节成了要津。拜现代技术所赐，隆起的高山不再是障碍，交通的改变必将带来经济与文化的改变。金海湖新区拥有机场、铁路、高速铁路、高铁客站、内陆港物流和高新技术产业园。几年前还是不毛之地，一夜之间变成现代化商贸大平台。其双山峡谷与百里杜鹃、织金洞、草海、韭菜坪、九洞天形成了旅游循环圈，这是旅游资源最方便的整合。这片奢香夫人的治地，即将撬起贵州旅游的新格局。这是一种朝气，而非结果，有百事待举的繁忙和冲劲。只是一切似乎太快了，其实可以慢一点，不急。几千年都过来了，急什么呢。

老家与毕节两地相距三百公里，风土人情没太大区别。经常有人问我是不是少数民族，我其实不太清楚，老家一带全都是汉族，但其他地方的冉姓都是土家族。在黔北，很多具有少数民族身份的人并不是少数民族，即便真是少数民族，生活习惯和其他人也没什么区别。毕节和我老家也一样，我没看出什么不同。毕节多次给我的印象最深的是大雾。这雾和北方的雾完全不相同，是从峡谷河流里升起的水雾。几年前，一个人开车路过毕节，当时赫章一带高速

公路还没通。大雾中，看不见几米外的景物，只好把车窗放下来，一只眼睛看车前方，另一只眼睛看公路上的黄色分道线。不时听到牛羊的叫声，却不知道它们到底在哪里。最高时速三十迈，一百多公里开了五个多小时，进入毕节市区，没有雾了，眼睛却开始痛，痛到第二天才恢复正常。

我不清楚大雾和茶叶的关系，只知道肯定有关系。有茶叶直接叫“云雾茶”，著名的品牌有湖北英山云雾茶、江西庐山云雾茶、江苏连云港云雾茶、贵州贵定云雾茶。康熙《贵州通志》记载：云雾茶为贵州之冠，岁以充贡。贵州多山，各地都在种茶，大小茶场不下百个，大的上万亩。无一例外，都强调云雾笼罩的时长，茶怕阳光直射。

毕节金海湖新区竹园是苗族彝族乡，海马宫村种茶居然有两千多年历史。这里的云雾，是别处不能比的，一年三分之二以上时间云雾缭绕。云雾对其他作物是有害的，光照时间不够，长得不好，还易生虫。唯有茶这种植物，喜欢躲在云雾里悄悄生长。我不会喝茶，尤其是年轻时候，哪怕是早上喝的，晚上都会睡不着。现在好些了，但仍然心有余悸。这天在海马宫茶场，云雾很快将周围裹了个严实。一杯“竹叶青”端上来，心想反正是来采风，睡不着就不睡，这种天气用不着呼呼大睡。茶杯有土陶，有细瓷，有玻璃杯。我特地挑个玻璃杯，以便观看茶叶沉浮。从这些茶具可以看出，主人种茶制茶是能手，但对于冲泡，似乎不太讲究。估计也和突然到来的人太多有关，即便懂得冲泡也来不及等开水凉到八十度，按茶道泡来。于是安排工人放上茶叶，冲上开水就端上来了。我对吃喝本身就不讲究，喜欢这种随意。茶汤有点黄，尖尖的茶叶似从沉睡中醒来，抿上一口，煞有介事地问旁边的人怎么样，旁边人说很好，于是也跟着点头说确实不错。

任何东西的味道其实都是文字不能描述的，古人说海马宫茶，“一饮生津破闷，再饮情思朗爽，三饮得道通灵”。说得好，用来说别的茶估计也没问题。真正的滋味要尝一口才知道。平生最难忘的茶，是在地质队跑野外时喝的。烈日当空，又累又渴，一行三人烦得连话都不想说。在一个小山寨里，向一位老太太讨水喝。老人从土灶里拖出一个黑黝黝的罐子，用土碗每人倒了一碗。喝了一大口，第一次对“酽”这个字有了感觉，味厚，汁浓。这是煎茶，水开后放进茶叶，再用文火慢慢煎，温度保持在七八十度左右。上了年纪人才有这种耐心。同行的两个不喝，要喝水缸里的凉水。离开后他们告诉我，看老太太神神秘秘的，怕她放蛊。我晕。海马宫的茶，如果慢慢煎，肯定也能煎出这种味道。因为这里的茶树是老茶树，本地茶。只有老茶树的茶叶才能煎出酽茶。酽茶和浓茶是有区别的，前者要慢慢煎，后者是茶叶放得多。

海马宫除了茶好，风景也很好。环形的山像天然屏障，将海马宫搂在怀里，真是一块聚福之地，藏风纳水。茶场办公区所在的小山包，如掌中砂。整个海马宫像巨大的古罗马剧场。不过这里上演的不是人的命运与权力争斗，而安静闲适的生活。山上森林茂密，房屋坐落在山脚下，房舍不多，很疏朗地摆布在小盆地边缘。以我小国寡民的理想，这里特别适合定居。月朗星稀，在院子里守着一壶酽茶，远离俗事和烦恼，观察自己的内心，让它像眼前的山一样沉静、稳靠，断惑断孽，不再做无事忙，这才是下半生应该有的生活。在这里生活，是不需要什么盆栽的，房前屋后，一年四季各种野花如约开放，比花盆里的花汪洋恣肆得多。也没有必要把造型好看的树搬到院子里来独赏，让它像老朋友一样待在原来的地方，想念时去看看，想不起来也不要紧。茶园里的茶叶，可以亲自采摘，亲自炮制。不敢喝茶，可以将鬼针草、车前草、野菊花晒干代茶饮，是除湿降压的好东西。我知道，像千里光一样随遇而安并不容易，人生不如意事常八九，越向往反倒离得越远。

高原上的千里光，我不想用它作更比多的比喻，喜欢它是确切的，我相信这已足够。

冉正万

生于一九六七年。著有长篇小说《银鱼来》《天眼》《洗骨记》《纸房》及中短篇小说四十余部（篇）。有作品入选《2009 中国短篇小说年选》《2010 中国短篇小说年选》《2010 中国短篇小说年度佳作》。《长篇小说选刊》选载过《银鱼来》《天眼》两部长篇。曾获第六届花城文学奖、贵州省第六届政府文艺奖一等奖。

金海湖：离散多年的兄弟

王鹏翔

接到彭澎电话，说哈森已经从北京飞到毕节，此时我还在重庆的街道上流连。匆匆忙忙购买了从重庆开往毕节的最后一班客车，打车赶到重庆长途客车站，已经是下午两点。车至毕节，已是午夜十一点过，灯火迷离的城市早就进入夜生活。其间，哈森发来微信，说等我吃饭，我说车还在路途中，吃饭是来不及，只有明晨相见。哈森是我鲁院同学，我们都是应毕节之邀，赴金海湖新区参加采风笔会。

在我的感觉中，毕节的文学活动，都离不开彭澎的张罗。这次金海湖新区组织的采风笔会，就是彭澎受金海湖新区之托邀约的。之前电话中说到这次采风，并没有告诉我哈森要来，算是给了我一个伏笔一个惊喜。

我和彭澎相识相知多年，第一次见面，就有兄弟般的亲切，也就注定了我们二十余年兄弟般的情谊。这也许源于毕节是水城的母地，我们都是这块土地上生长的孩子，有了天生的亲近。

水城从毕节分割出来，也就半个世纪。自有建制以来，水城一直属于大定府。土司统领时期，属于水西内八目之地。吴三桂剿水西，彝族首领安坤就以我生长的阿嘎屯为据守，最后也在阿嘎屯战败，跳崖未捐而被擒。大定府所辖，基本上是现在毕节辖区。及至中华人民共和国成立，水城县也是毕节地区管辖。上世纪六十年代，因为“三线”建设的需要，从毕节划出水城矿区，一九七零年成立新的六盘水地区，水城县和水城矿区合并为水城特区，归六盘水地区管辖，水城就从毕节彻底分割出来了，成为六盘水地区的一个县级建制。合合分分几经演绎，成了今天的水城县。

水城就像被分了家的儿子，走出家门另立门户。水城与毕节，山同脉，水同源，语同音。风土人情，生活习俗，方言土语，文化一脉相承。作为水城人，关注毕节，就像儿子关注母亲，有深深的依恋，也有浓浓的祝福。

记忆中的毕节是遥远的。未通高速公路之前，从水城到毕节，坐大客车要六七个小时。经韭菜坪，过赫章，越野马川，山遥路远。汽车在险峻曲折的盘山公路上蜗行，要是遇到堵车，基本上是两头黑。更不用说在遥远的古代，学子从水城到大定府府试，要走三天三夜。而今，水城到毕节通了高速，缩短了时空，一个小时就可以抵达毕节。有一天下午，在毕节工作的同学邀约水城的同学到毕节小聚，我们下了班才上路，不到七点就到了毕节，正赶上吃晚饭的时间。水城离毕节这块母地是越来越近了。

却从来没有涉足过金海湖。这话也不确切，金海湖的土地，我是多次路过的，只是那时没有金海湖这个行政区划。作为毕节“开发扶贫、生态建设试验区”中的试验区，金海湖新区才成立两三年。毕节市对金海湖新区的定位很高，是作为七星关、金海湖、大方三地同城的核心板块来打造的，承载了毕节城镇化、工业化、经济增长等诸多希望。从现实状况来看，金海湖新区的确有这样的承载条件：境内毕节飞雄机场已经通航多年，高铁线路正在如火如荼地建设，高铁站已初具规模，高速公路已四通八达，在毕节这个曾经不通铁路的地方，这里将来的交通优势无与伦比。采风之中，组织者带我们参观了正在建设的高铁站、职教城、工业园区、高新开发区，一个有衍生能力的新型城市已初具雏形。

到毕节的当晚，我就和哈森见了面。那么晚了，参会的新朋旧友，居然还在河边烧烤店飙酒。我在电话的再三催促下，还是打车赶去。哈森也在，联系过多次的宝贵敏也在。闹腾了几杯酒下肚，酒意阑珊回到酒店。

许多老朋友是吃早餐时才看到的。来参加金海湖新区采风笔会的，有不少老朋友，除了毕节一帮认识的文友，还有李发模老师，冉正万、王剑平兄，居然还有认识多年的陕西作家史小溪老师、《散文诗》主编冯明德老师，我鲁院的班主任之一而今调到中国作协的陈涛老师，在昭通有一面之缘的夏天敏老师等熟人。令人意外的是，接待我们的金海湖新区党工委副书记彭玉祥也是个老熟人，有一次采风笔会，从赫章爬韭菜坪，我们就一路，也是同道中人，写得一手好散文。遇到我，他就打趣，那次你要找工具上韭菜坪挖化石，那山顶的化石不晓得还在不在？那次同行，我看到石头上的三叶虫化石，开玩笑说准备找工具来挖，这事被他记住了。

走进金海湖，我就觉得金海湖是水城离散多年的兄弟。水城是分出去半个世纪几乎被母亲遗忘的长兄，而金海湖，是毕节视为掌上明珠的幺儿，正被呵护备至，茁壮成长，享受着无微不至的父爱母爱。

走进金海湖新区，连绵丘陵之中，已经开辟出了街道，建起了楼房，一副繁忙的欣欣向荣景象。我对那些规划沙盘、愿景介绍历来没有兴趣，每到室内介绍，都草草听一下。而冯明德老师却很认真，每到一处，都从袋子里掏出一本书，认真地找寻背景给书拍照。之前颇为不解，听他解释，他正在弄一个“一本书的旅行”的策划，后来看到他的朋友圈，觉得很有意思。倒是认真看了一个展览厅：胡锦涛同志在毕节的影像。他在担任贵州省委书记时，对毕节就特别关心，多次到毕节指导工作，访贫问苦，足迹遍及毕节的每一个县。毕节能成为扶贫开发试验区，是与他的关心分不开的。我和哈森还在胡锦涛同志的一幅大照片前留下了合影。

后来就到了金海湖湿地公园。这里应该是金海湖的得名之地了。毕节的同志指着一汪碧水介绍：这就是金海湖。金海湖，这名字很美。金色的海，金色的湖。乌蒙山脉连绵起伏的大山离海很远，只有山海——高山湖泊，如威宁的草海就驰名中外。其实金海湖这个名字闯入我的眼睛，已是几年之前，只不过那时候是只闻其名未见其身罢了。还是彭澎组织的文会——黔西北青年作家作品研讨会，就在兴建中的金海湖公园举行，许多参会朋友纷纷在QQ空间、微信朋友圈推晒这一盛会，传统报刊也多有刊发这一消息，这次盛会确立了“黔西北青年作家群”这样一个概念，我也记住金海湖这样一个与诗歌与文学有关的美丽地名。

其实金海湖还有一个土气的名字——瓦厂塘。这个名字就像我们沾满泥土的乳名，有了大名之后，渐渐被人们遗忘。顾名思义，这是烧砖瓦取土而形成的水塘。在我们当地，名叫瓦厂塘的地方不少，但这个后来取名金海湖的瓦厂塘，却非一般瓦厂塘可比，它是一个有历史的塘，一个有来源的塘。它的历史得追溯到明朝。据说在明洪武年间，奢香夫人被洪武帝封为贵州宣慰使统领一方，她开驿道建驿站，建造宫殿，在这里办砖瓦厂，采土形成低洼，雨水聚集，地下水冒出，汇聚成一片山海，当地人称瓦厂塘。

矮山低丘间一汪碧水，蜿蜒曲折，依山而卧，像一条安静的龙伏在大地上。这静静的湖泊就是金海湖。近处的树木花草，远处的村落山梁，成为湖景的点缀，静静的湖顿然生动起来，就像已经被神笔点了睛。脚踏的泥土深黄，黏性十足，这种黏土，正是上好的砖瓦原料，甚至可以用来烧制砂陶。

湖的另外一面，却是一片花海。初冬季节，这片土地上，居然还有花在绽放，给那些来自北国的作家们，带来了大大的惊奇。北国已冰封大地，这里却姹紫嫣红。当然，这姹紫嫣红已经浸染了冬天的寒气，就像寒冷天气穿得很少的美女，故作镇静的瑟瑟战战，不像春夏那样盎然。但一眼望去，红黄紫白，间杂点燃，别有景致。我很欣赏花海设计者的用心，在花海间留下了原生的老树、竹林。人造的花海见得多了，多是平面的一望无际，追求的是无垠的效果，缺少错落隐曲的韵致，面前这些老树修竹，让金海湖花海陡增立体之感、隐曲之趣，目光总想越过去，看个究竟。

见到花海，女作家们像见到了自己久别重逢的姐妹，一个个情不自禁地走进花丛，拍照留影。鲜艳的千日红，在冬日和煦的阳光下，红扑扑地扬着笑脸。人面花颜相映衬，加上银铃般的笑声，金海湖湿地顿然生动起来，活泼起来。

女士照相，男士也留影。先是与剑平、咏桂三王合影，后来又加进其他的人，也和史小溪等前辈留照。却没像女士们那样，在花丛中留下倩影，而是以修竹、以虬曲老树为背景，苍茫遒劲。

金海湖湿地公园追求“大山为景，小山为园；大湖为心，小水为带；峡谷为络，绿廊成网”的设计理念，将使金海湖新区成为一个宜居的公园型城市。对这一点，看到了金海湖湿地公园，我深信不疑。

而另一处风景，要纳入城市，就让我大为惊叹了。那是一处二十六公里长的大峡谷，像一柄闪电，又像大地一条曲折有致的美丽疤痕，在金海湖新区的土地上幽静地躺着。当我们走进双山大峡谷的时候，那种大自然鬼斧神工的狂野之气，将北方草原上来的哈森、宝贵敏们震撼，面对夹峙碧水的峭壁，她们频频举起手机，拍下一张张粗犷的野山野水。穿过一截百余米长的人工隧道，便霍然见到电站的大坝，拦腰把峡谷流水切断，高峡平湖，静水流深。这样的大峡谷我很清楚，未蓄水之前，水流湍急，不可行舟楫，也难站在河中间观赏两岸诡奇绝妙的风景。落脚河的双山大峡谷也是如此。据随行者介绍，此处待开发，平常无舟船，少有游人。这次只租借来一条船，大家分两批次上船，我在后一批次，等得心中焦躁，便顺坝缓行，两个多小时，方得登船。船在水上行，人在画中游，眼睛应接不暇。两岸夹峙，狭窄处举头一线青天，宽阔处碧水荡荡。岸壁崖石，或丹红或青紫，或骨白或黝黑，线条粗犷潇洒，色块诡异突兀，点染一幅幅巨幅的写意国画，挂在双山大峡谷的两边，俨然一个天造地设的画廊。岸壁崖石，山峦溶洞，古树古藤，形态生动地闯入眼帘。两岸景物，倒影入水中，船行水动，倒影波碎。这画中游的感觉，一程新奇，一程惊喜。那些随视角而千变万化的山、崖、柱、石、洞、树、藤，每一个游者有每一个游者的想象，神肖何物，各有见解。

船一路逆水行舟，渐行渐远，待到头顶一虹飞跨，那便是贵毕高速的落脚河大桥了。记得朋友曾送我一本毕节公路桥的摄影集，上面的桥高险奇巧，美轮美奂，当中就应该有这架可以站在上面观赏双山大峡谷的落脚河大桥。

三地同城建设，二十六公里长的双山大峡谷要纳入城市范围，这个构想当属世界性的创举。一条壮观的大峡谷成为城市的一部分，就像一条穿城而过的河流，成为人们休闲娱乐体验的绝佳场所，目前这无人问津，连一条游船都找不到的野山野水，将来肯定会成为一个独特的城市公园，游人如织。

因为一个临时的必须参加的会议，我离开了采风团，连夜赶回水城。本打算开完会后再赶回金海湖，与新朋老友饮一杯送别酒，却因为散会很晚，天雨雾大路滑，没有赶回。在这段时间里，我一直在为这次采风而建的微信群里关注着采风的进程。他们在群里发照片发视频，看着他们的热闹，心向往之。

知道他们上了海马宫茶山，品了历史悠久的海马宫茶，观看了苗族芦笙舞，痛饮了农家腊酒。这让我有深深的遗憾。我是喜欢品茗的人，对乌蒙山脉的云雾茶略有了解。云雾山中，有百年古茶树，经过传统的采摘炒制，留有大自然的香味，经井水浸泡，这种大自然的香醇便入口入喉入脑入心，回味无穷。海马宫茶曾经作为贡茶，肯定自有独特处，只是，失之交臂了。

后来我想，这次采风活动，金海湖欠远方的客人一场彝族热烈

的篝火晚会，一场手拉手的搭体舞。毕节是彝族聚居地，彝族文化深厚悠远，在全国都有影响，更何况金海湖新区所在，原本是奢香的水西故里。金海湖新区要成为一个有文化的城市，少不了彝族文化的支撑。

我走过毕节的很多地方，威纳赫，黔大毕，清中期分割组建水城厅的织金，唯独没有到过产美酒的金沙，但金沙回沙酒却喝了不少。赫章贵州最高峰韭菜坪，它的高峻，它的一览万山小，它弥天的大雾，以及恣意开在天与地相接处的韭菜花，让我豪情奔涌。威宁的草海，碧水蓝天或者众鸟翔舞，小舟划开清波的悠悠情怀，让我心旌荡漾。织金洞的天造地设，九洞天的鬼斧神工，百里杜鹃恣肆汪洋，泉城大方古朴深厚，毕节雄奇秀美的山水、深厚的人文，都让我为这块母地自豪。

金海湖，来过，这个水城失散多年的兄弟，我愿意给他最真最深的祝福!

王鹏翔

彝族，一九六八年生于贵州水城，一九九零年毕业于贵州民族学院中文系。贵州省作协理事，贵州省散文诗学会副会长，六盘水市作协副主席。鲁迅文学院第十届高研班学员。著有散文诗集《被雨湿透的歌唱》《爱的皈依》，散文集《诗情高原》《村庄的背影》，编著有《新世纪贵州散文诗选》等，获贵州省首届民族文学金贵奖等。

金海湾，金海湖

陈菊

一

几年前去金海湖，是一个晴朗的天气，那时的金海湖不叫金海湖，叫金海湾。

时年，黔西北青年作家作品研讨会在金海湾举行，贵阳的作家戴冰和王剑平给青年作家们留下深刻印象。

戴冰以其父亲戴明贤先生的一句警策语“面对文学，背对文坛”，展开了与青年作家们的寄语，他嘱咐青年作家们要保持对文学的信念，选择杂志的道路，还是文学的道路，抑或是文学史的道路，都必须保持文学本能的感觉，坚持纯真的文学性。

戴冰称赞黔西北青年作家队伍壮观，在贵州省任何一个州市都是没有的，乃至在全国也罕见。他说：“这让我想起了上个世纪八九十年代的氛围，二十多年过去，坚持下来的不到十分之一，这足以体现了文学的艰辛。九十年代初，文学生态好，《山花》《花溪》组织开笔会，大家像过节一样，那种美好永远不会再有了。而今天，黔西北青年作家在一起，高谈阔论，二十年后再回过头来，期望大家还保持着对文学本身的信念和执着，而不是将文学当成敲门砖，也不是小花小草，对自己有大期待，大雄心，不要被外物干扰，才可能保住文学的纯粹。”

活动间歇交谈中，青年作家梁海红对博尔赫斯的喜欢和神往，竟然感动了王剑平许诺要送他一部《博尔赫斯全集》，王剑平回到贵阳后，跑了很多书店，网购也没买到，就把自己心爱的《博尔赫斯全集》邮寄给了梁海红，这便是至今还流传在黔西北青年作家当中的一段佳话。

当晚十点，发生了一个浪漫的喜剧情节，一个西班牙八零后青年骑着一辆改装的特大号摩托车行驶在高速路上被交警扣住了，他要来金海湾参加这次活动，接到电话的是在活动现场的作家王华。

西班牙青年名叫冉奥，是一位八零后汉学家，目前正在四川大学攻读汉语言文学博士，他迷上了中国文化，迷上了王华的小说，当时，正在将王华的一些小说翻译成西班牙文和法文，并研究王华小说作为毕业论文的课题。冉奥到贵阳找王华，听说王华在金海湾，就追随过来了。

由于当时高速路还没全通，老路又特烂，冉奥骑着摩托车上了高速路，就这样被交警逮住，看到他是外国人，就找来一个懂英语的人和他说话，殊不知，他讲起了流畅的普通话，由于他人长得极像耶稣，当彭澎带着一群人去接他的时候，交警们和一些周边的人正和他合影留念。

接到冉奥之后，一群人又走了两个多小时的路，才抵达金海湾，骑摩托车的冉奥，胡须上沾满了泥土，真可谓风尘仆仆。到达金海湾，大家陪同冉奥在一家烧烤店吃烧烤，大家围着火炉，谈笑风生。

据冉奥介绍，他是在法国马赛大学攻读的硕士，这个长相酷似耶稣的西班牙青年，声称对黔西北青年作家非常感兴趣，奔过来和大家见面，这让研讨会染上了浓烈的浪漫色彩。

记得那一次，我还采访了王华。

之前读过王华的小说《旗》和《在天上种玉米》。被她荒诞现实的小说色彩所感动，一度陷入深思，很想写点什么。那一天对王华的采访，与其说是采访，不如说是一见如故的默契。我们走在金海湾蜿蜒的小路上，花草树木馥郁葱茏，空气清新，阳光明亮，王华眼眸亮泽一如金海湾粼粼水波，那一天的时光，我感觉到自己的心里也是亮晶晶的，王华的那些神奇的经历与奇妙的谈吐，仿若金海湾风中的鸟语花香，沁人心脾。

在金海湾，我还被一个年轻人的故事打动，泪水禁不住，心里深深地起了牵挂，他就是生于一九九零年的黔西北青年作家——展凌风，于是，在我后来整理成册出版的文学访谈集《黔西北青年作家访谈》的首篇，写的就是展凌风。

以金海湾为背景展开的，还有一个让人流连忘返的牡丹园，阳光暖暖，牡丹盛开，修竹疏影，碧水汲汲，才俊汇聚，胸怀锦绣，令人难忘。青年作家们在此联谊、交流、共勉与成长，这不就是一个灵魂层面的印记，这些成长中的青年人，不就一直以他们的勤勉与才华和金海湾一道抒写着人杰地灵的内涵。

是的，人杰地灵，在丁酉年的初冬，金海湖又迎来了另外一批客人，他们是来自全国各地的知名作家，到金海湖进行为期两天的采风活动，我想，金海湖将会因为这一次规模独异规格较高的采风活动而名声斐然。这个时节的金海湖已经不属于大方县了，而是一个年轻的行政区，于二零一五年十二月六日正式成立，由毕节双山新区和贵州毕节经济开发区整合而成，是毕节与贵阳、遵义一起成为贵州崛起的“金三角”的重要组成部分。

《散文诗》杂志社主编冯明德先生说，他的弟弟就故在毕节，他前前后后来毕节已经四次了，这片土地上有着他太多的记忆和牵挂。

在金海湖湿地公园，采风团一行顶着毛毛细雨缓缓而行，工作人员的声音也染上了雨丝的恬适，介绍说金海湖又名瓦厂塘，是几百年前，奢香夫人下令在此制瓦而形成的。

瓦厂塘，这样的地名，饱含着岁月的深厚，你可以想象，掘地挖泥、烧瓦制砖，久之久久，便有了深坑，低处积水，便名之为塘，春秋更替，岁月穿梭，风雨并蓄，经过漫长的生长，由塘而湾而湖，长成了今天的金海湖。

思绪细如薄纱，而瓦厂塘这样的词语来到这薄纱里，乡村意味浓浓地弥漫在脑际，布衣、桑麻、棉絮……一应的农耕文明洞明着的生命活动已然远逝，那些远去了的慢生活也不过才几百年，几百年当中，一片土地，兀地里生出一个塘，而后渐渐地长大，这样的物事变迁，像极了生命的成长与延续，瓦厂塘是金海湖的前身，这样想着，就着蒙蒙细雨裹挟着的风，目光远眺，仿若看见了那些挑着水桶、挽着裤腿、喊着号子、挥洒汗珠的人们，他们在弯腰低头擦汗……不知他们是否会推想，几百年后，金海湖，一个水域高达一千二百亩的湖的产生，系缘于他们的刀耕火种，成就于他们的劳作与汗水。

在金海湖，看湖，也看花。当大片的紫色映入眼帘，便是金海湖的花海了。大地的气息从深处向上、再向上，就璀璨着这片土地凛冽初冬里的姹紫嫣红，这些成片的花瓣举着大地深处神秘的呵护，楚楚动人。她们肩并着肩，根连着根，凋零又盛开，循环往复，零落成泥，之后，又花开满枝，她们举着小小的花瓣，百千万亿地相聚在一起，这湿地辽阔的灿烂，不也是从人心里开出来的吗？是的，人民对美好生活的向往，便有了花海连天，湖水澄澈。

二

在海马宫，脑海里冒出来四个字：和、敬、清、寂。

两个大红色的雨篷一字相连，几十人，经过一天的交流，也就基本熟悉了彼此。有记不住的，便翻开接待手册，互相确认，复习，很快便熟知。

其间，名字最独特莫过于康桥。女诗人，中国人民解放军北部战区大校军衔，国家一级专业作家，身着色块明亮的休闲服，配迷彩裤，登军鞋，嘴角上扬，微笑间，脸庞酒窝若隐若现，间或可以看到她洁白的小虎牙。

陈涛来自中国作协创联部，与北京健尚影视文化传媒有限公司董事长西门坐在一条凳子上，火热地聊起江西省文联《创作评谭》副主编陈然。侧耳细听之下，也唏嘘于陈然的高产，一年发表四十几个短篇小说，西门说这是“疯狂”的写作，一个人一生能写四十个短篇就不错了，他陈然一年发四十几个。正说间，陈然走了过来，陈涛说，陈然这不是疯狂，简直是“丧心病狂”，陈然斯斯文文，默然坐下，嘴角处不露痕迹地掠过一丝笑意。

谈笑间，海马宫的茶上来了，茶香弥漫，每人认领一杯，啜一口，咋舌间，诗人李发模先生竖起大拇指，赞叹声不绝，大家喝上一盅，也都竖起了大拇指，好茶！

随即，手机四起，微信朋友圈一片云雾氤氲，海马宫的山水绿茶走向了全国各地。这样的瞬间，你不觉得这来自人心中的恭敬和合更加的令人沉醉。

午餐的时候，我独自一人，走进海马宫这一拢天地里去了。雨雾笼盖，天似穹庐，海马宫状如茶壶，我感受到，自己仿佛瞬间变成了一叶茶，游移开去，或时在壶底幽游，或时于壶口听潮，我看见，云遮雾罩的山峦，团团围坐，白雾茫茫，这令我油然想起了苏轼，想起《题西林壁》，想起了庐山。

海马宫的云雾与庐山何其相似，若庐山的云雾是巍峨神秘、纵横驰骋、八面腾挪，是苏轼千古绝句“不识庐山真面目，只缘身在此山中”的浩大宏阔、神秘崔巍与无可把捉；那么，海马宫的山水云雾却是清晰可见、精巧灵动、周至细密、小而可感的，很是契合陶渊明“结庐在人境，而无车马喧”的境界。

是的，正是这样的境界，当我走到一条僻静的小道上的时候，遇到几只麻雀在茶林里自由自在，腾挪跳跃，细啄着泥土里的什么，恐惊扰着这些可爱的生灵，我轻轻悄悄地走，心里还是陶潜的诗句，“问君何能尔？心远地自偏。采菊东篱下，悠然见南山。山气日夕佳，飞鸟相与还。此中有真意，欲辨已忘言”。

此间确然是不能采菊的，采茶当然也没有，他日若还复而来，定然请教于茶村的采茶人，势必是要学习一回采茶的。在作家们品茶吃着烧烤的地方，我往下行一个阶梯的土坡，就到了海马宫茶业的办公楼前，成排的宣传画上，见到茶山上盘旋有致、成行成片的茶树如浮雕一般匍匐在大地上，在此间，做一个采茶人，一定会修炼到心平如镜、宠辱不惊的吧！怀着这样的思绪，来到道路的尽头，遇到两个妇女，便询问她们，此照片上的茶山在何处，是否都是这般模样，她们操着方言，手指向云深深处，我抬眼望去，茶山若隐若现，雾正欢，妇女说，在那边的山上，都是这样的，一坡一坡的，多得很，表情淡淡的，这茶，在她们眼里，显然已经是司空见惯的物事了！

于是，我在想，海马宫，兴许就是庐山西来的孩子，要不怎么云雾蒸腾如庐山，净寂清幽也如庐山，如此想着，思绪往前翻滚，心怀里就冒出来一个佛门传说，即是历史上著名的虎溪三笑。

“虎溪在庐山东林寺前，相传晋僧慧远居东林寺时，送客不过溪。一日陶潜（陶渊明）、道士陆修静来访，与语甚契，相送时不觉过溪，虎辄号鸣，三人大笑而别。”于是，我在想，若没有一番专思寂想，怎能理解这同生于天地间的这些古贤的旷怡放达？而在眼前，来到此地的作家们，他们会为海马宫留下什么样的笔墨呢？是否也会有一些趣事延流后世？

以红色雨篷为参照，我继续向海马宫的其他方向逐一走去。毛毛细雨，亲切无比，衣服上、围巾上缀着晶莹剔透的小水珠，她们其实是空气中的雾，遇到我，就顺便停歇在了我的围巾上，也覆盖住我的脸庞，环顾四野，你便无法将目光从山头上越过去，海马宫村的地界在雾气里，神秘莫测，天地是静静的一方，小小的，却是承载着乾坤的。

外地来的作家不时有询问，这是雾霾吗？这个问题还真可以肯定确定地回答，这不是雾霾。霾是颗粒，雾是水珠，且是富含氧离子的雾，生态的，放心呼吸吧！

于是，我又想，在金海湖、海马宫，这样的天气，最好养颜、养肺、养精气神。

不是吗？沐浴清新，领受清寂，随行和雅，与天地同心，礼敬万物，这当属最好的养生之道了。

遂而，生命与自然的同源性，在海马宫就有了上好的注解。采风团大约午后三点，来到海马宫广场，毛毛细雨在广场的空地上铺了一层积水，如一面镜子，可以看见人们的倒影。我想，那些在山上悄然地生长，寂默地饮雾吞露的小小的茶树与这着盛装的海马宫百姓之间，到底是有着关联的，他们和光同尘，同气连枝，生息与共。

人品如茶品，往往说的是饮者，很少提到劳动者。

歌舞的产生原本起源于劳动，在海马宫村的公共小广场，一场原生态的歌舞展开，工作人员发给了作家们一次性雨衣，蓝红粉白不等。我领到一件蓝色的，李发模先生也一样，先生古稀之年，怀着仁厚之心，赴约金海湖，他的盛名之笔下，我不知道他将怎么去讲述这些年仅五岁的孩子的舞姿，我替先生穿好雨衣，陪同他走到小广场边上的木廊里坐定，开始观看演出。

看到远处的冯明德先生站在人群里，发模先生让我请冯先生过来一起坐下观看，我走了过去，冯先生说就站在雨中，不坐，等我回转身来，却不见了发模先生，一看刚才的地方坐着一个老翁，膝上怀中还抱着个小孩。

这便有些喜剧性的变化，天空的毛毛细雨一直殷勤地下着，我四方环绕观看节目，苗族的芦笙舞是有难度的，尤其是头倒立，口里的芦笙还继续吹奏，这是需要怎样的训练才有这台上十分钟的功夫呢？加之，这是下雨的天气，又要有怎样的一种真诚，才可以在雨中如此的表演，那些儿童、少男少女、成年的大妈，他们是以何等的真诚来礼敬这些远方的宾客啊！

我深深地被震撼了，被这如山一样沉寂、如泥土一样厚重的真诚震撼了。我确信，这是几十年来，所观看的坝坝演出中最动人的一场，久久回旋在心底，挥之不去。

人心如然，不出所料，感动的不止一人，当幼儿园五岁的孩子们踩着音乐，跳起了稚嫩的舞姿时，来自北京的宝贵敏和江西的陈然突然加入进去，跟着孩子们的动作，跳了起来，场外的人们手握手机，拍着视频，我相信，这一场景，被村子里的多少年轻人保存了下来，或许当晚就如纱幔一般飘进整个村子的梦境里去了。

一曲终了，下一个舞蹈正准备进行，来自江苏的顾坚突然抱起一个孩子，要拍照留念，孩子们怯生生的脸庞笑眯眯的。

如果说，海马宫的茶香留在了客人们的唇齿间，这些村民的真诚却渗透进了客人的心底。当演出结束的时候，回到车上，是该和海马宫的乡亲们告别了，依依不舍地，大家把情感装进车，在手机里一遍又一遍地翻看照片。

这时候，我见到了发模先生，他告诉我，原本在看演出，遇到了一个八十多岁的老人背着重孙也来看演出，于是先生就把他的雨衣脱下来亲自给老人穿上，先生对我说："你怎么为我穿，我就怎么为那位老人穿，为他穿好之后，我感到有些冷，就回到车上，从车窗里观看演出。"是啊，发模先生，古稀之人了，身体做了心脏搭桥手术，这样的举动，令人动容，这不也和海马宫村的人民是心通的，以真诚照见真诚，这样活着的生命，不正就是天地的心体。

于是我想，和、敬、清、寂，是海马宫茶的茶品，也是海马宫人的人品。

三

"有山有峡谷的地方很多，但是有山有峡谷有水就不多了，而有山有峡谷有水又有氧离子而生于城市内部且长达二十六公里的城市大峡谷直接没有，这双山大峡谷，绝版。"这是李发模先生对金海湖新区双山大峡谷的评价，进而，先生说："船在水中行至一半的时候，我突然发现，前方的山凸显出两个笔画来，圆圆的山头恰似一点，横横的山梁仿若一横，在这点横的下面就是峡谷的水域，水域河道的之字拐，就与这点横刚好构成了一个'玄'字。"

听到这样的描述，心下震慑，玄思顿起，"玄之又玄，众妙之门"原来以如此巍峨险峻、峭拔壁立又九曲柔婉地深刻在大地上，刻在这金海湖界内，任凭你见或不见，这峡谷、这静水、这奇峰怪崖由来已久地矗在这里，不因为你惊叹而有所增色，也不因为人迹罕至而有所减损。

我突然感悟到，以深刻一词诠释双山大峡谷再贴切不过了。

深刻之深，是写在这峡谷的险峻之上的，倘若假想自己是一只飞鹰，以鸟瞰的视角，窥见这大地的一隅，有如此一道深深的刻痕，这自然的大手笔，不正在以亿万斯年的时光，缓缓地，假风之力、日光之暖、冰凌之冷、植物荣枯之轮回、飞鸟鸣禽走兽之生灭以及人类一代又一代繁衍之生死相续的命光，刻下这一道险峻风光？如是如是，这等险峻、孤绝与奇异之布局，被收纳在一个笔画极简的“玄”字里面来，你不觉想追问，这自然的玄妙，和这大地上的生命到底有着怎样的一种关联，人类创造文字的智慧与这山川里的形貌，这宏大与细微之间，到底是一个什么样的因果？

宋代苏辙注解《道德经》时说：“凡远而无所至极者，其色必玄。故老子常以玄寄极也。”王弼在《老子指略》中说：“玄，谓之深者也”。故而，发模先生深邃的思维与峡谷的“深”貌印证，这人心中的经纬，正是经过经年的修炼方可与自然法合的，以发模先生的泊然淡然静虑神思的修为，又才可以窥见这风光里的韬略，给予这山水至极穷微的神妙以回应，这令我想起几年前专访先生时的标题，用的便是先生的一句话“拜自然为师，与灵魂握手”，是的，每一个来到大自然当中的众生确然都应该以弟子礼拜谒自然。

兴许，在双山大峡谷的谷底，一条鱼的幸福指数和一只飞鸟的禅定功夫都是别处的生灵所不及的。要不，作家们也不会惊叹，那些如雕塑一般蹲伏在谷底接近水域的横枝上如不动的水鸟，要不是船身逼近树枝，你怎么知道它们就是这谷底的主人翁，它们常年出入，自由自在，过着清静无为的生活，年岁几何哉，悠忽而已。

看着这蜿蜒的峡谷间宛如墨玉的静水，在这深不见底的墨绿里，山影被船身划起的水花溅碎了，长长的白浪咬住船尾，河流的两岸不着边际地陡峭，崖峰奇异，倾邪显怪，何等陌生，见仁见智，浮想联翩，这趣味盎然的所在忽而又是令人望而生畏的。

而这水底下的神秘，这肉眼是无法见得了，冷风吹来，女士的长发飘起来，眼睛在左右两岸的山峰上穿梭飞驰，太美了，这美，须久久地屏声静气，思维这大地如不动的承载，普擎万物的慈悲。说两岸，却全然不是寻常的河岸，甚或可以说，流经大峡谷的这一段河流，它是无岸的。岸者，与人以希冀之感，在水流湍急之中

激浪之人，若到精疲力竭时，游到岸边，翻身即可上岸。而双山大峡谷的河流，便没有这样的方便之岸，高高耸立于两边的山，你便没有办法上得岸去，因为它壁立千仞，没有抓手，只有到了落脚河大桥下，才会有一斜坡斜斜地且极为陡峭地弓下细小的泥路，让你上岸，这个时候，你才可以嘘一口气，着落在大地上，这便是自然的威严之处，而大峡谷的神秘面纱，到底要花多少工夫才可以探究一二呢？

活动结束的时候，来到一处山庄晚餐。夜色笼罩，阑珊灯火安谧，由于两天来的行车中，我一直都是坐在陈然后面的一个座位上，因而有幸听到他关于小说创作的谈论，于是对这个被称作“丧心病狂”地写小说的江西作家有着特别的亲切感。

圆圆的餐桌旁，有一个火盆，恰巧陈然坐在边上烤火，我走上去搭讪，说听到了他在车上关于小说创作的加法和减法的理论，非常惊叹他说的在加法阶段，哪怕给你一个词语，也要能够把它写成一篇小说，当写作的功夫练习到一定境界之后，要进入到减法的写作，就是“写什么，什么值得写”的问题了。

陈然还是那样斯斯文文地微笑，然后掏出手机，加上微信。我忽然觉得，陈然的微笑也是内蕴森然的，玄乎其玄，一如双山大峡谷的风光。

陈菊

笔名颜若水。一九六六年重阳节生于纳雍鼠仲河畔。曾从事教育工作二十六年。著有文学评论集《若水笔谈》，文学访谈集《黔西北青年作家访谈》。获贵州省文艺评论奖，贵州省首届尹珍诗歌奖。获各级各类新闻奖多项。现任毕节市新闻工作者协会秘书长。主任记者。贵州省作家协会会员。

金海湖：岂止一汪碧玉水

刘靖林

城里待久了，紧张工作节奏带来的身心压力且不说了，就算是闲散无事之人，灯红酒绿看得厌倦，车水马龙噪得烦心，抽闲等空游一游郊外，调适一下疲惫的身心，亦不失为一种乐趣。而毕节城郊的最佳去处，当然要数金海湖了。

金海湖，听说北京郊区就有一个，离市区一个多小时车程，游客很多。而地处黔西北乌蒙山区的这个，更为小巧，颇具小家碧玉的味道。她最诱人的，就是那汪碧玉水！

记得，我曾于多年前的一天与友人划小船于金海湖上，湖里的水，在秋日的高旷里蓝得爽身怡心。天空白云的倒影，被微风吹皱的水，揉得不能成形，却似碎银般的耀眼。湖边，有三四名钓者，夕阳将他们映在水面的身影逐渐拉长，而他们，正悄无声息地醉心于钓事，旁若无人，时间的早晚似乎也与他们无关。此情此景，令人想起“影铺春水面，花落钓人头”的诗句，可惜不是春天，没有烂漫的山花从天空飞落下来。浅水处，小鱼与蝌蚪成群地游。整个环境净而且静，我与友人也不忍言语，倾心地感受着这一切的好，好像一说话就会破坏这种难以言说的静好。而且于我，瞬间好像有入定而忘记自我的感觉，非常美妙。不巧，打破这个宁静的是不远处的山下传来的不算大声却很是清晰的喳喳声，寻声望去，一缕青烟散漫着升上天空，是当地老乡在清理收成庄稼后的秸秆了……宁静是打破了，青烟，农舍，秋树黄叶，常绿的灌木林里稀疏点缀着挺立高耸的几棵松树，高低错落的黄土梯地，路上行走着收工晚归的农人，肩扛锄头或手牵黄牛，一幅农村秋色的美景又呈现在傍晚的天幕下了。

那时的金海湖，叫作瓦厂塘。当时是地区鱼种场的鱼种繁殖基地，好像一段时间又承包给人搞经营了。城里人还没有发现这个好玩的去处，或者是当时的路况不太好，交通不便，还很少有人来这里玩。我们划的小船，也是场里用的。记得湖里还安置着养鱼的网厢，支撑网厢的杆子歪歪斜斜地翘在水面上，多少有些破坏湖的美感，好在占的面积不算太大，而且都是靠在湖的边缘。

瓦厂塘是一个古老的名字，据《大定府志 · 疆土志》记载："去老苗冲五里，有池，名瓦厂塘，安氏时造瓦于其上。"传说是明初修建慕俄格城堡时，水西安氏在这里建了瓦厂，之后就留下了偌大一个塘，塘里恰巧又有出水点，塘水越积越多，水面越来越大，以至于成就了大山深处这个明镜似的湖。所以这些澄澈清洁的水，可是从明代就积存下来的了，说不准其中的那些水滴恰巧逃脱了蒸发与循环的命运，还是明代的造瓦民工的汗液哩！当时九层衙和慕俄格城堡主要都是木结构的，我想，如果用砖的话，在这里一并造砖，整个城堡要用多少砖啊？那将会形成好大的一个湖呢？真是遐想了。

现在，金海湖离毕节和大方两座城都不过半小时车程，那里有山有水有树林，可游山，可戏水，可垂钓，也可野炊。所以每到周末，总是热闹得很。交通条件改善后，尤其是自从一家公司投入，在这里建了公园，这里就成了城里人的休闲花园。金海湖新区成立后，作为一个县级建制，金海湖的含义已不仅仅是一个美丽的湖了，它是好几个乡镇十多万人的市辖区。金海湖当然也建设得更加美好，而且，新区范围内还有许多神秘，鲜为外界所知。

飞雄这个古老的地名在金海湖新区，因为机场的缘故成了一个热词。我曾试图问过当地人，这个地名的来源，从什么时候起，为什么叫这样一个名字，当地人不知道。专家踏勘下来，偏偏就选中这里作为机场。而从字面上看，这"飞"就与飞机有关，"雄"则"霸气"或"了不起"的意思。实践证明，机场建成以后的效果很好，"生意"好得令其他市州嫉妒。古人取的这样一个地名，是多么神奇的预见啊！这里确实是文运亨通的，曾经走出去不少的人才，要不，还有个地方叫作"秀才村"哩！

新成立的金海湖新区，在打造美丽乡村过程中很注重文化建设内容。去年，应邀到小坝镇的车坝撰联，村子是一个别致的小寨，依山而建，有些村民自建的私家院落依着地势建得很有特色。村民们致富了，许多人家都有小车，有些从事运输业的人家，大车小车都有若干辆。与村民们拉拉家常，从村民们代代相传的故事中，发现这还是一个有"老窖"的村子。村子对面的大山曾是一个古代的营盘，古人曾在这里驻军，年代久远，遗迹难寻，只有营盘这样的地名流传下来，为现代人佐证早被尘封的历史时空中，村子和村民的先人们曾经经历过不寻常的狼烟岁月。村子后面有一棵古树，已不记得是什么树了，村民们把它保护起来，古树旁有一个叫洞包的山脑，山脑上有一个岩洞，关于岩洞又有一些神仙鬼怪的传说。于是我撰写了一幅趣联：

洞包洞老神仙老
车坝车多富贵多

我还以烽火连绵的营盘故事同现在新农村建设的美景作对照，作了一幅长联，内容已记不大清楚，据说选作车坝寨门牌坊的门对，刻好对联的牌坊样式，朋友曾发过一张照片给我，看上去还有些老式传统的味道，很有意思。

说到古树，金海湖新区所辖范围内，莺戈岩的古银杏树名气最大。据传古银杏有一千六七百年历史，是一个姓白的赶考秀才所化，所以人们还一直称古树为白神仙或白秀才。其实很可能是银杏又叫白果树，所以有了这个白先生的传说。附近村民世世代代都视银杏为庇佑全村人的神树，每逢年节或者有什么人生大事，都会到大树下祭拜。据传古银杏灵验得很，十里八乡的人都会来求神祈福，大树挂满了红布，都是求神的人挂的。还挂着不少的草鞋，有不少的竹签撑在古树的下面，据说，脚痛的人来祭拜时挂上一双草鞋回去就会好，腰痛的人撑上竹签就会康复。无独有偶，离车坝不远的中屯也有一棵古银杏树，我们牵手围了一下，要五人才能合围，也是上千年的古树了。

前几年，在金海湖新区岔河镇发现了一块彝汉文对照功德碑，颇有文物价值，有专家撰文研究过，论文发表在《贵州工程应用技术学院学报》。岔河我到过，记得离镇政府办公中心不到一公里的地方有一座做工精致的小桥，建于清代，现在仍然可以正常使用，桥名叫作卷洞桥，桥旁就立有一块保存完好的彝文碑，不知是不是同一块碑。而且，岔河有价值的东西还不仅这样一块。

据当地上年纪的人说，历史上的岔河是彩珠、阿富、纳乃等四家土目的辖地，所以发现彝汉文对照的碑就不奇怪了。因地处毕节、大方、纳雍三县交界，岔河还是一个重要的货物集散地，走在岔河老街上，虽说因为多年废弃的原因，看上去有些破败，那一家挨一家的老柜台和那些老木屋上，偶尔还清晰可见的雕梁画栋的痕迹，却掩饰不住曾经的繁华。

老街的背后，曾经有一座叫玉皇阁的古庙，香火很旺。庙前有一个塘，据说不知哪年哪天，一夜之间飞来了不少本地从来没有的小红鱼，在塘里欢快游荡，经常会吸引着到庙里来的香客驻足观看。庙里挂有一口大钟，每天都要敲，钟声响彻云霄。在过往的历史里，整个岔河沐浴着玉皇阁的暮鼓晨钟，年复一年，悠远浑厚。玉皇阁始建于何时已无可考证，毁于民国年间倒是准确无误的。那时的朱昌叫南山区，区长家就住岔河，玉皇阁因为正对着区长家的大门，有阴阳先生说会破坏他家风水，区长听信了，就决定要拆除。还来不及拆时，玉皇阁好像有自知之明，干脆自己倒塌。塘里的小红鱼也一夜之间飞走了。当时有人开玩笑说，天上的玉皇还敌不过一个凡间的区长哩，真个是县官不如现管了。现在玉皇阁遗址尚存，不过是一片废墟了，只见杂草从垃圾的夹缝里奋力地长出来，不过还是无法掩盖这废墟的杂乱无章。

在岔河镇的塘丰村，还有一种叫新基坟的奇特墓葬遗址。这种墓是墓主人在世时就先建好的。选上好石料，精心打造一个六合的墓室，留有门，待到墓主去世时，把装好尸体的棺材放进去，关上门即可。在塘丰村的营口山上，原来，这种墓室在几十亩地的范围内有上百所，堪称规模宏大。如此豪华又有规模的墓葬坟场，应是一个比较显赫的家族坟山。现在可以看到的都还有几十所。因为遭遇多次盗墓破坏，这些新基坟都无一例外地开着门，里面空无一物，成了胆大的放牛娃们躲猫猫的场所。在当地流传着很多关于新基坟的怪异传说，曾经有人在太阳落山时，远远地听到坟山里面传出鸡鸣狗叫和冲碓推磨的声音，闭上眼听，这个大坟场好像是一个人欢马叫的大寨子似的；有人用新基坟的石头打制猪槽，石块弹跳来打瞎了眼睛，打好的猪槽喂猪，猪也病死了。最后只得烧香烧纸地抬回去还。这些充斥着迷信色彩的传说当然纯属无稽之谈，然而，或许就是靠着这些传说，这些断垣残壁的新基坟，才得以保留这样一些遗迹。

我到岔河，已是十多年前的事，现在的景观同我所见到的，应当已经有所不同。现在，政府对旅游文化非常重视，想必，这样一些古遗址是要采取措施保护的，并且迟早要开发利用。

要问金海湖新区有什么特产，首先会想到茶。

酒困路长惟欲睡，日高人渴漫思茶。很多人在生活中都离不开茶，每每有客人到家，最先的礼数就是先上一杯茶来：无由持一碗，寄与爱茶人。茶的滋味，贵在任人于浓淡苦涩之间品味甘美。茶之于人，除了解渴，也有一种人生提示。不是常说人生像一杯茶吗？平淡是其本色，苦涩是其特色，清香是其成色。有人更说得好：喝茶不过两个动作，拿起，放下。人之情感又何尝不是？一些该拿起的要拿起，一些该放下的要放下。只有该结束的结束了，该开始的才能够开始。

扯远了，一说起茶，茶文化相关的想象就会无端地冒出来。具体到金海湖的茶，不要说金海湖新区范围内，就是在毕节市乃至贵州全省，都是很有名的。那就是竹园民族乡的海马宫茶。《中国茶经》记载海马宫茶“一饮生津破闷，再饮情思朗爽，三饮得道通灵，使君融入和、静、清、园之境地……”海马宫茶的历史悠久，传说明代奢香夫人以海马宫茶上贡明太祖朱元璋，太祖品之甚喜，大加赞赏。于是海马宫茶开始成为贡茶。到了清代，朝廷派员为海马宫传授“竹叶青”制作工艺，加工成“竹叶青”茶，深得官府好评，为朝廷贡品，岁岁上贡。

海马宫茶生长在海拔一千六百米以上的竹园山上，茶园年均气温摄氏十三度左右，山峦叠翠、溪水纵横、云雾缭绕，尤宜茶叶生长。这里的茶叶生产历史有两千余年，直到现在，海马宫仍有古老茶树留存。

《大定县志》有载：茶叶之佳以海马宫为最，果瓦次之。海马宫茶属黄茶。具有条索紧结卷曲，茸毛显露，青高味醇，回味甘甜，汤色黄绿明亮，叶底嫩黄匀整明亮的特点。海马宫茶属小群体品种，具有茸毛多、持嫩性强的特性。谷雨前后开采。采摘标准：一级茶为一芽一叶初展，二级茶为一芽二叶，三级茶为一芽三叶。

能够进入《中国茶经》和《大定县志》，足见海马宫茶的品位确实非凡。

茶本是一片树叶，经过人们多年积累经验形成的工艺，使它的生命比其他树叶更为漫长。对于其他树叶，落了，枯了，就烂了，为尘入土而终其一生。而茶，其生命经历枯萎之后，又有新的重生和绽放。茶文化丰富得很，各种名茶除了生长地不同外，制茶人各有各的技艺，品茶人各有各的感悟，而且还会因为不同的际遇而产生不同的传说故事。海马宫茶也如此，以其独特品性和历史际遇而在林林总总的名茶中有着一席不可替代的地位。

金海湖新区还有一处“养在深闺人未识”的景观，那就是落脚河流经的双山大峡谷。落脚河大桥在毕节市内很有些名气，这大峡谷却因未曾开发而几乎不被人知。不久前，金海湖新区组织了一次有全国全省知名作家参加的采风活动，有幸被邀请陪同采风，一睹芳容，真是秀色可餐大饱眼福。

秋末了，岸边的某处崖壁上，巴壁虎藤蔓退去绿叶后蛛网般条理清晰地布置着，偶有余下的几张黄叶成了点缀，藤蔓的空隙间，间或有蕨类植物探出绿色的叶子来，手机一照，真还像一幅绝妙的画。船在峡谷底的河流上行驶，两岸绝壁景色异彩纷呈，悬崖、奇峰、溶洞、怪石、古树、虬枝，还有不知名的奇花异草，移步换景，处处美妙。可惜很多景观都没有取名。有一奇甚处，河两岸各有一景，一边是笋子状岩石，一边是沟洞状地貌，酷似男女性器，奇妙至绝，客人无不惊呼，绝了！整个峡谷妙处多多，不可尽言。

我们乘坐的是一艘快艇，司机就是快艇的主人，他是金海湖新区双山本地人，家就住大峡谷岸上，姓傅，搞运输业起家的。他说，这艘快艇是买来玩的，有客人来的时候就帮着政府部门载进来参观一下，他希望大峡谷这个绝美的景点快点开发起来，揭开它的神秘面纱，让世人欣赏，同时也可带动当地的经济发展。同船的诗人李发模先生和其他几位作家，都惊叹毕节山水之美，对这样好的景观尚未开发又生感慨。我又暗暗地想，落脚河这个名字是不是也有一种预见，不久的将来，这里会成为游客们最好的“落脚”的旅游目的地呢？

面积不大的金海湖新区，可谓瑰丽玲珑，景观集中而文化丰厚。新区内的很多地方我都还无缘拜访，未免有些遗憾。比如归化湖、文阁的秀才村等，早闻其名却未曾到过。

作为规划建设中的毕节市未来的城市中心区，金海湖新区围绕“大山为景，小山为园；大湖为心，小水为带；峡谷为络，绿廊成网”的规划理念，建设水域面积一千二百多亩的金海湖湿地公园和

五千余亩的归化湖，着力打造主河道长二十六公里罕见的城市峡谷风光——双山大峡谷。依托飞雄机场，建设二十二平方公里国际内陆港。新区在未来公共交通的发展规划中还预留了轻轨路线，是同时拥有机场、铁路、高速公路、高铁客站、铁路货站、国际内陆港（保税港、物流园区）的新区，便捷的交通优势成为撬动新区经济社会发展的重要支点。目前，职教城组团、双山产业组团、梨树高铁组团、国际内陆港组团等城市核心组团基本建成，新区必将成为毕节服务产业转型升级发展的大平台，成为毕节市同城化建设“一城三区”中最富活力亮点最多的地方。

好个金海湖，今后还会好戏连台哩，等着瞧吧！

刘靖林

一九六六年生于毕节市七星关区田坝镇。中国作家协会会员，《毕节日报》高级编辑、副总编辑。毕节市市管专家。出版个人作品集五部，其中散文集三部：《天上没有九洞天》《怀胎十月的杜鹃花》《心有所想》，诗集《与幸福留影》，言论集《新闻舆论工作的浅思考》。

故史金海湖

王剑平

一

游金海湖新区，落脚河深得我爱。落脚河有灵气，亦有野趣，是一条令人遐想无限的河流。

贵州大方，系我梓里，其为毕节辖下的一个县。旧时，大方叫大定府，其辖管毕节。按前行政区划，大方的双山镇与毕节接壤，现今，独身出来的双山镇，是金海湖开发区的正中。

双山镇的落脚河，又名落折河、禄水。《黔江篇》载云："东稍北流，有落脚河，北自大定府西北，合毕节诸水来会。"《大定府志》说：落脚河源出毕节县北三十里，东南流经其城东北，曰"响水河"。折而南稍东，合威镇河，又南会南加河。《方舆纪要》则说，响水河为落脚河之源。落脚河是鸭池河上源，鸭池河又是乌江的主干流，乌江为长江左岸最大支流。弯来拐去，落脚河以此融入域外，与世界相连。

清人洪亮吉，著《贵州水道考》，布列贵州七条大河，曰：沅水、延江、大涉水、僰溪、豚水、温水、盘水。这七条较大河流，《水经注》《山海经》等古籍都有记载。可今非昔比，时代变了，按现在的说法，这七条河分别是：乌江、六冲河、清水江、赤水河、北盘江、红水河（包括上源南盘江）、都柳江。《贵州通志 · 舆地志》说：贵州之水以百数，总而举之，为入江、入粤两大类。这里的入江，系指长江流域；入粤，指的是珠江流域。这些河流、支脉，纷繁复杂，如人体血络互为关联。其大体以乌蒙山和苗岭为分水岭，以北属长江流域，以南属珠江流域。

按《贵州通志 · 舆地志》的"两分法"，入江者为乌江，发源于毕节乌蒙山，是贵州最大的河流，有人称其为贵州的母亲河。入粤者为南、北盘江。北盘江与乌江都发端于乌蒙山脉，北盘江源，虽出云南宣威，流经滇东亦至毕节威宁，后与南盘江汇合，称红水河，并入珠江流域。

《史记·西南夷列传》里说："牂牁江广数里，出番禺城下。"并云："夜郎者，临牂牁江，江广百余步，足以行船。"北盘江是珠江水系，即古籍中的牂牁流域。因大山阻碍，贵州道路开凿困难，南、北盘江与乌江，古时，是贵州沟通外界的两条重要通道，两条航道皆经毕节地区。如此，文化与经济便因一河相系。

落脚河注入乌江，属于长江水系。落脚河沿岸喀斯特地貌特征十分突出，因在双山建了电站，其水深岩陡，沿途风光峭美诡异，变幻无常，极具气象，予金海湖新区增添了灵韵。

散漫逶迤、奔流不息的落脚河，朝向大海，一心一意奔出大山。在我看来，这似一个象征，仿若此方生众融入世界的姿态。

二

表述落脚河不容易，千丝万缕，它不是一条孤立的河流。亦然，欲说金海湖新区也很困难。金海湖虽是新区，破土动工于二零一五年，但它同样不是孤立的。金海湖的历史积淀、文化传承，与这块古老土地一脉相承，有极厚重的时空维度。

贵州建省，是明永乐十一年（一四一三年）。但二十四万年前，这片土地即有人类依水而居，生息繁衍。

有文可考，在这块土地上，最早的统治者是彝族。《贵州图经新志》云：蜀汉时，牂牁帅彝族首领济火（一名济济火），善抚其众，闻诸葛武侯南征，通道积粮以迎。武侯大喜过望，命他为先锋。济火在征伐战事中生擒孟获，诸葛亮封他为罗甸王，可世袭。彝族由此，在西南地区建立政权。彝族，诸多古籍称其"罗罗"，鬼是彝族的图腾崇拜，故又称"罗施鬼国"或"罗氏鬼国"。其管辖范围，以乌江上游鸭池河为界，分水东、水西。水西，治所即今大方县城，故又得"水西"之名。水西土司政权，始于汉后主建兴三年（二二五年），终于清康熙三十七年（一六九八年），时长一千四百余年。创下了"百年皇帝、千年土司"的历史神话，令诸多史家叹为观止。水西谣云：

蛮山路百折，倮罗生其间。群苗此种贵，约束入汉官。各私一土地，奴使诸苗蛮。

彝族土司在此雄踞千年，政权更迭虽未影响其统治，但因交通要塞的缘故，这块土地上的杀戮与血腥却不曾停止过。

明洪武十四年，朱元璋得天下，令傅友德征南，讨伐盘踞云南的元朝残余。毕节威宁、赫章等地，便成了入滇要塞，时称乌撒。傅友德率大军直趋贵州，先攻乌撒，再平云南。《清镇县志》及《清镇焦氏族谱》记载：此役，傅友德部将焦琴，斩杀乌撒官兵万余人。为防地方政权叛乱，保证黔滇要道通畅，傅友德又令明朝大军于此筑城。建城时，世居少数民族复合抗拒，被守军斩首千余级。乌撒建立后，守军得七星关，通毕节。洪武十五年（一三八二年）四月，当地少数民族再度复反。傅友德命安陆侯吴复、平凉侯费聚，征“乌蒙诸蛮”。平西侯沐英，也自大理折返，两军联合攻击，斩首三万余级。如此血淋淋的描述，《贵州通志》里也有记载。

明朝后期，社会矛盾尖锐，战事频起，不仅后金大兵压境，辽东事紧，且有西南农民起义和土司造反。当时，贵州提学道刘锡玄曾言：云贵百姓受贪官污吏盘剥，生活苦不堪言，土司亦压榨百姓，百姓无一不怨。彼时，“夷民”受汉官剥削，土司也备受流官“朘削”。至明天启元年，永宁（今四川叙永）宣抚司奢崇明及贵州宣慰司安邦彦策动叛乱，史称“奢安之乱”。叛军围成都百余天、围贵阳两百多天。战争自天启元年至崇祯十年，前后持续十七年，仅大规模交战就延续了九年。战乱波及川黔云桂四省，死伤百余万人。

战乱中，四川巡抚徐可求死难，贵州巡抚王三善死难，有西南大将之冠的总理鲁钦兵败自刎，贵州总兵阵亡于贵阳城下。最后，战乱为四川巡抚朱燮元、石柱总兵秦良玉、四川总兵杜文焕等平息。

康熙三年（一六六四年），平西王吴三桂为扩充实力，制造水西土司蓄意谋反的谣言，朝廷派兵讨伐。有关史料载，此役，“夷卒有十万”。至康熙四年（一六六五年），吴三桂平定水西，废贵州水西宣慰司，将大方改为大定，并置府。康熙十二年（一六七三年），吴三桂反，安氏土司于毕节威宁起兵，助清兵平叛，一雪前耻，夺回大定，得以复任水西宣慰使。

上述辑录，仅为几场较大的杀伐，小型战乱则不计其数。金海湖新区地处其中，史海钩沉，在此沉重的历史框架下，这片地土令人肃然起敬。

毕节是贵州的“高原”，也是贵州的穷困山区。封建王朝，于此的杀戮如此疯狂，却并未令其屈服。现今，在贵州的九个市州中，毕节是贵州人口最稠密的地区，如今又建金海湖新区。生命繁衍，在此一方如此倔强有力，实在令人喟叹。

三

那些年，去毕节，只有汽车，还得坐上十余个钟头。从贵阳出发，沿途，汽车从山头行至山脚，再从山脚爬到山顶，周而复始，缓缓而行，真不知路有多长。这样的旅程，游人都昏昏然然。可我能记住一个地方——双山镇。

记住双山镇，并非作此拙文矫情。双山至响水的一段山谷里，有河至高处流下，周围的山奇险峻拔，道路蜿蜒曲折。此处风景谈不上美，但却雄，雄得让我过目不忘。现在方知，那条河就是落脚河，海马宫村也在这片奇雄大山之中。

贵州是大山的王国，山山相连，无边无际。毕节是贵州“屋脊”，毕节的山都长在众山之上，既高亦大。面对无尽大山，在贵州，要筑一条路很难，欲在毕节辟一条道，更难。清代，第五十七任云贵总督林则徐，惊异贵州山水，作诗云：

两山夹溪溪水恶，一径秋烟凿山脚。
行人在山影在溪，此身未坠胆已落。
盘陟崩石来无端，山前突兀复有山。
肩舆十步九扶掖，不尔倾蹶肤难完。
传闻雨后更险绝，时有崩泉掣山裂。
此行幸值清明来，峻坂驱驰九已折。
不敢俯睨千丈渊，昂头但见山插天。
健儿撒手忽鸣炮，惊起群山向天叫。

林则徐感慨贵州的山，亦感慨山间凿出的道。明代思想家王阳明谪贬贵州，同样发出感叹：“连峰际天兮，飞鸟不通；游子怀乡兮，不知西东。”因大山的阻隔，贵州历来信息闭塞，经济落后。远在唐诗风靡中原时，贵州尚“俗无文字，刻木为契”。

《史记·西南夷列传》里，司马迁就有过如下记录：建元六年（公元前一三五年），汉武帝欲借自己的强大，及巴蜀的富饶，打通前往夜郎的道路，以借牂牁江行兵征服南越、东越。议合夜郎后，“当是时，巴蜀四郡通西南夷道，戍转相饟。数岁，道不通，士罢饿离湿，死者甚众；西南夷又数反，发兵兴击，秏费无功”。

司马迁记载的这条“烂尾路”，经毕节威宁。此西南夷道亦名“夜郎道”，几经开凿，史家后称“秦汉五尺道”。秦汉五尺道由川入滇，起点为四川宜宾，过毕节威宁，止云南曲靖。有人认为，彼时曲靖也隶属夜郎领地，这极有可能。此为有记录以来，中央王朝建往贵州的第一条“国道”。其时，该路把夜郎与巴蜀、牂牁江（今北盘江）与两广联系起来，毕节成了西南通道上的一个重要节点，金海湖即身置这片土地上。

“西南夷郡长以什数，夜郎最大。”《史记》中的夜郎国涉面甚广，含今四川、云南、湖南的一些地方，其局部虽存争议，但夜郎泛指牂牁江流域，是没有歧义的。汉文献里的牂牁范围，系指巴蜀以南、滇以东、南越之北、武陵之西一带。只是，就夜郎中心，史家各有说法。明代建省前，贵州大部皆属其中，毕节在夜郎的地盘上，亦无异议。《水经注》《汉志》《水经注西南诸水考》《水经注疏》等古籍，皆互有印证。

或因此故，在海马宫村，我总能想起《史记》中，夜郎“此皆魋结，耕田，有邑聚”的景象。海马宫村是汉族、彝族、苗族混居的村寨，其民族团结融合，并非今日才有。早在明代军队进围此方时，《贵州通志》里，就有对当地少数民族关系的描述：“无事则互起争端，有事则相为救援。”这个描述，应该是很客观的。合而不同，当属团结的最理想状态。

海马宫村村支书是彝族，通汉语、彝语、苗语，实不为怪。他分别以彝语和苗语唱敬酒歌，我听不懂，但从他的嗓音里，我能感觉到沧桑的意味。那一刻，我突然觉得内心的安宁，很奇怪。村支书体型硕壮，说汉语有浓厚的大方口音，其语调平和淡然。许是大山及故史陈因，才造就了金海湖人的这种耐心。如此静候佳音的耐性，很具历史穿透力。

我愿金海湖新区，在夜郎这片古老的土地上焕生新机。

四

我的老家在大方县，幼时，又在毕节生活过一段时间，金海湖新区地处大方毕节之间。对此方土地，我有复杂的情感。这也很奇怪，我的出生地不是故乡，我生在工地上。山野中，故道旁，除几所孤零零的荒冢，家乡于我一无所有。为何有此复杂的情感，我也想不明白！

我记忆中的毕节、大方，既简单，亦清晰。

现在除了飞机，去毕节、去大方、去金海湖，最近的高速公路不足两百公里，自驾车只需两小时。可今天的毕节、大方，对我只是座空城。距离近了、时间短了，我的亲人却走了。

一个没有亲人的故乡，是空落的，也是孤独的。身处毕节与大方间的金海湖，我想，此地为何要叫金海湖？

二零零零年，毕节赫章可乐考古，发掘战国至西汉古墓百余座。按时下话说，这百余座古墓皆系当时公墓。我拜访过主持考古的专家梁太鹤先生，他对我说：这次考古，是抢救性的。满地的遗物碎片，种地、走路，不小心都能踢出来，土层太浅。“抢救性”，指的就是这部分暴露墓葬。他还说，因资金困难，最好的保护其实就是回填，不再开掘，因为规模太大，得花很多钱。从已发掘墓葬密集程度和出土文物推算，很难想象，当年这个地区的繁华。仅此抢救性发掘，就震动了整个中国考古界。这个发现，也与史料记载互为印证。

蜀汉时，大方县即建罗甸王府，并筑慕俄格城，辖管这一带。至明代，贵州建省后，王府改称“贵州宣慰府”，贵阳虽设治所，但实际权力中心仍在大定。明天启四年（一六二四年），贵州巡抚王三善平“奢安之乱”，不敌义军，撤退时，纵火“尽焚庐舍而东”，致整个慕俄格古城和宣慰府毁于兵燹。

“贵州宣慰府”是大方慕俄格古城的核心，唐时即兴建九重宫殿，宋时改为罗施鬼国，元代为顺元宣慰府，明置贵州宣慰府。“贵州宣慰府”是历代彝族土司执政之所，其规模为“一场八院九层”。“百年皇帝、千年土司”，并非只得虚名。依这个建筑规模，要耗多少建筑材料？据说，建宣慰府及慕俄格城的砖瓦，都出自大方县双

山镇。

《大定府志》里说："双山，在城北三十里。两峰对峙，矗如天阙，城北之隘塞也。"

双山镇是大方与毕节的交界，亦是守护宣慰府北面的门户。此地的黏土，色黄油润，是烧制砖瓦的绝佳材料。因长年在这里取土制瓦，当地人称"瓦厂塘"。其取土形成的大坑，千余亩，积水后形成湖塘，称"金海湖"。

为何叫金海湖？我想，答案就在于此。本地人称湖为"海子"，制瓦的黏土为黄色，又为贵族土司建造宫殿所用。中国文字，有以"黄"为"金"之意，故方有了这个"金海湖"的称谓。

明代前，因托水、陆两道交通，毕节曾是贵州最繁盛的地区，清代，才逐渐废置边缘，这很符合盛极必衰的规律。现今，金海湖开发区建有飞雄机场。成贵快铁、昭黔铁路、隆黄铁路、毕—水—兴城际快铁，亦即将建成开通。尚有已建成的杭瑞高速、厦蓉高速，穿境而过。"要想富，先修路"，此话因滥而俗，可也确有道理。依托现代化交通，毕节可融入黔中、成渝、滇中、"珠江三角"经济带。同时，又能成为通达东南亚、南亚的要道。

"秦汉五尺道"的开凿，距今，时近两千年。穷困与繁荣，战乱与安宁，皆为一道所系。可谓祸兮福所倚，福兮祸所伏。时下，金海湖新区为黔西北交通枢纽，历史于此叠加，累积了金海湖新区的厚重与沉稳。但我却不希望历史轮回，轮回只是个简单的重复！

我期盼我的家乡人民幸福、安宁！

王剑平

汉族，中国作家协会会员、贵州省作家协会理事、贵州省文史馆特聘研究员。著有《城市形状——王剑平中短篇小说集》，长篇小说《黔中护宝记》，《人间烟火——德国之声文学大奖优秀作品文集》（中德文对译本），散文集《荒谬的眼睛》等。获德国之声国际文学大奖最高奖，应邀出席法兰克福国际图书博览会小说论坛。

欸乃一声山水绿

文清丽

有人迷吃，有人嗜穿，作为红尘之人，我也未能免俗。除此之外，我还迷一个词：南方。南方的烟雨濛濛，南方的小桥流水，南方四季葳蕤的植物，南方的山秀而挺等，对我这个生于西北黄土高原又在华北成家立业的人来说，最具杀伤力，恨不能把南方移在家门口，时时去看它。特别是冬天，望着北方旷野上枯瘦的树枝，呆楞楞地挺立在云端，我总要长叹一声。再看大街上一排排假树塑料花装扮的虚华，心里莫名生出一股忧伤，好想把那粉饰出来的桃红柳绿连根拔起。

按说毕节我去过，赫章的韭菜坪、天上石林给我留下了美好的记忆。可这次听说金海湖笔会，一个湖，一个新，好似干燥天终于落了雨，立马我的心就跳腾起来了。作为现代人，对城市的依赖，更是我对此采风充满了期待。

再看会议日程，参观金海湖新区高铁站展厅和规划展厅、游览湿地公园、双山大峡谷、海马宫万亩茶园、参观体验少数民族民风民俗，这菊花瓣的次第诱惑，我立马答应参加。

周六晚上，在北方树木落光之时，我终于再次来到了梦想的南方。

虽阴天，可云彩净朗，草木繁茂，让久受雾霾之扰的我，顿觉神情气爽。一出机场，手不干燥，脸也润滑，长长地吸了一口南方的空气，心里不禁说，南方好，南方好，南方就是好呀好。

此时，会议已经结束，文友们第二天就要纷纷离会，好在晚饭时，我跟大家见了面，认识了著名诗人李发模、散文作家、我的陕西老乡史小溪老师，见到了鲁院同学夏天敏。还有正万、陈然、顾坚、杨献平，和鲁院的陈涛老师。都是圈中人，不再有所顾忌，道文坛，聊家常，说不尽的话语，抒不进的惬意。

周日上午，我因急于赏景，没顾得上吃早饭，打车到了不少人给我推荐的小河风景区。进入风景区，首先映入眼帘的是类似牌坊的小河彝寨入口，上面是我不认识的文字，旁边是一尊张弓搭箭的彝人英雄支格阿鲁雕塑。依河而建的彝家房屋古香古色，摆着不少烧烤。村民有人在扫地，有人在喂鸭。河里的水，静静地流着，不抢风也不夺景，可它却总不停地被我拍在了相机里。

小河的奇山异石很多，有许多陡峭的险峰峭壁，有神似狮子的山和大象的宝山，像两人对望的双人山，以及许多不知名的山石。看到狮子山和宝象山，我仿佛看见了一头神态威武的雄狮正在昂头向河边吸水的大象发出挑战的长啸。而双人山又让我看见一对久别重逢的兄弟把手紧紧握在一起……溶洞听说最为著名的有黑龙洞、铸钱洞、燕子洞等。

而我又怎能忘记八角金盘这个我第一次认识的植物？怎么忘记成片的千日红、百日菊，还有我一直喜欢的广玉兰树呢？还有想象中的百里杜鹃，成了我下次到毕节来的理由。

路边站着一个烤土豆的中年女人，在风中，熟练地烤着土豆和豆腐干。闻着香味，我停步买了一个土豆，她给我切成块状，装在盒里，又让我醮着辣椒面吃，感觉好香，好像回到了老家。五六岁时，我极馋，家贫，又没什么好吃的，母亲烧火时，就在灶火旁给我烤只土豆，边拉风箱，边不时地给拨拉土豆，让它周身都烤得黄黄的、软软的。我还没进厨房，就闻到了土豆的香味。刚出火的土豆特烫，我就把土豆用衣服的前襟垫着，边剥皮边吃。现在想来，手上好似充满了当时的温暖。还有，好像看到了年轻的母亲，慈爱地望着我。而现在，她与父亲，躺在老家的苹果树下的墓地里，不知下雪天，冷不冷？

下午参观时，客人只有我跟《人民日报》的编辑周舒艺。鲁院师弟彭澎及其他朋友相陪。彭澎温润、柔和，走在生于斯、长于斯的土地上，他不停地给我们讲着毕节的过去，当然还有无限可能的未来。时不时给我们指着一个地方说，我亲戚在那儿开了饭馆，那个学校有我的学生……在他诗意而丰沛的叙述中，毕节这个我刚认识的城市，与我，好像如家乡般，有了亲情的牵绊。小小年纪的舒艺，毕业于我向往的武汉大学中文系，她是扬州人，见惯了南方的花草树木，对开发区的各项建设，问得详细而具体，体现了一个大报记者扎实的工作作风。

金海湖区产城、校城、港城、景城、城乡的“五位一体”的城市化带动战略，让我为之振奋。职教产业蓬勃发展，基础设施逐步成型，城市功能日益完善，资源要素迅速集聚，已成为展现毕节城市化建设的重要窗口。它是黔西北唯一拥有机场、铁路、高速公路、高铁客站、铁路货站、内陆港物流园区和工业园区的新区。到二零三零年，金海湖新区将建成面积达到一百四十三平方公里，人口达到一百万人；城镇化率达百分之七十以上、城市绿化覆盖率达百分之六十以上、人均公园绿地面积达九平方米以上。瞻望远景，我想起了卡尔维诺的《看不见的城市》，那是寄予人类一切美好想象的城市，那么毕节这个发展中的城市，将来会是什么样呢?

站在高楼林立、纵横交错、绿树环绕、河流密布的模板上，我只恨自己的想象力缺乏。在工地，在忙碌的人群里，我听到的是行进的步履。

位于金海湖新区的职教城，是毕节市的职业教育基地。这里坐落着职业技术学院、医专、幼专、工校、财校等六所公办职业院校，入住师生四万余人。看着来来往往的学生，想起现在各大城市名校争相扩招博士生、研究生，许多学生空有一副文凭，手无缚鸡之功，而这些职业院校的兴办，是立足于本土，立足于市场实际需求的睿智举措。我渴望未来的开发区，有优秀的教师、会计师、园林师，当然还有美好生活的建造者。在我向往的田园生活时，毕节，这座西南具有山地生态特色的山水城、峡谷城、宜居城、生态城正呼之欲出。

发展经济建设，不忘营造环境，不忘城市绿化带，让我对金海湖经济区的决策者敬慕有加。

金海湖湿地公园步道宽阔，游人稀少，葱茏的湖水、多彩的花草，吸引得我恨不能就这样一直走下去。广场两边的图案，全是朱红色的剪纸。剪纸这个在我老家最常见的民间艺术，剪的大多是骑着鲤鱼的胖娃娃，梳着长辫洗衣服的漂亮姑娘，而在公园里，却是彝族姑娘、满族小伙、苗族吹着芦笙的男男女女，还有广场彝族的图腾，体现了鲜明的民族特质。这时，一阵《今天是个好日子》的音乐传进耳中，我们循声而去，一位老人，在一辆日用货车边坐着，面对着湖水，拉着板胡，旁若无人，满脸陶醉。

随后顶着风，我们又观看了城市峡谷风光——落脚河。可叹时间紧，只能在桥上远观，而不能像文友们坐船去体验穿行大峡谷的奇险经历。脚下的河水，如碧玉般蜿蜒穿行在峡谷里。听说全长有二十六公里呢，对岸全是竹林。恨不能下去划船，行到尽头，去看文友们笔下的天鹅。对面的绝壁，脚下的深谷，让站在桥上的我，头晕腿软。可我走一步，回头又要望一眼，就是看不够。不远处的《乌蒙磅礴走泥丸》雕像上的红军好像在笑，而与他站在一起的提着筐的小男孩则朝我做着鬼脸。

天色渐暗，车行进在山路上，山势越来越高，路也盘旋如蛇，可我仍自豪自己是穿行在云雾中的人。到了坡顶的小坝镇莺戈岩村，一棵参天银杏出现在我们面前，树干腰围需十位成年人牵手才能围住，树高约三十余米，张开的树伞能遮盖三亩左右土地。独树成林，错节盘根。倒垂的树枝上还有长短不一、形状可异的树乳，有的如悬钟，有的如钟乳石，摸上去，感觉好似摸到了历史的脉搏。据介绍，此树有一千七百多年的历史。历经汉晋隋唐宋元明清兴衰，仍挺拔葱郁，让我感觉到一股神的力量。树身绿苔层层，枝根分离，银杏灿然，红布缠绕，后面白房黛瓦，炊烟袅袅，好一个世外桃源。

秋天的树中，我最爱银杏。那亮灿灿的黄，还有那扇形的花瓣，使它迥异于众树之上。北京钓鱼台两边的银杏，虽年轻，因位置近，成了秋日京人赏秋的最佳处。大觉寺的银杏则因古老和清静，曾使明清的皇室在此驻足，纳兰容若、顾太清夫妇、郭沫若、冰心、朱自清、季羡林等文人墨客在此看它四季行装，沐雪流风。而莺戈岩村的这棵千年银杏，陪伴它的是如我父辈的村民，他们世代护树。此时，树下静然，想必护树的人回家吃晚饭去了。但热情的毕节文友生怕我们看不到家乡最美的一面，不时打开手机，给我们看他曾经拍摄的一幅幅关于此树的美照：鹤发童颜的老人们坐在树下谈古说今，四只雪白的鸭子迈着方步漫行……艳阳穿过银杏叶如黄金，虽没亲眼看到，可这美景时不时在我心里一张张翻过，吸引的何至是我，山上虽冷，可我们每个人绕着树，走一圈，再走一圈，念念忘不了对一棵树的仰钦。人类跟它比起来，仅是草芥，多少帝王将相、多少才子佳人想长生不老，想芳华绝代，终都抵不过岁月，倏忽间，无论高官还是平民都消失在历史的烟云中，只有这棵树还在，护佑着它的子民，生生不息。

“烟销日出不见人，欸乃一声山水绿。”古树、湿地、湖水、峡

谷，还有城市五位一体的建设，让我爱上了金海湖新区，不禁想起了加拿大知名女诗人丽娜·拉尼埃的《在水边》，引此以表我写此文的心情：

因了你，我愿像水一样跪拜
你不会看见我在衣饰中颤栗
我的灵魂抓住了你池中的形象
而你，一个猎者，将我的吻当作祈祷

文清丽

一九八六年入伍，陕西长武人，毕业于解放军艺术学院文学系和鲁迅文学院第三届中青年作家高级研讨班及鲁二十八深造班，曾在《中国作家》《青年文学》《北京文学》《小说界》等全国文学刊物发表作品三百余万字，多篇作品被《小说选刊》《小说月报》《中华文学选刊》《北京文学·中篇小说月报》《中篇小说选刊》选载，出版有散文集《瞳孔湾湖》《月子》《爱情总是背对着我》，小说集《纸梦》《回望青春》，长篇非虚构《渭北一家人》。现供职于《解放军文艺》杂志。

我与海马宫茶

王咏桂

我喜欢喝茶，绿茶尤喜。

清明前后，都要到各处去，寻这一年需要的茶，二十来斤，一一贴上标签，标明产地，和价位，接下来几天，焚香净手洗茶具，细斟慢品，这一个过程，就有些像仪式了。它能让心慢慢静下来，只有心静，才能品出茶的滋味。品茶，不能浮躁的。把自己变成一块静静的物质，慢慢融入这静静的大千世界中，茶的韵味才会慢慢升腾，你才会品尝出这小小的叶芽儿里，吸进多少春风玉露、云彩霞光，仿佛这一杯袅袅蒸腾的茶汤，有百鸟依稀的清唱、百花淡淡的芬芳。让你不得不佩服，这大自然的神奇造化，心中生出一份庄严。

水是茶之母。许次纾《茶疏》里说："精茗蕴香，借水而发，无水不可与论茶也。"要喝好茶，就须得有好水。井水为下，江河次之，山泉为上。用自来水泡茶，是傻瓜行为。水井随着小桥流水人家这种古韵的消失而消失，江河都被污染，当然也不能泡茶。山泉，倒还有，最好的山泉，莫过于油沙地的林中之泉，单是泉水，就甘甜可口，泡出的茶味，就可想而知。

泡茶也很有讲究水温，绿茶七十五度最佳。过之则为老汤，老汤泡出的绿茶，是没有那一份清香韵味的。最忌讳的是，把一壶水反复加温，这样的水，已煮"死"，死水泡茶，了无滋味。

我是一个喜欢喝茶的人。爱物成癖，便谓之痴。我还没有成痴，但对好茶也会尽力追寻。因之，让我和海马宫茶结了善缘。

那是去拜访一个朋友，在他的办公室里，给我泡了一杯茶，歉疚地对我说，不是在家里，没有好茶，这是局里最好的接待茶，有点儿对不起你老兄。因为关系好，我也没有说什么客套的话。待茶泡好，端在手里一看，便有点儿惊奇。喝茶，一般都是一看二闻三品尝的步骤。看汤色，看叶形，汤色以清透莹绿，或略带珀黄者为好，叶形以独芽、肥厚、完整者为佳；闻香要凝神静气，由远而近，闻不过三次，超过三次，凝神就散了，香味也就乱；闻香，可以基本断定品相层次，再慢慢细品茶味，不过是验证闻香的判断而已。朋友泡的，不是上好之茶，我也不用一看二闻三品尝，只是习惯性端茶一看，清透中有琥珀之色，便觉惊奇，一品之下，清香满口，回味悠长，隐隐中透着一股劲味儿，我见叶形是一芽一叶中杂有少量一芽两叶，知道这是产地近于海拔两千米左右、时间不超过雨后半个月的翠片。询问之下，才知道是海马宫的茶。

海马宫在大方老鹰岩下，海拔一千六百米左右，群山共护，绿雾氤氲，日照时间和雾罩时间都比较长，一般都是早晚白雾茫茫，中午却又日出云开。海马宫隔毕节不过二十来公里，现属于金海湖新区。《大定府志》有记载："茶叶之佳以海马宫为最，果瓦次之，初泡时其味尚涩，追泡经两三次其味转香，故远近争购啧啧不置。"海马宫的茶树并不是太多，成片的不上百亩，土质却是非常的好，黄中带红，我们称之为"马血泥"，非常适合茶叶的生长。

在百度上搜索到：相传，清朝乾隆年间，当时贵州大定府有位姓简名贵朝的人，在山东省文登县任知县，对茶叶颇感兴趣，当他回乡丁忧时，带茶籽回大定（即今大方县）海马宫定居种植，加工成茶，饮之香气浓郁，滋味醇厚甘甜，汤色似竹绿，命名"竹叶青"。送大定府鉴尝，深得官府好评，后逐一上送，直至朝廷，遂为贡品。

我并不信这个"相传"，山东本身就不产什么好的绿茶，而贵州的绿茶，也并不是海马宫独有，单是毕节就有许多古茶树，不同茶质，不同口味，尚称可口。另外，当时交通条件简陋，从山东到贵州，行程累月，不可能带太多的茶种，略带些许，是不可能达到制茶目的的。况天下美物，为增添其不凡和神秘，往往都会有些传说。至于海马宫的茶，我倒是觉得山川灵秀，造物自然，有此好茶，并不足奇。我不想为这海马宫茶的来源去追溯，去做什么考证，倒是从此喜欢上海马宫的茶。

海马宫的茶自然、真醇、古朴、浓郁，余香满口，回味悠劲。和龙井茶色泽翠绿、香气浓郁、甘醇爽口、形如雀舌，即"色绿、香郁、味甘、形美"四绝的特点相比，更多了一份古朴天然，龙井茶令人称道，除了不错的茶质，更多的，是千百年来文人骚客们的诗词歌赋的积淀。当然，海马宫也不像君山银针的纤秀精巧，武夷山大红袍的稀罕金贵，六安瓜片的巧制巧形，它是独特的，更带有

"自我意识"的个性鲜明的茶。我不想假设那些品茶大家或者文人骚客们，在历史的节点和海马宫茶巧遇，会演化出多少极具闪光点的精彩片段，催生出多少闲情逸趣的篇章。虽然没有这些假设，但海马宫茶，依然闪耀在大自然的一隅，等待着有缘分的人去发现、去品尝、去铭记，去与它结一段善缘。

我和海马宫茶结下的这一段善缘，我想在冥冥之中，自有定数，或许是前缘，几百年几千年几万年，一个小小的因，结了今世的果。或者是阳光明媚，或者是细雨如愁，开车去海马宫，一路上都是无限春光，山茶花肯定是开了的，或白或红，零零星星，散布在朦朦胧胧的绿丛里。还有杏花，最是有趣，火红中带有一点儿憔悴，仿佛一个柔弱的美人，恹恹地令人生疼。雪白的梨花和樱花最是不肯落后的，像是赌了谁的气，大团大团的，晶莹粉玉，挂满枝头，阳光下就已经美得令人心碎，细雨中如美人含泪就更惹人遐思……这样的节令里不说看花了，就是看绿叶，也足以让人陶醉，细丝细片的嫩绿一从枝头冒出来，就让人们身体里龟缩了一冬的生命力，像沙漠里的清泉咕咕地直冒出来，使人隐隐有一种冲动……

悠悠闲闲，到了海马宫，茶农的院里，都是一片祥和温馨，和他们聊聊家长里短，聊聊年岁收成，无不充满着生活气息，教人身体里思想里意识里肯定都被美弥漫了，品上一杯清茶，顿觉清香满口，神爽气清，身子里的杂质和思想里的淤积，了然一空，舒畅无比。就这样的年复一年，一年一度，我和海马宫茶的这个约会，总在春风雨露中，山花烂漫时。使人想到，老天赐予的这一份奇缘，是多么的珍贵和浪漫。

海马宫的翠片是最独特的，其他地方的翠片，会有一部分一直悬浮在开水的表面，直到第二开第三开，也没有完全沉到杯底，海马宫的翠片不一样，只要一倒入开水，就大部分沉到杯底，少部分悬浮杯子的中部，一芽一芽，竖立着，煞是好看。有时是独自一人品茶，细斟慢酌，浅尝深品，典雅的书房里，茶韵缭绕，如果一边品茶一边读读经，或者是看看宋词，个中乐趣呀，真不可与外人道也。有时是密友三五,一边慢慢品茶，一边闲闲淡淡聊天。或家国大事，或鸡毛蒜皮，古今中外，没有主题，没有方向，没有主次，想到哪里就聊到哪里，不忌高深的阳春白雪，也不忌低俗的下里巴人，这何尝不是一种时尚的清谈呢?

品尝了几天的新茶，就到把茶叶送给朋友的时候，身边的朋友来品茶，都会陆续带一些去，倒省去我一个一个去赠送。远方至友，是要邮寄去的。好的茶叶，当然需要好的容器，古典的红木，精致的瓷器，还有适用的紫砂……一一适配邮去。朋友们收到茶叶，对茶有研究的，都会来信来电，评说交流一番，溢美之词不言而喻。其中最让我感动的，是上海的涂君，称得上是行家里手，把海马宫茶的特征分析得透透彻彻一清二楚，让我这个送茶的人都有一种伯牙遇子期的感觉。于是在心里暗暗把涂君划归此道中人，在微信或QQ里，偶尔都会多有交流。

说到品茶，自然地想到了饮酒，这似乎是对立的两种状态。饮酒宜闹宜荤，须得人多，把酒言欢，猜拳行令，气氛自是洋洋欢腾。且饮酒须有配菜，酒三巡，菜五味，交杯把盏，联欢议事，此间内容丰富水深不测。品茶宜静宜雅，焚香净手，独坐幽斋，细斟慢品，尽人间之雅事，得天地之大乐。也可二三朋侣，相伴乐奏，赏茶品琴，得琴雅茶香之趣。亦可略备茶点茶果，慢语清谈，认识与认识在渗透，思想与思想在裂变，三人有师，一夕语，十年书，良朋益友，补短思齐，座间也茶鲜果香，这也是难得的盛会。所以以酒入题材的画作少，诗作多。以饮茶为题材的画作多，诗作少。

茶的起源，据说可以追溯到尝百草中毒、以茶解之的神农氏年代，发展到唐朝，不过是药用、煮汤、佐食罢了，真正的盛行饮茶，成其为道，应该是唐朝以后的事情。宋元以来，直到现当代的画家，没画过茶题材的少之又少，地点或于山中或于室内，人物呢，或仙或道，或诗家或圣人，以饮茶求内心之宁静，达感悟之玄妙，参天地之机，窥宇宙之要，故称茶道。于是以茶为题材的绘画风靡一时，比较有影响力的，有元代赵原《陆羽烹茶图》和王蒙《煮茶图》。前者现藏于台北故宫博物院，后者于二零一零年十二月在北京保利五周年秋拍中国古代书画夜场（北京亚洲大酒店）开拍，以两千八百万的落缒拍出。它们共同的特征，是赋予饮茶文雅与品德的含义，成为文人骚客寄情山水赏画赋时的最佳佐伴。王蒙《煮茶图》为立轴设色纸本画卷，图中所绘的，是王蒙晚年的隐居山水，画面清新，构图大气。用“渴墨”以牛毛皴、解索皴画法画出，再用浓墨“苔点”，画出山体的阴阳向背，这正是王蒙所独创“水晕墨章”。

晚明大家丁云鹏的《煮茶图》也颇具盛名，画得也极有意味，是一文人坐于榻上煮茶的场景：在白玉兰树下，旁有一太湖石，一位裹着襆头、士人打扮的文人，正斜倚于紫檀嵌螺钿榻上候汤，目光专注于面前的竹茶炉，旁边是一位赤脚白发奴仆，正端着点心盘，右前方另有一仆头发凌乱，正弯下腰备水，画面中摆着一些烹茶的器具，以及作为装饰的盆景。丁云鹏还有其他几幅描绘煮茶的作品，可见画家对此题材的酷爱。

不得不提一下齐白石的《煮茶图》，画中仅一炉一壶一蒲扇，扇下，露出一个火钳柄，旁置三块焦墨画的木炭。构图极为精简，寥寥数笔，韵味横溢，“茶熟香温且自看”，生动地表现了白石山人在日常生活中对煮茶、事茗的浓厚情趣。

至于写茶的诗，我最不喜的，便是宋人杜小山的《寒食》：

寒夜客来茶当酒，
竹炉汤沸火初红；
寻常一样窗前月，
才有梅花便不同。

以茶代酒，不但没有提高酒的品位，反而贬低了茶，一看就知道是不入茶道不知茶趣的人写的诗。唐代的元稹，有一首写茶的诗，叫做《一言到七言》，也称“一七体”，倒是有些趣味：

茶。
香叶，嫩芽。
慕诗客，爱僧家。
碾雕白玉，罗织红纱。
铫煎黄蕊色，碗转曲尘花。
夜后邀陪明月，晨前命对朝霞。
洗尽古今人不倦，将知醉前岂堪夸。

这诗不单是形式独特新颖，意韵也还不错。茶诗中，不可跳开茶圣陆羽《六羡歌》：

不羡黄金罍，

不羡白玉杯；
不羡朝入省，
不羡暮入台；
千羡万羡西江水，
曾向竟陵城下来。

只要有了好茶，就粪土金钱、敝屣王侯，这是何等的胸襟、何等的气魄！而最得其中滋味的，还是秦观的《茶》：

茶实嘉木英，其香乃天育。
芳不愧杜蘅，清堪掩椒菊。
上客集堂葵，圆月探奁盝。
玉鼎注漫流，金碾响丈竹。
侵寻发美鬯，猗狔生乳粟。
经时不销歇，衣袂带纷郁。
幸蒙巾笥藏，苦厌龙兰续。
愿君斥异类，使我全芬馥。

这嘉木之英，其香自是天育了，天然之味，天籁之韵，颇叫人感叹造物主之神奇了。唐人孙淑的《对茶》也很不错，巾帼不让须眉，堪为女诗人中茶品最高：

小阁烹香茗，疏帘下玉沟；
灯光翻出鼎，钗影倒沉瓯；
婢捧消春困，亲尝散暮愁；
吟诗因坐久，月转晚妆楼。

可惜这逝去的历史，隔我们还是太远，让我无力把海马宫茶和这些情怀高卓的诗人们邂逅成文化的绝唱，这是诗人们的遗憾，还是海马宫茶的遗憾？

往者不谏，来者可追。我推崇海马宫茶，不是为海马宫茶广告，我只是一个装不下事的人，自己的喜乐，总喜欢与朋友们分享，似乎不把海马宫这一种精美的茶公之于众，就是藏私，就会觉得对不

起朋友。把海马宫茶抛出来，或许能让哪一位文魁诗圣醍醐灌顶，“倒倾鲛室泻琼魂”，为今天为历史，增添一些不朽篇章。

还是回到我的日常生活中来。家有楼顶花园百余平米，紫竹环绕，迎春垂帘，还有牡丹十余盆，春梅蜡梅数株，桃树棕树，吊钟紫藤……林林总总，倒还是有些清静。有一次于夕阳之下，我捎了一二本书，泡上一小壶海马宫翠芽，坐于楼顶花园的葡萄架下，随情任性，细斟慢品。恰好十一岁的儿子也到园里来，见我手中执壶，便老谱谱地指着壶说：“爸爸，肯定是海马宫茶……”

王咏桂

贵州毕节人，贵州省作家协会会员，现供职于贵州工程应用技术学院。

跟金海湖干杯

陈然

一

说起来有点让人笑话，应金海湖新区之邀去毕节之前，我没有坐过飞机。每次出行，我总是选择看起来更稳当些的交通工具。我知道怕坐飞机的也不乏其人，比如我喜欢的导演拉斯·冯·特里尔就怎么也不敢坐飞机去美国领奖。但我这次不坐看来是不行的了，从南昌到贵阳的动车要四五个小时，从贵阳到毕节的列车在网上根本查不到，还得转站坐飞机或汽车。如果不是跟彭澎兄有鲁院之谊，或许我连毕节这个城市也要到更晚些才能知道。这很正常，中国太大了，比如你可能知道江西，但不一定知道南昌就在江西。曾经有一位歌星在南昌开演唱会，上台就说南京的朋友们好。对于毕节，此前我只知道在网上百度到的：地级市，贵州金三角之一，乌蒙山腹地。川滇黔之锁钥，扼滇楚之咽喉，控巴蜀之门户，长江珠江之屏障。百度金海湖，有三个义项，一是北京的一个风景区，一是上海的人造湖，一是毕节的行政新区。毕节属于高原，海拔是南昌的数十倍，我不禁好奇，想知道高原上金海湖的模样。

办理登机手续时，我特意选了靠窗的位置。但飞机起飞时，雾蒙蒙的，我根本看不清下面，而且雾气越来越暗。我不由得有点担心起来。但过了一会儿，窗外忽然一片明亮，太阳照在机翼的反光几乎让人睁不开眼睛。飞机下面是一片冰天雪地，我以为来到了南极。我紧盯着窗外，以为会有什么神奇的事情发生，或忽然冒出什么神秘的生物。不知有没有一架飞机会在天空上跟另一架飞机近距离地相望，那肯定是激动人心的。我终于明白过来，不管下面是风是雨，这冰天雪地似的云层之上，大约总是湛蓝一片的。太阳好像就在窗外，烤得人灼热。我看到了天上的天。

我想，一个人一辈子是一定要坐一次飞机的。这会改变他的世界观。

虽然飞机上不能开手机，可当飞机在贵阳降落在跑道上滑行时，我还是很激动地发了一条微信：我把我的第一次航空（简称“处女坐”）献给了贵阳，献给了云贵高原的一部分。

在龙洞堡机场，收到安徽作家刘楚仁的短信，说他和顾坚也在候机室。我赶紧问他们的具体位置。我猜想我们肯定是同时飞往毕节的，说不定还有其他作家同行。结果发现时间并不一致，而且我也不知道怎样才能找到他们，只好说到了毕节再见面。我没想到从贵阳到毕节的飞机竟然这么多。后来才知道，全国各地的航班有很多是要特意绕到毕节的。比如我回程时坐的那趟航班，就是从海口飞往重庆的，我在重庆再转机飞南昌。这说明毕节不但在地面上的位置重要，在天空的位置也是很重要的。它虽然偏远，但一点也不闭塞。抵达毕节第二天，我们首先就去参观了在建的金海湖新区高铁站。介绍上说，金海湖新区已成为毕节唯一的同时拥有机场、高速公路、高铁、内陆港物流园区和千亿级高新技术产业区的新区。在高铁站规划展厅，我们提前感受到了即将到来的毕节高铁时代。那时候，从南昌到毕节，坐飞机或高铁，大约是可以同时到达的。

二

那天上午，在职教城，我被展厅里的许多老照片打动。那是摄影师用镜头保留下来的关于毕节的时光切片。它们构成一弯长长的隧道，毕节就从那隧道里轰隆隆驶过，从过去驶向未来。其中的一幅，我印象很深。那是当时担任贵州省委书记的胡锦涛同志考察毕节师专时与学生们交谈的照片，我被那个学生热切和渴盼的眼神所打动。那是种子的光芒。第二年，国务院批准设立毕节试验区，定下了毕节发展的基调。解说员说这个年轻人放弃了很多次改行和赚钱的机会，现在依然坚守在教育岗位上。不知他是否保存了这张照片，当时谁也不知道跟他合影的长辈会是未来的国家领导人。有时候，一张合影或一次握手足以改变一个人的一生。如果他能保存这张照片，大概会把它放大并一直悬挂在他生活中醒目的位置吧！我想起若干年前，我还在乡下教书，不小心把眼镜压坏了，第二天一早坐车赶往县城配眼镜，离城三四里的地方，车被停下，人只能步行进城。一路上觉得异样，印象中这时早该熙熙攘攘起来的街市，安静得冷寂而紧张。进城卖菜的农民一个也没有，街两边也没有像往常那样晾起花花绿绿的床单和衣服。我在很寂静的新华书店旁边的一家眼镜店里很寂静地配好了眼镜，才忽然看到人群像潮水一般从什么地方冒了出来，很快淹没了街道。后来才知道是当时的国家领导人路过小城。领导人很慈祥，车队过了渡口，他就从车上下来步行，向夹道欢迎的民众挥手致意。对于小城来说，时间好像凝滞了，历史好像已经定格。领导人的大手仿佛在小城的脑门上摸过，许多人感动得热泪涟涟。旁边中学里的一个高中老师正在上课，他希望快点下课好到渡口去看领导人，然而等他终于等到下课铃响跑到渡口时，那里已经渐渐冷了下来，领导人已经坐车离开了。高中老师的身体有点僵硬，仿佛历史已经把他晾在一边。听人说，那个中学老师说此后他好久上课都提不起劲。好像被抽掉了背脊，好像失去了理想。我想这个细节应该是真实的。我后来还据此写了一篇小说，表达小人物对辉煌历史时刻的渴望。他们平时生活在庸庸碌碌中，像在麦田里一眼望不到边，但有一天他们好像被水淹的蚂蚁一样忽然看到了历史的边沿，便要奋不顾身地爬上那片汪洋中的荷叶。看惯了太多面对领导或领导人的卑躬和委琐眼神，我忽然被这个毕节小伙子热烈而不卑不亢的眼神所打动。那也仿佛是一个时代的精神风貌，理想的光芒穿越时光的尘埃依然熠熠闪光。那是一个象征。一九八七年的毕节就这样进入了未来国家领导人的履历，也进入了属于自己的崭新历史。

三

刚到毕节的那天晚上，我在宾馆仔细看了这次笔会的接待手册，上面有关于毕节和毕节金海湖新区的许多介绍。其中说到了百里杜鹃，我看了亲切。看来杜鹃是江西和贵州的共同语言。可惜现在不是看杜鹃花的季节，不然我看到她们肯定就像看到了我的亲戚，她们就是江西杜鹃花的表姐或表妹。江西和贵州相似的地方应该挺多的，我和贵州也缘分匪浅。我自己比较喜欢的小说，好多是由何锐老师发表在《山花》杂志上的。这次笔会冉正万兄也来了，他还在《山花》当编辑的时候我们就联系过。我们性格也很相似，都比较内敛，这几年，他发表了好几部有影响的长篇。下午游双山大峡谷，刚好我和他，还有杨献平、刘楚仁、黎巽僎没有赶上游艇，便同坐了一只小船。手册上介绍双山大峡谷是国内罕见的城市峡谷，我第一次见到“城市峡谷”这个词，不禁好奇，查了一下，网上的解释是比喻义，指的是一种类似自然峡谷的都市环境，由鳞次栉比的摩天大楼形成的人造峡谷。毕节用的倒是它的本义了，因为这个峡谷正处于金海湖新区城市规划中心，主河道长达二十六公里，海拔在一千一百米以上。喀斯特地貌我见过不少，但这个峡谷实在奇特。风景描写不是我的长项，在这里我就免了，多年来我更关注的是人的内心。可是我的确从未见过这么曲折的河流。小船走到一个河段，往前面看，好像就是岸边，但继续前行，却又豁然开阔。在很长的一段时间里一直是这样。岸壁和水面都很安静，甚至有一点寂然。站起来，小船摇晃了一下，望着两岸峭壁，见它们并无依仗，不禁惊讶。就像我曾经在图片上看到的，一个很有名的瀑布上面竟然是稻田。双山大峡谷也是这样，它好像是平地上忽然伸出两只张开的巴掌，夹住了一股不知是哪里来的水流。峡谷看上去仿佛是造物主放在高原大地上的一只盛满了水的石槽，而那用人力建造的天桥好像是这石槽的提手，仿佛可以把这峡谷提起来在高原上奔跑。不要说什么人定胜天，我还是更愿意相信天人合一。船行至一避风处，我们看到离岸边不远的水面上立着一只大鸟，刚开始我们以为是一只假鸟。在我居住的城市，我每次上班经过一座大桥，可以看到江洲上立着一排鹭鸶样的动物，到了春天，绿草白鹭，看上去也还美观，后来仔细一看，才发现不是真鸟，而是钢筋水泥和白漆的产物。估计设计者当初是想造出一幅鹭鸶临水而立的美景来，无奈这些年下面的大湖藏不住水，上游的这条江也便水位不高，在我的印象中，江水连鹭鸶的脚趾也从未淹到过。就在我以为这大鸟也必是人造景观时，它仿佛听到了我们的议论，便忽然很不服气地扑愣愣飞了起来。

四

到了毕节，不喝酒是说不过去的。晚餐后还有几位作家朋友从北京来，大家便又去夜宵。记得是在河边一家名叫“正宗刘家豆干”的小店。看来这刘家豆干很有名，盗版者众，非要在前面冠上“正宗”二字不可。进去了才知道，毕节的豆腐干，本来就很有名，享有“臭里香”的美称。当然，但凡臭豆腐，都可以叫作臭里香。不臭不叫臭豆腐，不香没人吃。曾经吃过长沙火宫殿的臭豆腐，也经常在南昌的街头街角看到卖臭豆腐干的摊点。它们那油炸的臭气和香气仿佛要让一个城市脱胎换骨。但毕节的豆腐干吃法独特，它们不用油炸而是用炭火烘烤出来的，再以五香辣椒面佐之，咬上一口，的确别有味道。把整个豆干都吞到肚子里去了，它的香气仿佛还没有完全被吸吮出来，唇齿间还留有一股清香缭绕。后来我不用辣椒面。我更喜欢豆干的原味，再吞下一盅酒。我是在喝了很多年的酒之后，才知道酱香是最好喝的（写到这里，我忍不住起身倒了一杯来）。喝了酱香的酒，再喝其他香型的酒真的没什么味道了。不知道别人怎样，反正我感觉就是这样的。除了买书，我最大的嗜好就是喝酒和藏酒。到了一个地方，若不尝尝那里的酒，终是遗憾。总以为一个地方的山川风物和日月精华，都浓缩在那酒里了。有一段时间，我热衷于收集各个地方的白酒，仿佛要在酒窖里（其实是床底下）拼出一幅全国地图来。江西的白酒，基本上是浓香型的。以前觉得藏久了的谷酒也很好喝，后来慢慢发现单一的原料酿的酒还是没有多种原料酿出来的酒好喝。浓香型白酒，用高粱、玉米、小麦和大米等几种原料酿出来的酒就是比单纯用大米酿出来的酒味道更丰满，立体感更强。这是符合客观规律的。就好像小说，越是性格复杂的人越容易有魅力。有人说不管什么酒，主要成分都是酒精和水，酒与酒没什么大区别，但人体不也都是由蛋白质、脂肪和碳水化合物组成的么，何以人与人的区别那么大？曾看过一个资料，说酒与酒，百分之九十八的成分是一样的，只有百分之二可能不一样，但决定酒的质量和风味的，恰恰就是那百分之二而不是百分之九十八。那是酒的软件系统。不记得具体是什么时候遇上酱香的，但一遇上，马上就懂得了它的好。就像遇到某个人，眼里便只有她光彩夺目。毕节的那几个夜晚，无疑是飘着酱香的。毕节之行是我酒量发挥最好的一次，几乎每次都尽情举杯却没有烂醉。酱香，是酒中的高原。资料上说，毕节地处茅台保护区赤水河流域上游，高海拔立体型的气候、优良的水质和多样性的微生物种群等自然资源优势，是酿酒得天独厚的条件。采风行程安排紧密，遗憾的是没有时间去逛一下超市，看一看毕节本地的白酒。

五

xgz在QQ上笑着跟我说，贵州是个“天无三日晴，地无三尺平”的地方。在毕节的那几天里，好像一直都有点毛毛雨。没想到毕节的雨是这么的温柔。这说明毕节虽然是高原，但毕竟是南方的高原。在金海湖湿地公园，我特意蹲下来摸了摸那些金黄色的花瓣，发现花瓣和枝叶都有一定的硬度。这在我预料之中。我也曾经这样抚摸过内蒙古草原。我喜欢北方有点柔软的地方也喜欢南方有点硬度的所在，正如我喜欢有点男人性格的女人和有点女性属性的男人。毕节或许就是这么一个既温柔又豪放的地方。这样的地方是容易出诗人的。我惊讶于金海湖有这么大的一个湿地公园，走了大半天，我以为早就走到外面来了，没想到还在公园里面。它就好像是整个城市的绿色之肺，这个公园有多大，毕节的肺活量就有多大。陪我在湿地公园走了好久的是小黎，他也是摄影家，上次在南昌我们就见过。在此之前我还见过另一个年轻的毕节诗人展凌风，他很早就自己办刊物写诗。从彭澎兄和陈菊女士送我的书里知道，毕节还真有一个年轻诗人的群。毕节已经是整个贵州的诗歌重镇，他们也一直在不遗余力地推荐和宣传年轻诗人。

尤其幸运的是，在这次笔会中，我见到了李发模老师。我很早就读过发模老师的诗歌，而且就在来毕节前不久，还在网上读到过一组。一直以为李老师是个年轻诗人，这次相见，才知他算得上我的父辈。

到海马宫茶园的时候，雨似乎大了些，用得着撑一把伞了。好像没几个人带伞，不过也别急，海马宫村的主人早为我们撑好了。好几把大伞在场子上（不禁想起贵州作家何士光先生的小说《乡场上》）撑开，大壶烧水，小尖的茶叶，烧烤用的炭火就架在屋檐下，彝族或苗族人自己酿的米酒已经盛在大脸盆里了。刚才在手机上查到，海马宫原来属于大方县，现在归金海湖新区管辖了。大家在伞下面找凳子坐了，喝茶，看雨，聊天。有人在说着一个计划，比如以这次采风活动命名一个茶园，大家都觉得好。坐在我旁边的是延安来的史小溪老师，早在小城湖口的时候，我就知道他了。他责编过我的一个好朋友的不少小说。看大家在那里拍照，我说史老师我

们也来拍一张吧。这是我在金海湖拍的第一张合影，之前的都献给金海湖的关于过去和未来的展厅以及自然风光了。既然开了头，后面的合影就多了起来。在海马宫，是我合影最多的。其实我并不喜欢照相，或者总在事后才忽然想起，哎呀，刚才怎么没跟谁合个影留念呢。每次出门，都说要改变一下跟这个世界相处的方式，可到时候，还是忘了。和李发模老师的合影竟然是在圣迪乐村——一个现代化的养鸡场。当时我们刚刚参观了圣迪乐村的养殖基地，品尝了带来鸡蛋革命的高品质鸡蛋，还穿着刚进来时换上的经过了消毒处理的白色工作服，我和李老师合了影。在车上看照片，发现背景上有一棵树，树冠张开，好像给李老师戴上了桂冠，也跟他的名字暗合。不记得是谁拍的，竟然有着这样奇妙的巧合，我忍不住把照片发到朋友圈，才知是哈森女士的妙手所拍。

记得当时鞋子都湿了。密密的细雨一直在下，依然那么缠绕，像爱情。虽然有时候箍缠得你喘不过气来，可怎么也没有恼的理由。想起昨天在梨树镇农家乐的晚餐，一根粗壮的暖气管那样的东西破窗而来，直插桌面，开始还以为要吃火锅了，后来才发现不是。但桌面乃至整间屋子都暖烘烘的，这才明白它是专门用来温暖或“撩拨”这湿冷天气的。现在我想赶快再坐到那样一张桌子旁边去。脚冷，在车上我只好把袜子脱下来，下车时又穿上。好在中午喝了米酒，身上是热的。在尖山村看苗族原生态芦笙舞蹈时，我也忍不住混进去跳了一把。做多数民族久了，很想做一回少数民族。到福龙水乡时，雨还在下，天已经黑了。今天的晚餐没有昨天那样插着暖气管的桌子，我正在担心时，服务员已经生了炭火。我有点惊喜，也有点诧异，因为在我们那里，还远没有到生炭火的时候。那要到寒冬腊月，呵气成霜，滴水成冰。而这时还是深秋或初冬。我很快把鞋袜烤干了。晚上接着喝米酒。个子高大的史小溪老师唱起了陕北民歌，仿佛是黄土高原站在云贵高原上。两个高原的高度。两个高原的对唱和共鸣。离别的气氛已经悄悄升了上来，先是在某个角落，然后很快在整个大厅里弥漫、渲染开来。大家站起来互相敬酒，干杯干杯干杯。跟师友们干杯，跟毕节干杯，跟金海湖干杯。

仿佛这样轻轻一碰，便把金海湖的一切深深地留在记忆里了。

陈然

一九六八年生。江西湖口人。已在《人民文学》《当代》等数十家文学期刊发表中短篇小说三百余篇，长篇小说四部。已出版短篇小说集《幸福的轮子》（入选“二十一世纪文学之星丛书”二零零四年卷）《捕龙记》《一根刺》《隐隐作痛》等。作品多次被各大选刊转载并入选多种年选。《少年与狗》入选西文版《中国当代短篇小说选》。现供职于江西省文联。系中国作家协会会员。

在秋天，在金海湖

彭澎

是四五年前了。我要说的事情，和飞雄机场相关。

那样的时候，夏天已经到来，四下里明亮，而且宽阔，不再是春冬里的晦涩和阴冷。说来，我居留的城市是有些奇怪，季候稍嫌暧昧，尤其这些年，迷迷蒙蒙的，并不疏朗。夏天一过，绝少过渡，直接就去了酷冬。仿佛冬天刚走，便也到了夏日。春天是有，只是短得差点看不到，隐藏在两个季节交替的某个时辰，稍微走神，滑落开去，再也无法找见。

要去的地方是北京，事急，赶不成火车，航班又得去贵阳才坐得上。彼时去贵阳，只有公路，车程至少四五小时。因为是晨间的航班，头天就得去候着。一来一去，三四天时间过去，办事时间少，大多的时候，都耗在路上的颠簸里。在北京逗留十来天，返程，告之有直达航班到毕节，前些天方才开通，算赶了个好事，心下大喜不止。

已经忘记当时的细处，只是想起是直去毕节，心下自有一份美好。感觉之中的毕节，并不遥远。夜郎之西，原本就在咫尺，伸手，便可以握住。旅途是顺畅的，三小时不到，我重新回到毕节的大地上。那是我第一次见到毕节机场，机场不大，小巧玲珑，当时也只有北京上海三五条航线，不像时今，已经有了二十多条，走哪里都方便着。按照常规，机场得冠上所在地的名号：毕节飞雄机场。飞雄这地名，老早以前知道的，我们家族的一个支系，连同亲戚们就生活在那里，后来给飞机让道，有些人还在，有些人则去了更远的远方。

百度里有这样的介绍：毕节飞雄机场，位于双山新区响水白族彝族仡佬族乡飞雄村，距离毕节市区十八公里。二零零九年九月十九日奠基，二零一一年五月六日正式开工建设，主体工程于二零一二年底完工。机场包括一条二千六百米乘四十五米的跑道，和一条垂直联络道，四个机位的站坪，七千一百平方米的航站楼，空管工程和供油工程等。机场附属设施包括生产生活辅助设施、公共配套设施、空管工程、供油工程等。毕节机场自二零一三年六月十六日通航以来，通航城市和运输量增长迅速，已与八家航空公司合作，开通二十一条航线，通达国内二十六个城市。

之后，有关金海湖，陆续会有些消息传过来，清晰不清晰的都有，我有些认真听了，记在心上，有些，只在我面前一划，远远去了，我也不在意。高铁站、货运场、轻轨站，等等。倒是职教城的事说得多些，记下了，因为入驻的学校，里面有我的家人和朋友。消息在空中传来传去，果真有一天，他们就真去了，职院、医专、幼专、工校、财校等。前些天偶或问起，说几个校区学生也还不少，四五万人，说来，也当是一个大地方，我是这样以为的。

我们这次采风走过的地方，说来，也早早有缘走过，毕竟隔着我们老家，也只有三四十公里。正在兴建中的金海湖公园，也曾不止一次来过。早时自不须多说，说六七年前，我组织的黔西北青年作家作品研讨会，地点就在金海湖。与会者四十多人，刘脏、冰木草、李光明、徐源、曹永、罗霄山、罗逢春、哑木、肖林、罗运欢、黄鹏、雷越、若非、展凌风，等等，皆为本土才俊、文学中坚。王华、戴冰、王剑平、阿诺阿布诸友，也从贵阳前来助阵。那些时候，地名还叫作瓦厂塘，也有叫金海湾的。瓦厂塘有历史，相传为明洪武年间，贵州宣慰使奢香因为建造王宫，采泥铸瓦，西黔雨水充沛，积日累年，遂成天然水塘。有了水，有了岁月，水塘四周便自然衍生了林木和青竹，齐齐围绕湖岸。一年一年过去，风雨不辍，日月精华深铸其间，山水天光，仿佛世外，冷眼旁观一切。它们不像人，凡事讲究一个计较，这里那里要说个明白。它们不，林木也罢，青竹也罢，不论水清水浊，无论天寒地暑，都好好生生活着，长着。如果不为外人戕伐，就慢慢腾腾活到花开花谢，活到地老天荒，活成自己的样范。

避过杂沓世声，我们去得湖岸，晨曦初上，水清沙冽。后面的一天，我们的研讨阵地，可谓别开生面，从会场换到湖边。此时，已经有了简易的亭子，也有粗犷的石阶，一行人随意着，找水边闲处，或者浅草地上坐下，清谈文学，掌故历史，风雅人文。可谓马行苍空，天南地北。这样的时候，可以算得黔西北青年文学发轫之为，自然而然，金海湖就算得黔西北青年文学重要源泉之地。平素里只在网络间有过往来的文学诸君，济济一堂，既得面对，畅所欲言。因为文学，伸出手去，便成了朋友。用我当时的话说，能让众多的青年才俊汇聚，便已开启着新型的局面，达到了研讨会原本的使命。之后，省市日报用了将近二十个版面报道这桩事情。加上我主持的《高原》文学双月刊，也用了两期做了专辑，域外的多家报刊，亦陆续发表了西黔诸君的作品。一时，黔西北青年作家群成为当时贵州文学的关键词。如今黔西北青年文学能占据贵州青年文学的大半壁河山，成为贵州最大的青年文学团体，这不能不说，金海湖立下了汗马功劳，势必为历史铭记。

这次走过的湖水，好像有些许变化。水当然还是那些水，山岗也还是那些山岗。只是进门的地方，早先的泥巴路变成柏油路，地势再高一些的地方，做了个别致的门，梯度尚好。再平平走进，看到的景物之布置，莫不带有本土彝族和苗族的风格。循梯而下，早先时的荒坡野地，也都一一做了规整。路从草地间走出来，花从路道边开过去，从眼前，一直延展到遥远。遥远的地方是湖水，当然，湖水四周，便是瘦瘦的山石和清幽的竹林。湖心的小岛依然如故，小小的，老样子，像是半蹲着游走在湖水间的童稚，蹑手蹑脚。其实说是沙洲，要更为合适。草木葱郁，水清石雅。前人有语，说“愚人见石，智者见泉”。走到这里的，无论愚人，还是智者，看到的，大都不相上下。相传此地异相颇多，说无论季候，或旱或涝，沙洲都是老样，绿肥红瘦，不改原初。周遭的水位总是一条线上，林木亦少变化，该黄的黄，该绿的，还绿。

之前的野树留了一些，虬枝纷繁，皮皱骨褶，更多的，是新植的成树。多为碗口大小，品类也多，林林总总，域内域外的，认识不认识的，都有。这里那里，错落有致，自成系统。树与树间，留有空隙，想是等得到了春上，留做花草的地界。据介绍说，整个公园投资六个亿，六个亿的概念于我，有些模糊，真切不了，只是凭着想象，把这钱一张一张摆开，心想怕可以从公园的这边，抵到公园的那边去。花与草地林木，常人看来，想是最为简易，也最为合适的配置。绕湖的路正在修整，铺就路砖，或是安设栈道，一应忙碌着。我们过去，也不停歇，忙自个的，看都不看我们一眼，许是见怪不怪了。工人们浸在冷风中，手脚不歇做着事情，再走近些，看得到他们不时吐出的阵阵热气。天气冷，我们走走停停，冷风吹来，连同从北方来的同伴们，也有些止不住，抖动得不行。好在景致上好，心思横斜进去，冷寒，毕竟要逊色于风物。

老诗人李发模老师和同行的金海湖新区党工委副书记彭玉祥说得正好，一老一少，形如家人。尽管从政数年，从骨子里说，玉祥还有太多的文学情结，在毕节，县区领导加入贵州作家协会的，目前好像只有他一个人。之前写过不少漂亮散文，这些年里，依然不曾忘记读书习惯，动笔是少了些，但也时有美文出来，多得业内妙称。说着文学，心下自是和暖。感觉冷风都远离着他们，脸上的笑，实在让人觉着湿润无上，看不到冬天的印迹。发模老师慈眉善目，两道长寿剑眉形如笔锋，每每前行，感觉相随面颜的移动，面对尘世，面对后土，写就别样的文章。心境好，生活也好，七十多岁的人，不见老像，一直走在前边，停歇自如。我们这一代爱诗的人，是听着发模老师名字，读着他的诗歌，走过来的。能和老师走在一起，不能不说，是幸福。此般情景，温暖一阵一阵涌上，心下的一切，便与这清冷的诗歌，越走越近，越走越亲。

时光仿佛比我们慢了半拍，我们跟着它，它也与我们相随。不远不近地走着，走着，去了湖水的另外一边：别样的天地，花地，花的天地。实在有些让人惊异，秋冬之际，还有着如此明亮的色彩，斑斓在有些萧索的大地。路把花与山一分为二，眼光轻松一转，花香来到眼前。路边的花是有些眼熟，泛着紫光，扑朔迷离。一粒一粒向上举着的圆球，把冷冷的秋天融成暖色。养眼，让人来往其间，定然无法做到坐怀不乱。都叫不来名字，后来听介绍才知，这花唤作千日红，得名的因由，大约和花期过长有关。

面积不是太大，在起伏的山间，你的感觉会一次又一次被这视角误导，再走将过去，随后你知道错了，又是别样的天地。你的眼前，依然还是花的世界，从山的这边，延展到那边。毕竟过了时节，有些花，远看还好，近观，枝枝叶叶有着岁月的风霜。看过十月里这些花的照片，秋阳正暖，斜斜越过远处的山峦，简简单单的画面上，只有这些光焰四射的花朵，横七竖八，悠游在你眼光能到达，或是不能到达的地方。远处的花，你看到的，是色彩的斑斓与交融，近处的，你才能看清她的纹理和花蕊。看得多了，我们只能安静下来，教心安宁。这样的时候，我们说出的话，全都是多余的，无趣的，哪怕是一个绚丽的语词，除了俗艳，便是浅薄。一切安然，站在大地的心口。花草是远离尘嚣的美好精灵，她们，才是大地之主。什么经世致用，什么太平粉饰，统统的，全都靠边去。而边上的万物，大都得俯首帖耳，听任她们主宰。走出低凹的山间，在另面的花地里，你又回到俗世来，重又觉得自己变回大地的主人，那些花草林木，只是这山水间的一道配搭与摆设。心志有异，眼里看到的，是色泽的繁茂，花团的锦簇，红的，黑的，紫的，绿的，粉的，应有尽有，铺天盖地。置身花间，目之所及，除了花，还是花。

紫花在清冷的时令，毕竟最为炫目，也最是富贵。故而每每有人来过，尤其是女子，大都会折将进去，拍它一回。我给宝贵敏拍相片，哈森也说给拍一个。就慢慢朝向这片紫色的花冠间走过去，慢慢地，一步一步地走，蜷曲，下蹲，前景远景一叠加，就和这高贵的紫色融合在一处。画面一下子撑开，仿若置身于蔚蓝色的草原。要拍摄出花海一片的感觉，得给人找个照应前后的空地，相机或者手机作俯瞰状，俯仰的角度也重要，要不，照顾了这，就伤害了那，都不好。康桥看看，也折进来，拍了一个，衣服鲜艳，正好。毛竹也凑了闹热，只是她的眼镜变色得厉害，在这样暗淡的境地里，成了墨镜。不过也好，人在乐，花也在乐。人花俱美，也还真是好看。北方现在天寒地冻，一般来说，看花都是来年的事情，看着这偏安一隅的繁花，如此真实地环绕，自然会涌出诸多感觉，与花共影，实在是再应该不过。再者，爱花，也实在是女人固有的天性，再厉害的女人也是女人，在自然的美好之下，自觉不自觉地，就轻易还原了女性固有的温婉柔美。

从花区出来，庶几便走上贵毕老路，早些年去家求学，去往贵阳走的，正是这贵毕老路。那时的双山大峡谷，叫作落脚河，落脚河大桥，是我们必经之途，来要走，去也得走。道路从远处来，到得峡谷边，仿若悬在半山之上，凿开一条路来，对面的山河，一眼便也看得清清楚楚，只是要从山的这边，走到山的那边，也得个把小时，盘山公路层层叠叠，弯来绕去。雨水大的时日，雾岚也大，河谷地带罩得严严实实，山路蜿蜒，直直跌进雾里，让人不明上下。雾是湿软的，甜润的，滋味也好，沉沉吸纳过来，神清气爽，过了雾区，天地变了模样，人也变了模样。到得谷底，过落脚河大桥，算得出毕节县境，到大方地界。南行百里，再过得鸭池河大桥，出毕节地区界，进入安顺（后改属贵阳）清镇。八九个小时车程的路途，算是有了交代，渐近终点。几年时间走过，来来回回，次数已然忘却。山间的峡谷风华，却是走一回，向往一回的。远远望去，两岸山崖奇绝，孤峰毕立，加之一川清江辟开两山，静水深流，想想，实在不能不让人艳羡起来。

是午后，淡淡的点点阳光从云层里掠空而过，倏忽之间，便踪影隐约。穿洞而过，嗖嗖冷风扎痛面颊，我是知道的，过了这长长的隧道，便到了峡谷边缘。几百米的穿洞，我们几分钟走过，而乡人当年一锤一錾凿出来，却是几个月时间的血泪作战。我看到了早先时候的清流，静静地停歇在两山之间。径直上了水电站的堤坝，宽可跑车，只是有些高危，站在边缘看谷底，晕眩从脚底冲浪而出，瞬间击捣全身，不知所措。我退回来，眼前的世界里便有着太多变化，慢慢美好。

我好像看到多年之前，从这大河之间经过的每一个细节，坐在客车上的我，大桥下面的河，还有崇山之后的峻岭，时而明晰，时而迷蒙，在眼里晃悠，不停地晃悠。有一个异样的场景，久久躲在我看不到的地方，时隐时现，半点暗影也不显出来，只是我一欠身，就明明白白立在眼里。“江河之大美好，在于众生喧嚣，唯她无言。”向水而思，面山而立，上一时刻，我好像明白了一些东西，下一时刻，又好像什么也不曾知晓。我们从远远的地方来，再回到远远的地方，而山河依然，苍茫大地依然。她们静寂着，伫立千秋万代。是乱了别人的安泰，是搅了别人的宁静，只是她们，不会有半点言语。

河是乌江的支流，在金海湖新区的地界上，蛇行二十六公里，水深处一二十米，湖面时宽时窄，宽处也在三四百米间。按照有关远景规划，毕节、金海湖、大方三地将同城建设，双山大峡谷便也成为城市之中的天然大峡谷。据相关考证，如此规模的城市峡谷，世界上独一无二。是不是呢？我问过好多人，都说是，当然了，我也只好说是。

我们坐的游艇是临时租借来的，平素里，河是野河，无人来，自然也就无船可驶。空空的，山在，水在，相看不厌，对望千年。循着一个看上去常年荒弃着的渡口，我们斜斜走下，上得船来。两壁陡峻，河水中流，游艇划开幽幽碧柔，竟自前去。转过凹面，一幅中国画笔法的天然山水直逼眼前。双山大峡谷的帷幕算是一步一步拉将开来，景深延展，万物蜂拥，诸物迷离，我只能呆呆面对这无边的旖旎，不著一语。我还能说什么呢？纵使这世间万般的色彩，也不得其一的斑斓，我是什么也不能说了。不说，反倒还好，因为，一说就错，一说就破。我静静立在船头，一任有些清冷的秋风，把眼里的世界吹乱，再慢慢洞开另一个无法用语言或是色彩表达的天地雄阔。

轻盈着，划开碧玉一般的湖水，游艇不徐不疾，不时送清风于两袖，侧身让过，便也抖落在地，随风飘散，落在河里，也落在山间。起初，我们都端坐舱室，风光实在逼仄，便一个一个走将出来。风急，杂有丝丝薄雾，负离子毕剥扑面，溅了一嘴一脸。毕竟是秋末，风携来的冷有些不近人情，时辰一长，或多或少是有些清寒浸身。水声清纯净洁，两岸的崖壁一线铺展，平视或是回头，众人看到的，都是一幅烙印在大地上的中国画，多维的写意山水。无论笔法的钩、皴、点、染，还是墨意的焦、浓、淡、清，都尽得韵致。山有水绕，终得灵秀；水得山横，始铸神魂。随眼展望，万千风月充盈其身，不由会想及年少的学画经历。当年求学于先生，因为贪玩，不求甚解，钟爱书法，而荒疏画业，不过倒是记得“外师造化，中得心源”“意存笔先，画尽意在”之类的教义。正是有如此的记取，看着这大美山河，心里便才有真切感触，读山读水，也才可读好自身。

游艇前去不过三两里路，左右的境地渐次宽展，左边有一透水而立的石柱，附于崖壁边缘，却也自成格局，当地人称之为男石，一眼望去，颇有些形象。游艇上有人说笑，便有女子脸露羞涩，转过脸去，这边的人却也不依不饶，指了上端的一个洞口，当地人称为女洞的，附带说了阴阳相佐、日月共生的事来。洞在半山，倒也真是像极。西黔多为喀斯特地貌，多山洞石柱之类，只是如此两相聚汇、左右面对的，并不多见。

依然是壁立千仞的纵线开展，四下里寂寥着，除了游艇声音，只有几声鸟语，七七八八，从眼前飞到远处去。率性天然，并不留意我们的在与不在，叫唤着，低飞着，融进自我的天籁。刀削的壁画依然钩皴自如，气韵与境界相间，笔纵墨横，地势明亮疏朗，气场也大开大合。岩缘边上，无端地长出些树来，粗的不粗，细的不

细，差不多一样的大小。有绿树点缀着的山川，便有了青绿山水的意味。树种零乱，品类繁杂，决非统一种植。其实，在这样的地方，要人为种植林木，说来根本不可能，矮的地方太矮，高的地方太高。加之鲜有土泥，万千的树籽随风吹来，多数坠落河道，只有为数极少的，碰巧落在山石之间，落在岩石缝隙里面，生生死死，存活下来。因为活得不易，历冬经春，木质大多硬朗，生长速度慢而又慢，经年也长不到腕粗。平日里，人迹罕至，也让他们躲过层层劫难。掠地攻城也罢，朝代替更也罢，和他们，统统殊无关碍。蜷居方寸之地，坐看云舒云卷，春来秋去，悄然活到如今。幸与不幸，自是不好多说，好与不好，也是一种生活样式。

倘若是我，也愿意过着这样的日月，偏安一隅，看天看地，活得自我，活得心安，捡自己种的菜，喝自己舀的水，再有清茶一杯，闲书一本，便是至美生活。当然，生活在金海湖，茶叶最好还是要海马宫的。海马宫的茶叶，不经意掐算，竟也喝了七八年。海马宫茶是有来历的，相传明时，由奢香朝贡洪武皇帝朱元璋，因其单芽饱满，茶质秀雅，汤清色翠，香高味纯，而美誉天下。弟弟有朋友在海马宫种茶，治茶也精到，每每新茶上市，总要自己亲手做上几斤，无论杀青、揉捻、干燥，每道工序，自不马虎。仿佛成了惯例，茶做好，便着人送来，一般是三两斤，弟弟从不独饮，理会适时送上。

那天去海马宫，天低云垂，细雨霏霏，远处的山，半罩在雾里，雨雾是灵动的，并不恒定在一处，像孩子一样，跳过来，再跳过去，村居亦相随她的节奏，时隐时现，时现时隐。一梯一梯的茶地也像孩子，碧绿幽婉，柔嫩可爱，让我们止不住把鼻子凑过去，一片一片闻够，山野的茶香便常驻衣襟，一辈子也不会散尽。我们去的这片茶山，是老王的经营，浓浓的大方口音，厚道，实诚。茶山原本多雨，雾一起，雨水接踵而来，就在茶地的空处，搭了三四个凉棚，摆了几张方桌，面前，是他们新沏的茶，烧烤的摊子就在边上，木炭红红的，下酒菜亮亮的。酒还没端过来，香味就已弥漫周遭。

酒是本地的水花酒，味甘醇，度数低，我们平时称为水酒，意为像水一样，往往随心所欲，手起杯尽，四五斤上口也不在意。只是见不得风，风一吹，乒乓一声，摔倒在地，从此长醉不醒。西黔素来礼节讲究，作为东道主，敬酒自然必不可少，我先敬了四个年长的老师：李发模老师、史小溪老师、夏天敏老师、冯明德老师。敬意在，酒也足，满杯，将近三两，一饮而尽。顺序过去，是星星诗刊社的杨献平兄，连同泸州文联的杨雪兄，再过去，是南风杂志社的冉正万兄，昭通文联的沈洋兄弟。之后是我鲁院的同学，一个一个，一杯一杯。照着平日里的酒量，尚属安全范畴，内心自然宽松。这时，我听到从北面吹来的风里，有一个声音远远传来，迷迷蒙蒙的，不甚清晰。我晃了晃头，酒意未上，自在着，并无半点异样。走过去，满满地倒好酒，递到哈森和宝贵敏面前。这样的时候，适才隐约的声音飘然径至，这回，我听清楚了：风吹醉的人，风吹醉的人。音源好像是远处来的，也好像来自眼前的两个妹子：风吹醉的人，风吹醉的人。天地有些许迷离，酒杯还没端到她们面前，我陡然看到自己张开双臂，双脚腾空，乒乓一声，沉沉地扑向雨水刚刚溅湿的大地，满世界里，寂静异常，只有一个声音，四处回响：风吹醉的人，风吹醉的人。

彭澎

贵州省毕节市人。著有诗集《你的右手我的左手》《西南以西》，散文集《酒中含曲》，长篇纪实散文《澜沧江边的百年家族》、评论集《西黔诗话：黔西北八〇后诗人群像》等。中国作家协会会员，贵州省作家协会主席团委员，《高原》文学双月刊主编，鲁迅文学院第十一届中青年作家高研班学员。

世间所有的变化

王华

这些年，我们身边的变化有些快了，一个地方，一年半载不见，再见时它已经完全成了另一番模样。几年前，我就是到过金海湖的，那时候，那里才刚刚有了一个小模样，青春期似的，冲动大于体格。而现在，它已经变成了正经的“金海湖新区”了。几年前就知道它要长成这个样子的，但突然之间看见了它的变化这么大，还是弱弱地吃了一惊。我们总是要遇上这样的情形，某一天你到了某一个曾经认识过的地方，突然间发现它已经完全变了个模样；某一天某个旧友突然出现在你跟前，你发现他跟你脑子里保留的印象已经区别很大，这些时候，你都总免不了要暗暗地咋叹一番。

几年前的那次，是到金海湖开一个青年作家的笔会，见的多是一群激情四溢的年轻诗人，他们的脸多长着青春痘，自我介绍时能一弹好高。这一次笔会他们也在，虽然是旧友，变化也是显而易见的。虽然他们的头发不曾变少，皮肤也还没开始起皱，但目光里、气质里的成熟和老练却已经鲜明起来。这让我想起去年去赫章半路上的一顿饭，当时也来好几个旧友，可我发现自己竟然认不全。当然，我记人缺根儿筋也是很著名的，不过也要怪他们变化太大。几年前的那次笔会上，颜若水还喜欢吃肉，也不那么喜欢沉默。当时她说想对我来一次采访，我们两个在金海湖暂时还没能变成“湿地公园”的小公园里来来回回转了好几圈儿。事实上，我们还没转满一圈儿，就已经不再是采访和被采访的模式了，倒更像是两个闺蜜间的瞎聊。那时候，她还是一个有烦恼的人，我当然也还一点儿也不圆通。几年后，我们再一次同坐到一张饭桌上，我已经不吃肉，她也不吃。我在变，她也变了。我怎么变，我也还认得自己，她却变得让我陌生了。我记住的是她几年前的样子，在公园里跟我转着圈儿，充满烦恼的样子。而这一次，她的眼神很平静，举止也很平静。这让我想到我们当时转的那些圈儿——那个小小的公园，有几个很俗气的假山，几块有些颓败的花田，那些正在枯败的玫瑰，两个烦恼众——那是地道的人间。可世间所有的改变，不都发生在我们转了许多圈子以后吗？许多的迷途，不都要转上许多圈子，才能找到出口吗？

如今，曾经的那个小公园已经变成大湿地公园了，花田已经不是小小的几块，而是一大片一大片，是包围了整个公园的阵势。花的种类也比以前多了很多，紫色鼠尾草、金菊、还有许多叫不上名儿来的花草。从来没有人能抗拒花的魅力，不管大小、颜色，每一朵花的表情都是热情洋溢的，只是有些开得惊心动魄，有些开得含蓄矜持而已。然而不管是哪一种，你都没法抗拒来自于它们的情绪的感染，你坚硬，它便化掉你的坚硬，你如果柔软，它就让你更柔软。到了它们跟前，人就会变得很简单，简单得脑子空空。像这样再被它们包围起来，你就会误认为自己已经六根清净四大皆空，离成佛已经不远了，而且成的还是欢喜佛。很多人把鼠尾草认成了薰衣草，争着拍照。平素里被公认为内向的人，在这里也开朗起来，也要进花丛中留个影。当然，即便早知道它们其实叫鼠尾草，大家也都是要拍照的。人类再俗，也不至于去在意花的贵贱。金菊也再普通不过了，可它们挤挤挨挨惊心动魄地开成一大片，就把人都看傻了。凡人都很容易被景迷了心，这也是我们很难逃掉六道轮回中反反复复的流转的原因之一。我们一落地就迫不及待地睁开眼睛，生怕错过了什么。我们太相信自己的眼睛，又总是被眼花缭乱的景迷糊了心志，以至于把一生过成了迷途。最近因为亲眼目睹了邻居家一群小狗仔的诞生过程，我脑子里便时常会蹦出一些奇怪的问题，比如，为什么动物生下来要七天才睁开眼睛，而人为什么一生下来就迫不及待把眼睛睁开了？我想，应该是因为人比动物机灵，或者说，人自以为比动物机灵，既然都到目的地了，为什么还要闭着眼睛呢？但人却要十二个月以后才能行走，而动物，则是一睁开眼睛就能行走了。到底谁是赢家呢？人一落地就开始贪图上了，动物则是要用几天来冥想的。这或许也是为什么动物总能活在当下，而人，却过去未来都无法放下的原因之一吧？我想区别就在于：人因为自以为是地免去了一个闭眼冥想的过程，才至于一辈子都身陷迷途而不知返，动物因为严格遵循了那个过程，也就活得很明白。无明不怕，就怕身陷无明而浑然不知。要是浑然不知还自以为是，就没得救了。我们从迈开第一步，就开始尽可能地调动六根去统治这个世界，眼、耳、鼻、舌、身，还有意。而据我所知，动物却非常克制，眼睛好的，耳朵必然不好，鼻子好的，眼睛必然很差，甚至有鼻子眼睛都不用的，只凭感觉，靠声波来感知这个世界。事实上，动物对于这个世界的要求，远远比我们少得多。

为了满足我们各种各样的要求，我们始终在做着各种各样的改变，改变别人，改变自己，改变环境，还要改天换地。这样很累，但我们累并快乐着(除去痛苦的那一份不说)。我们还靠粮食活着的时候，就把一块荒地变成庄稼地，我们认为精神比粮食更重要的时候，就把庄稼地变成花田变成公园。当初为了改粮田，我们不辞辛劳地把石头搬掉，把野草拔掉，后来，我们又不辞辛苦地把石头搬回来，把野草也请回来。我们需要的粮食越来越少，我们需要的精神越来越多，所以，我们的粮田也越来越少，我们的公园也就越来越大。以前，只城市才有公园，供城里人放养精神的一个小地方。近几年突然涌现的无处不在的湿地公园把它们全比下去了，而且它们大多都在城郊，在乡村。城里人热恋上乡村也不过是近二十年的事情，在这之前，他们的精神需求也还都在城里那几个小公园的承受范围内。后来的某一天，突然就膨胀起来，城里那块小地方就装不下了，于是，越来越多的人就把目光投向了乡村。有眼光的人来把乡村打造成公园，湿地公园、森林公园，一个比一个大。有闲钱的人，有闲暇的人，从四面八方涌向这些公园，游牧自己那个饥饿的灵魂。

来金海湖湿地公园游玩的人还真不少，有外地慕名而来的，也有本地来度周末的。老人跟老人搭个伴儿，组个团。在旅游车上坐着的时候，身子骨是萎的，一下车，见了满目的鲜艳，立即就来了精神，背也挺了腰也直了，一时间就忘记了年龄，也举个手机到处拍照，拍景，也自拍，拍完了把手机拿得远远的眯了眼看。那一家子来这里度周末的，小孩子是可以带一辆单车的，在这个大花园里骑车跑上几圈儿，熊孩子就都跑成好孩子了。

乡村本是农民的用武之地，而今在乡村玩大手笔的，却是商人，准确一点说，是企业家了。中国的农民都变成了农民工，虽身份还是农民，却分明已经活成了工人，不待在乡村了。所以，乡村变成公园，变成了旅游景点，似乎就成了最好的结果。这些年走了不少

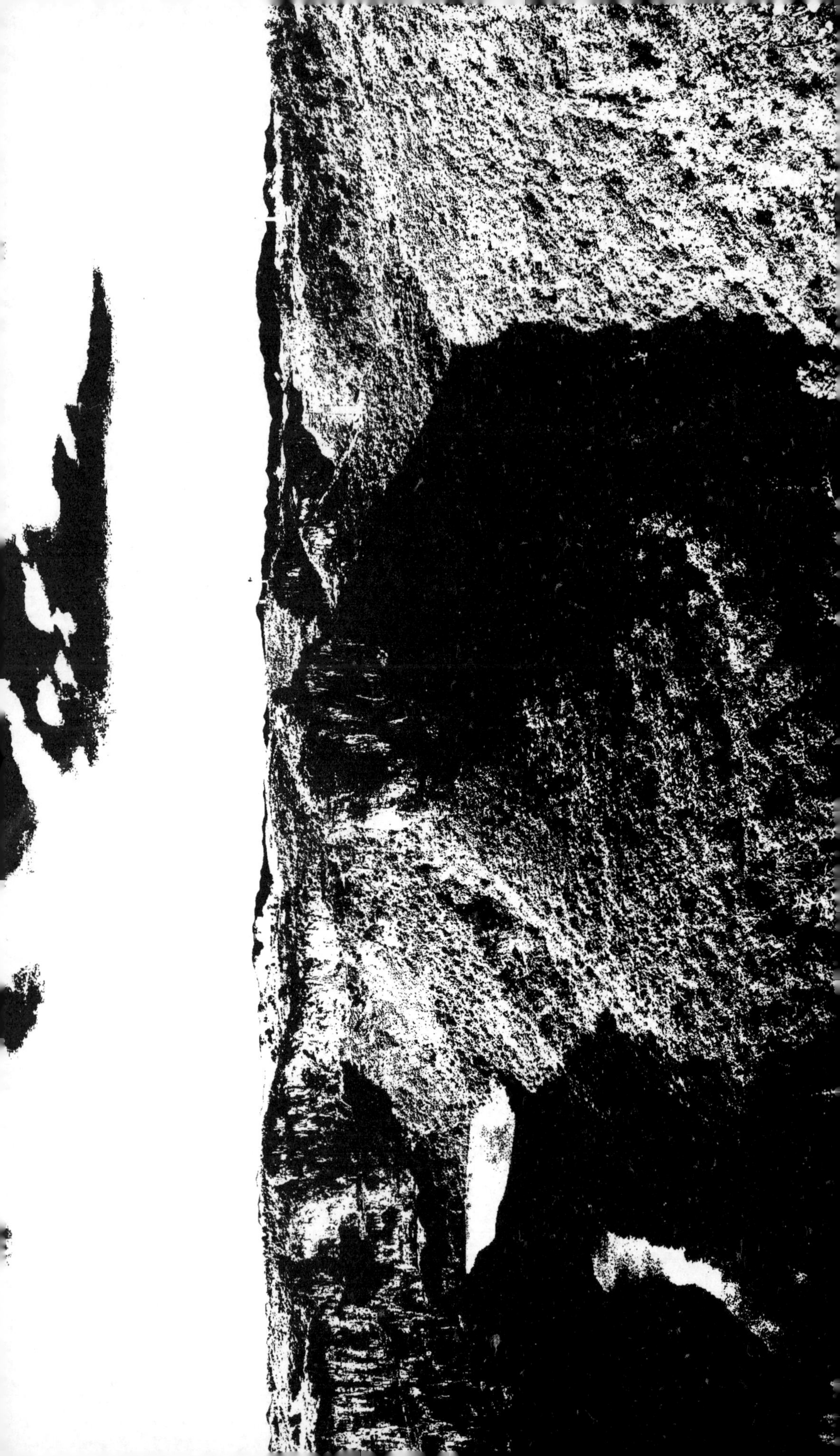

乡村，时常看见一些老人参与一些表演。剃头不需要看你头发是不是长了，有人看就剃。绣花也不在屋里绣了，得到大道上、舞台上去绣。干了一辈子的小手艺，老了就成了把戏，要给一帮无聊人看。没有手艺，也种不动庄稼的老人，就晒着太阳看热闹。庄稼地变成了花田，确实惋惜，但有时候又觉得，其实这样子也蛮不错的。老，就意味着阅历够多，就该处变不惊了。莺戈岩有一棵千年银杏，守着这棵老树的，是一位姓史的老人。遇见这位老人，让我特别想念我的父亲，他老人家要还活着，也应该是那般须发雪白了。只是我父亲一贯严格，恐怕没法像这位老人这般心态平和。这些年，我家老屋变化也很大，三层楼的大房子，亮花花的磁砖墙，门前的水田已经变成了硬化的院坝，竹林被逼退了很远。我在想，要是某一天父亲突然想回来看看，也已经认不出那个地方了。按他的脾气，他是不会默认这种改变的。要得到他的理解和认同，得有相当长的一段时间。你得让他看到大世界的变化，得让他明白大世界变了，小世界就得跟着变的道理。就是说，他要是一直活着的话，也有可能就像这位老人一样，是可以见变不怪的。游人来了，把他当成一个景，跟他拍个照，或者干脆就把他当景点拍下，他也不会生气。据说，老人参加过抗美援朝，跨过鸭绿江打过美国佬。那应该是他人生中最闪亮的一段，之后的岁月里，他多数时间都应该活在那一片光辉之中，荣耀而且骄傲。但如今，时光老了，英雄也老了。

他看上去跟那棵老树一样老，但据说那棵老树已经有一千五百年了。也只有树才能活这么长了，是二十几代人的长度。树没有人那么多需求，就靠一点水分和一点阳光活着，还从不试图去改变什么，甚至也不奔跑。所以，树可以活一千五百年，而且看上去今后它还可以再活一千五百年。它看上去确实有些老，但也仅仅才像它跟前的老人一样老。我们的抗美援朝英雄脸上已经层层叠叠地堆满了皱纹，牙也掉完了，精神头全靠一根烟斗了，而它还枝枝蔓蔓，枝枝蔓蔓，数不清的枝枝蔓蔓，而且看样子，还要没完没了地枝枝蔓蔓。它应该是看着二十几代莺戈岩人从生到死，从少到老，又从生到死，从少到老。在这里没有变成新区之前，这里的变化应该是缓慢的，日头永远从升起的地方升起，从落下的地方落下，白昼从来只是白昼，黑夜从来只是黑夜，鸡也从来都只是公鸡才能打鸣。即便是我们经历过的那些不一般的历史变革时期，这里因为生得边缘，一切也都不曾动摇过。就只有人的轮回显得明显一点了。这一个来了，又走了。下一个来了，又走了。再下一个来了，又走了……老树静静地旁观着这种没完没了的流转，像佛静看娑婆。它一直都活得那么清静，万万料想不到有一天它的生活也会受到打扰。不知从哪个时候起，人们开始往它的枝条上挂红布条。本地人挂，外来的人也挂。每一根红布条都代表着一个心愿，人们向它祈福气，求长寿，求官、求财，求所有想要的。一千五百年都活得很轻松，没想到老了老了，倒给人披挂了一身的负担。它本来一直都是羡慕人的，羡慕人有那么多活法。没曾想活着活着的，人反倒过来崇拜起它来了，它诚惶诚恐地看着自己那身红布披挂，很有些不知所措。或许等膜拜者走了，它会悄悄地跟我们的老英雄请教：我是不是真该显显灵了？

王华

国家一级作家，贵州省作家协会副主席。著有长篇小说《桥溪庄》《傩赐》《家园》《花河》《花村》《花城》等多部，发表小说两百多万字。作品多次获奖，有作品被改编成电影，部分作品翻译到海外。

魅力金海湖

唐福德

在毕节市金海湖新区的梨树镇高铁客运枢纽中心规划厅内，听工作人员介绍即将到来的毕节高铁时代时，我仿佛就真的看到一列列高速列车停靠在站台前，正翘首以盼地要将我们在金海湖的未竟之旅，用两天时间，逐一在初冬的高原大地上徐徐展开。让我们摒弃以往的一知半解，重新领略金海湖新区的魅力。

金海湖湿地公园首当其冲，是我们要阅读的第一页。

湿地公园位于新区金海湖办事处，是新区城市建设快速发展、提升新区城市品位的重点项目。据介绍，公园规划占地面积四百多亩，总投资六亿余元，是按照新型城镇化和城市湿地公园建设的要求，依托自然风光、山水脉络，依山就势、亲近自然的天然优势，促进山、水、湖、林的有机结合。围绕打造“大山为景，小山为园；大湖为心，小水为带；峡谷为络，绿廊成网”的理念，将生态策略融入建设理念中，把金海湖新区打造成新型山水生态园林城市的典范。如此一来，湿地公园便不仅仅只是金海湖新区向外界亮出的一张名片那样简单，它所承载着的，将是一座城市在车水马龙和霓虹闪烁的繁华中成长起来后，终其一生也要让心灵找得到皈依的那一方魂。

尽管是初冬天气，但湿地公园内“同心荟萃、花谷幽潭、湿地寻芳、晓枫荷苑、葱茏岁月、闲逸动韵”的诗意仍然时不时地撞向我们。湿地的前身叫作瓦厂塘，再之前谓之“洼草塘”。因一种乳白色黏泥，借助一位从江西逃荒到贵州水西，世代为“匠户”的张甫之手，一路风餐露宿，不经意便在明朝跻身入世，完成了它从“洼草塘”到瓦厂塘的第一次历史演绎。故事中的明朝嘉靖年间，安万全摄政贵州宣慰使后，便全面启动维修九层衙宫殿工程。因洼草塘一带蕴含丰富的乳白色黏泥，适合做出高质量的屋瓦，安万全便令张甫迁居洼草塘专门负责烧制屋瓦，以供维修九层衙宫殿和大定城之用。明万历年间，一代匠人张甫辞世后，为表彰其制瓦功绩，时政宣慰使的安尧臣下令厚葬张甫于洼草塘南岸，更“洼草塘”名为“瓦厂塘”。至此，瓦厂塘就这样在毕节乡间安身立命，并携带着烽烟与明月共存的明朝一路走来，历经四百多年的时光，中间的波澜壮阔与风花雪月，厚度随着乳白色的黏泥发酵，最后风化在岁月的长歌之中。而第一次与瓦厂塘谋面时，我刚刚二十出头，与一帮男女同事春游到过这里，时间是上世纪八十年代末。本来，瓦厂塘之行对于早已迁出毕节的我来说，说过也就过了，但令人意外的是，这个曾经在我生命中一晃而过的地名，竟然会在二十多年后的这个年尾，突如其来地与我不期而遇，并将我用市井俗侩堆积起来的时光，撤回到藏匿有青春往事的那年春天。那时的瓦厂塘，农舍就修竹，鸡犬伴阡陌，锄禾挽衣袖，一幅世外的画卷在空气中舒展开来，怡然自得地慢慢啜饮着羞涩却又忍不住外泄的春光。几株芭蕉成就一道藩篱，三五成群地立在房前屋后，喜欢走动的，便去了田间地头，径自混迹于各种植物拔节的声音里。土是新翻过的，入住的稻谷、玉米及瓜豆等口粮，胖瘦不一地从炊烟摆动的地方四处散开，把自己的一生交给一双双握满农事的手，它们分娩与成长的过程，将会是一个涅槃的过程。

这是大地上一切生命永无尽头的咒。

事实上，当我们用酒精蘸了年华，让年轻而散漫的氛围有了醉意，在瓦厂塘的春天肆意指点江山时，瓦厂塘默默地看着我们，不参与，也不排斥。它只是任由春风裹着一丝凉意飘过淡雅而幽静的湖水上空，与远处的苍茫相互晕染，互为风景。近处的草坪上，除了我们，还有两帮游人，同样是男女混搭，喝酒、猜拳、嬉戏打闹，喧嚣不断，都在无限的春光里挥发着有限的时光岁月。间或有三五个垂钓者，分散在湖泊边上，手握钓竿，安安静静地收线、挂饵、甩杆，偶尔瞟我们一眼，目光中满是无声的抗议。有女生对此表示歉意，话一出口，便遭众人围攻，说钓鱼人不管在怎样吵闹的环境中，都应该具备临危不乱的心性，如果性子静不下来，就不要举根钓竿满世界地乱串；更有甚者，也不管恰不恰当，就搬出句“非淡泊无以明志，非宁静无以致远”的古话。在争论的间隙里回过神，看看四野盛放的，不止是山乡应有的细节，更有无处不在的人间。就像多年以后，瓦厂塘仍然还在经营着属于自己的幸福，而我们的故事及生活却已经发生了翻天覆地的变化，在这布满深情的尘世里，几百年的时光弹指一挥，将隐居山村的瓦厂塘推上了改天换地的时代大舞台。围绕着“五位一体”的城市化带动战略，金海湖人正抢抓机遇，依托新区“景城一体”的发展战略，将湿地公园建设成为提升城市品位的靓丽名片。套用官方的说法，整个湿地公园融入了智慧旅游的思想和内容，有开、有合地留出鸟类栖息空间，从吸引城市游客、促进旅游发展、展示教育基地等角度，突出打造同心文化体验式旅游海绵城市目的地。我想，这恐怕也是主办方引以为豪并安排游览此地的目的所在吧。

的确，就现在的建设规模，湿地公园取代瓦厂塘这一称谓，当是实至名归，一点也不过分的。随着现代化城镇的发展，曾经偏安一隅的山野湖泊，邂逅了渴望在发展中绘制新蓝图的金海湖新区，无论光阴如何漫长，距离怎样遥远，终究是入了世，变了样。再一次实现了前所未有的华丽转身。在金海湖人的心中，湿地公园不单单是一个去处，更是承载着新区建设山地生态花园城的诸多愿景，是新区一件旷世的得意之作。在这里，我们所看到的景致是尊重自然，又高于自然的天人合一的巧妙：原有的山野情趣，湖心小岛尚可窥视，新增的广场雕塑，亭台楼阁，小径回廊，花圃草地，幽潭浅滩等公园要素一应俱全，可谓用原始景观佐以园林艺术，经过烹制，终成一道令人惊艳的城市饕餮大餐。

说起来，毕节曾是我的第二故乡。

在这里，我有着太多难以割舍的情怀。尤其是多雨的气候，陌生的人际关系，以及随处可见的芭蕉，毕节一度成了我多愁善感的围城。

在那些日子里，每当我穿过双树湾低矮的青瓦木板房，流浪的感觉愈发变得强烈起来。无数的漫无边际，与挂在单身寝室五楼窗口上的风铃一起，共同为青春重复着一幕幕相同的情节。那便是站在走廊上，透过雨帘看到的芭蕉。芭蕉在薄雨中的思维，其实跟放在九月那一抹看似有些似是而非的情绪无关。芭蕉翠绿色的样子，诗意中夹杂着些许的无奈，这全是我个人的意思。那时，我因为喜欢上了一个女子，使本来远远地站在雨中的芭蕉，从进入梅雨季节起，就湿漉漉地披上了一层淡淡的忧郁，并过多地承担起我房檐下的年少时光。“是谁多事种芭蕉？早也潇潇！晚也潇潇！”“是君心绪太无聊！种了芭蕉，又怨芭蕉！”那段时间，清朝蒋坦的《秋灯琐忆》里，反复出现的，是秋雨敲打在芭蕉叶上的情景，更是让我读之心神俱碎的寄托。一问一答间，一副相思的无奈，与一腔俏皮的机智便跃然于纸上了。而令那个与芭蕉有关的秋夜想不到的是，百年后，我也在一个叫毕节的地方，企图越过一位女子在看得见芭蕉的地方，所设置的心灵栅栏。在那些日子里，所有的芭蕉跟在我身后，一路走过毕节的大街小巷，生长芭蕉的毕节，也因此让我陷入到重重叠叠的困苦中。这样沉迷了大概五年时间后，我终于不再甘心自己被青春继续囿于另一个童话，在一个无风的早晨，我收起风铃，回到了故乡……

如今，在双山大峡谷的落脚河度假山庄，芭蕉的意象再次映入眼帘。但我已无暇顾及。我在记忆中游走的时间实在是太多了，更何况，位于山庄上游的大峡谷在不断地吸引着我。同行的金海湖人说起大峡谷，满脸的自信溢于言表，说它是目前已知的世界第一、中国唯一的城市内部峡谷，长度达到二十六公里。卢森堡那条贯穿城市的城中峡谷与之相比，规模也要逊色得多。在网上查了查，知道了佩特罗斯大峡谷宽约一百米，深约六十米，无长度显示，也不敢作任何比较。姑且不论双山大峡谷是否为世界第一、国内绝无等桂冠，与其他作家从山庄坐大巴一路绕行直上，车停，穿过一条几十米长的隧道，视线便豁然明朗。一道大坝拦腰摆在河水上，往右看下去，近百米的落差尽头，一条小河由粗到细，故自蜿蜒而去，河两边拳头大小的农舍点缀，被庄稼地包围着。往左，刀切斧劈般的崖壁两岸对立，仿若天然石门，无锁。顺着洞开的门楣往里瞧，天光灰濛，并无章法可依，一方以赭石为主调的大写意石画，在水和天之间悬着，如屏风一般，挡住了谷内景物；画下一汪墨绿参半的止水，拐了一个弯后，被错峰掐断，剩下联想，随涟漪款款移动……在坝上看了半天，看不出更深的端倪。由于人多船少，我们便分为两拨坐船进谷，我属后者，继续留在坝上。我们从坝的这头走到那头，从左边看到右边，在第一拨人的影子消失在拐弯处后，余下的人实在找不到看的了，便相互扯一些闲话，话音未落，早被从谷口灌入的风吹了贴在石壁上，直至杳无音信。这样也好，少了些垃圾遗在世上，彼此都不留话柄，自然就免去了日后的纷争。在互联网横行的时代，不理人长短，不论人是非，大概是最有效的自我保护，即使有话非说不可，就扯一些无关痛痒的闲话，抑或将话搬到风中去说，风过一切皆无痕，因此风越大越好。

轮到我们上船，才感觉风的好处竟是此一时彼一时的。渡轮载着我们以大约二十码的时速离了岸，先期游览回来的人，开始三三两两走上大坝，在风中重复着我们之前经历过的情节。我们出发，沿相似的航道在山崖的夹缝中前行，风继续吹着。一副依势而行的脸嘴，你不动，它弱；你动，它强。游轮背着我们在河道上小跑，风不高兴，劈头盖脸地围攻我们，有些狠劲。遭得住吹的人，在甲板上吞河风，看风景，抵不住风的人，躲在船内听船在水面划出的声音。这些，我都不属于，我之所以待在船里，是因为甲板狭窄，理应让外地作家们先看。再者，透过尺余宽的船窗，我倒也能窥见一些谷内面貌。大凡峡谷者，多数由悬崖峭壁、树丛灌木、花草流水组成，拜亿万年的地壳运动而撕裂为谷。换一种角度想象，造物主该是一位勤劳而又多动的主事者，在他所有的家务中，提着斧头满世界挥舞是他的另一个爱好。至于峡谷的年代、位置、深浅、长宽、水旱等规模和形状，皆随他率性而为。眼前的双山大峡谷，在招式上，采用了直劈、竖剁、斜砍、横割等手法打磨造就；水道两侧，镶风格各异、错落有致的石质屏风顺河陈列，延绵二十六公里。屏上中国画，山石多以大、小斧劈皴为主，顺势挥扫，酣畅劲健，下笔有如暴风骤雨，力敌千钧。大处，点、线、面用笔为实；小处，勾勒晕染为虚，纹理、质感均交代得一清二楚。其势，雄奇浑厚；其韵，舒展开阔。画中林木取法自然，布置得当，疏可走马，密不透风，乔木为多，间或有藤蔓出入，无壮树。因地理落矮，虽是初冬，枝叶仍然繁茂，少数应了节令，已然在风中变脸，红黄两色从墨绿中脱颖而出，甚为耀眼。许是因下游筑了坝，原来的落差和跌宕全无，水流的平缓程度，毋庸置疑地甩给人一种错觉，仿佛我们身处的不是落脚河，而是徜徉于一方失了野性的高山平湖。但我们的确身在落脚河，正为抒写一条峡谷的前世今生释怀。峡谷还未开发，这里的一切还保留着原始的心跳，除了无处不在的风，从洪荒中走来的岁月，依旧充满着让我们难以取舍的困惑。人烟罕至的峡谷，挂在金海湖的版图上，未被荒废已是不易，至于怎样去阅读，又是仁者见仁、智者见智了。我自己，则坚持把它当成一幅写意山水画来读。以传统的绘画技巧作衡量，这里主题明确，意境深

远，匠心独具。创作中的提按、行顿、转折、轻重、疾徐等变化夸张，其张力和节奏，洒脱中自有克制，绝无拖泥带水的犹豫，符合写意国画的审美要素。对谷内山峰、岩石的象形命名，更是因人而异，众说纷纭。由于寄情不同，所产生的分歧也在情理当中，形似也好，神似也罢，不好再继续纠结。还是风，换了我去船尾的甲板上。此时，船掉了头，我们已在返程途中。再看峡谷，意已不在其本身，而在于飞架峡谷的落脚河大桥。当年，这座长五百多米、主跨两百余米的预应力钢筋砼加劲板梁悬索桥，在贵毕路上也算赫赫有名的。每每驾车过桥时，从高空俯瞰下来，其落差高度，足以让大地上的山水俯首称臣，遇见云雾天气，恍若梦在天庭。如今换了角度，所得感受截然不同，昂首看桥，险峻中自有一番威严凌驾于头顶之上，疾驰而过的车辆如玩具，渺小得可怜。先前尚且保留着的一丝优越，瞬间便土崩瓦解。比起桥上的玩具，以及玩具上空的天穹，我们的渺小，与蝼蚁无二。这种挫败感，来自于我们内心深处，实在是因为我们都习惯了居高临下的脆弱。

在毕节，凡是有点名气的物事，几乎都或多或少地要与一个女人有关。即使是一片树叶，也不例外。自明朝洪武十四年，摄理贵州宣慰使的奢香夫人主政水西后，这一区域内的春暖花开，抑或名山大川，就注定要把最美好的年华，奉献给这位卓越的彝族女政治家了。产自金海湖新区竹园民族乡海马宫村的彝家女贡茶，传说也跟奢香夫人有过啜饮之缘，并经奢香之手，将此缘一路带进过大明王朝的宫殿里。此说无论真假，原本也不必较真，传说的本身，只不过是人们对美好事物的一种愿望罢了。有据可查的，倒是出自《大定县志》的“茶叶之佳以海马宫为最，果瓦次之，初泡时其味尚涩，迨泡经两三次其味转香，故远近争购啧啧不置”记述。在海马宫茶的身世中，一位祖籍大定、在外小有成就的县官简贵朝，又选择在清朝乾隆年间与海马宫结缘，从此算是完善了一片树叶的传奇。这样说，并非怀疑历史为海马宫茶贴上的帝王标签。海马宫茶属黄茶类名茶，具有条索紧结卷曲，茸毛显露，青高味醇，回味甘甜，汤色黄绿明亮，叶底嫩黄匀整的特点，这是不争的事实。更何况它的家乡海马宫村，三面临山，一面通向河谷，海拔一千五百米，山高云浓，溪水纵横，年均气温十三摄氏度左右，无霜期达两百六十多天，为贵州省较寒冷的高湿茶区。因茶园三面环山，构成了天然屏障，阻挡着寒冷空气的侵袭，再加上境内植被茂密，成土母质为砂页岩，土质疏松，钾元素含量丰富，形成独特而适于茶树生长的小区气候等特点，海马宫茶即使不沾染任何名人的光环，也照样能成为名茶。

待到真正坐在茶山喝下这茶，茶味却已被霏霏细雨和季节的寒流冲淡，坦言讲，喝一杯热茶，驱散一些寒冷，是当时内心的真实想法。虽有暴殄天物的愧疚，但也温暖。在我们周围，阴雨天气带来的寒气，一阵紧过一阵，海马宫村被雾叨扰得只剩下一些模棱两可的棱角。由于我们的到来，一度寂静的小山村，从麻木中伸了伸腰，有了些人间烟火的味道。时近中午，雾霭并没有要散去的意思，仍然将远远近近的黝黑山峰，抱得死死的，对于这样的地理，我们客随主便，也不好苛求什么。茶园虽然简陋，但在素面朝天的粉底上，也作了一些装扮，至少，笑容是真诚的。只是不知，以茶为伴的海马宫人，将自己朴素、缓慢的角落交给毕节金海湖新区来呈现后，在面对因茶而逐渐融入喧嚣的态度上，是否愿意将茶当成一种人生呢，我们不得而知。

但金海湖有茶，有一片树叶带来的温度。亦有一段被水焐热的乡愁让我们转身难忘，因为时间就在那里。茶，也在那里。

唐福德

贵州威宁人。贵州省作家协会会员，中国摄影家协会会员。文字散见《散文诗》《散文诗世界》《星星》诗刊、《贵州作家》《贵州日报》《贵州都市报》《贵州民族报》等报刊，作品入选《新世纪贵州散文诗选》。摄影作品多次获奖。

故乡文阁

叶光良

题记：在二零一七年这个淅淅沥沥的阴冷冬天，主席彭澎先生做了一件温暖毕节文学界的大事儿，大约在十一月中旬，他受金海湖新区委托邀约了近三十位全国知名作家来金海湖新区采风，并计划将其成果汇编成书。彭澎兄与我志趣相投、心性相通，我也因此作为不系中国作家协会会员的受邀代表，本意是为他捧场，而且因为公务缠身，只得与大师们短短相聚了大半天的时间，得以见识了李发模、夏天敏、文清丽、史小溪、冯明德、陈涛、周舒艺、杨献平、哈森、康桥、周习、西门、毛竹、戴冰、王华、冉正万等过去只能在书本上和媒体上才能“遇见”的中国作协重量级人物。俗话说百闻不如一见，本来能得以面识大师们是一件荣光而愉快的事儿，难的是彭澎兄要求我也整点东西出来凑数。彭澎兄是毕节文学界的知名伯乐，他既有文化人的才情和风骨，又有朋友的豪爽和耿直，多年来为扶持毕节文学新人而持续不断地在做好人好事，我曾开玩笑地说过，他一手握着小锄头，一手提着洒水壶，每天都奔忙在为毕节文学界培育新人的路上，毕节文学界新生代方阵能走到今天在贵州省内的这个高度，彭澎兄功不可没，但他却十分低调。我从事新闻工作近三十年，大多数时间都在写新闻稿，偶尔写写散文和随笔也大多不成气候，但经不住彭澎兄的鼓励蛊惑和催促，只好写写如今已划归金海湖新区的我的故乡文阁，权且作为续貂之作。

二零一七年春节期间，回故乡文阁给已经年近九十高龄的三伯拜年，不时遇见从寨子里窜出来的许多孩童却一个也叫不出名字，一时还真有点“儿童相见不相识，笑问客从何处来”的味道。永远留存着我足迹的故乡，写满我快乐的童年。想想，我是应该为您写点什么了。

在行政区划上原来属于大方县的文阁乡，地处大方县的西北角，东与双山镇相连，南与绿塘乡紧靠，西与岔河镇接壤，北与金海湖办事处毗邻，距大方县城三十一公里，距毕节市行政中心二十七公里，距金海湖新区职教城三点五公里。二零一四年十月一日，文阁乡托管于双山新区；二零一五年十二月六日，原双山新区与贵州毕节经济开发区合并为金海湖新区。

实实在在地粘着一个“文”字的文阁，在外界是以重视教育而声名鹊起的一方水土。“文阁”原名“三道水”，原因穿境而过的河流过去每日早中晚三次涨潮而得名。清光绪三十三年（一九零七年），乡人叶青云等发起倡导，联合地方父老乡亲出资捐款在现在的文阁村老街坡坡上兴建魁阁，取名文昌阁；“文昌阁”除了供奉君神，其意也有促进青少年用功读书，希望乡人金榜题名之意。文昌阁落成之后，乡人开始在其四周开场赶集，兴办学校，“三道水”这一地名也随之改为“文昌阁”，后来逐渐演变成“文阁”并沿用至今。

文阁地名的由来不仅为地方增添了浓厚的文化色彩，同时也让重视和发展教育的优良传统与之始终相生相伴。得文阁山水灵秀之孕育，文阁乡文人辈出。早在清朝末年，文阁就因举人秀才众多而有“一里三武举、秀才七八人”之说（“乡、里、甲建制”是清康熙五年至民国三年的一种行政区划制度，府县辖地实行乡、里、甲建制，每里设十甲，文阁当时属“北乡仁育里一甲”），从现在的文阁街上到三元村不到一公里远的地方就出了三个武举人和八个秀才。中华人民共和国成立前夕，在政局动荡、苍生难济的艰难时期，文阁乡在外面学成和在读的初、高中生和师范生也有二十多人，其中营盘山李姓人家还出了一个毕业于湖南商学院的大学生。

“家有千贯（铜钱），不如养一个好汉”，多年来，送孩子求学成为了文阁乡的家长们最舍得的“投资”和最乐意作出的“抉择”。在“重视教育辛苦一阵子，不重视教育穷苦一辈子”理念的影响下，众多的家庭节衣缩食，为孩子求学成才倾其所有。有了政府的大力扶持、家庭的高度重视和莘莘学子你追我赶的刻苦努力，文阁乡的教育也取得了前所未有的辉煌成绩。自一九七七年恢复高考制度以来，文阁乡共考取本科、大专、中专的学生多达两千余人，其中不乏博士生、硕士生。在文阁乡，一家五六个孩子都考取大中专学校并不是什么稀罕的事儿；早在几年前，文阁村的叶贵厚家六个孩子就有三个考取了本科，三个考取了专科，且全都参加了工作。

知识改变命运，学习成就未来。众多的学子学成进入社会后，秉承吃苦耐劳、勤学苦练的作风，他们或从政，或做学问，或经商，并在各自的领域取得了突出业绩。据了解，自恢复高考制度以来，文阁乡众多在外工作、治学、经商的大中专毕业生中，至今已出了十余名县处级领导干部、多名成果斐然的专家学者和身家上千万的企业家；他们在各自不同的领域，用不同的方式为国家和社会的发展做出了积极贡献。

“半乡山林半乡土，陡峭平坦各分秋；三分贫瘠七分沃，一湖二库十溪流；放眼阡陌伸远界，四季如春春常留。”这首诗是对文阁乡地形地貌的生动概述。作为金海湖新区的后花园，文阁乡极具广阔的发展前景。自托管于金海湖新区以来，文阁乡的各项社会事业取得了长足进步。

如今，行走在投资五百余万元提升改造过后的文阁集镇，路面宽阔平整，两旁绿树成荫，街边商铺林立，往来人声鼎沸，过去杂乱无章的街道早已经不见了踪迹。然而，最让我难以忘怀的，却是记忆中的故乡模样。自十二岁那年离开故乡文阁到大方县城求学直至分配到毕节山城工作，弹指一挥间我已经在外辗转奔波了三十多年。故乡是我生命的原点，童年是我最快乐的时光。故乡对我来说，相见不如怀念；而怀念，是为了不能忘却的纪念。

印象中我的小学时光，纯粹是一片的懵懂和模糊。那时受读书无用论的影响，读书的目的只是为了不成为一个“睁眼瞎”和识得个“倒正”，每年的书学费好像也就是两元钱的样子。由于当时家庭成分不好，难免受人更多的白眼和挤兑，加之当时我的父亲在外地工作，母亲每天要出工挣工分分口粮，所以对于我的学习可谓是“放起马儿随便跑”，我也乐得逍遥自在。每天的上学与其说是去上课读书，不如说是找到了一个伙伴众多的玩耍去处。生性爱说好动的我不但学业一塌糊涂，而且上课下课都爱讲话爱胡闹爱打架，是一个让老师甚至校长都觉得头疼的顽皮学生。学校出课间操的间隙，我是经常作为全校几个调皮捣蛋的学生代表被罚站在主席台上接受点名批评的公众人物之一。那时年幼无知，不但不以为然，反倒从内心生出丝丝恶作剧的快意，有时还故意在主席台上洋相百出，引得台下哄堂大笑。现在提起我的过去，当年的老师和同学们仍然

"津津乐道"，以至于后来我离开故乡到大方县城求学之后，很多人都说我完全变了一个人，简直觉得不可思议。那时真的是年幼无知，好在全是乡里乡亲的老师和同学们都原谅了我当初的无知与放肆。

其实，那时读书是我的"副业"，每天放学回家后放牛割草做家务等，才算是"主业"。当时父亲为生计在外地奔忙多年，家中只有母亲一人辛劳地拉扯着我们兄妹三人艰难地生活，所以在我最为深刻的童年记忆中，我每天轮换着的"主业"是放牛、割草、捡粪、打猪草以及做饭、洗碗、洗衣、扫地、喂猪等家务活，也有过到十几里外的毛栗公社去背烧火煤的经历。还记得那时捡拾牛马粪向生产队换工分最远的地方到过几十里外的毕节县松林公社、任家垭口等地方，行程一般是早出晚归，饿了就吃一把自带的"包谷花"，渴了就随便喝几口路边的山泉水。至今回想起来，仍然是阵阵的腰酸背痛；而割牛草、打猪草、收庄稼等动刀子的"活路"，则在我的左手上留下了不少至今仍清晰可辨的道道刀痕。因为过早地体验了生活的艰辛和人情的冷暖，所以在后来的工作和生活中，无论遇到了什么样的困难和问题，我都能从容面对、踏平坎坷。苦难历练人生，拼搏彰显坚强。想想，这也是故乡留给我终生受用不尽的一笔珍贵财富吧!

虽然生活清苦，但是故乡的童年却充满了纯真与欢乐。不管是在做"主业"或者是"副业"的同时，我与伙伴们总能"忙里偷闲""统筹兼顾"地上树掏鸟窝，下河摸鱼虾，偷果子挖地瓜，骑牛儿驮野草，抽陀螺打弹弓，努力寻找着属于孩子们的快乐。

曾记得一次与几个伙伴联袂站在一户人家屋后土坎上面"偷"人家桃子的搞笑事儿，主人听见屋后有"动静"，出门高喊捉贼，慌乱中正在土坎上面拉着桃树枝丫摘桃的几个孩童迅速松手，一伙伴反应稍显迟钝来不及放手，被大伙原来紧拽的桃树枝桠反弹到土坎下面，后被桃树的主人捉住，遂将已经跑远的我们几个"同案犯"一一供出；回家后，自然难免要挨母亲的一顿臭骂，有时还要受点皮肉之苦。"实践出真知，斗争长才干"。"作案"的次数多了，也就逐渐从中悟出了一些经验，比如知道了有两样果子是不能随便去"偷嘴"的，一种是柑橘，一种是核桃：柑橘皮容易在身上留下挥之不去的气味，而新核桃外壳的汁液则容易在手上留下难以洗去的印记，留下"犯罪证据"后，后果将会是"猫儿抓糍粑——脱不了爪爪"。

还记得一次与众多伙伴一起抬石取泥筑水坝洗澡的事儿，当水坝中的水溢满后，大伙正开心地在水坝中“狗刨骚”“骑水马儿”“打水仗”“潜深水”时，忽然新砌筑的水坝出现了一个淌水的缺口，一伙伴自告奋勇地坐在水坝的外面说是要用他自己的身体为大家将缺口堵住，大伙正玩得忘乎所以之时，大坝突然溃塌，那个自告奋勇去堵缺口的伙伴瞬间连人带水和石夹泥一下子被冲得不见了踪影，吓得我们大家脸色惨白噤声张嘴，等蓄在水坝里的水基本流淌完之后，那个伙伴才在离水坝下游大约百余米的地方鼻青脸肿花屁垃股地站了起来，随后是我们的开怀大笑和那个伙伴的破口大骂，也不知道他骂的到底是放声大笑的我们，还是将他冲走的巨大流水了。

那时文化生活十分匮乏，看电影是孩子们最大的乐趣之一，经常放映的电影也就是至今耳熟能详的《地道战》《地雷战》《沙家浜》《红灯记》《白毛女》《刘三姐》《渡江侦察记》《平原游击队》《洪湖赤卫队》《红色娘子军》《智取威虎山》《奇袭白虎团》等，因为看的次数多了，电影中的大部分情节和台词都基本记得。有次听说要在临近的归化街上放映电影，我们几个孩子邀约一起去观看，可是那晚从文阁公社到归化公社，往返走了十八公里路程，却没有看成电影，原来消息有误!

纯真美丽快乐的童年，就这样随着故乡的四季轮回简单绵长，已然珍藏在我的心里，一片温暖和温馨，生生不息，绵长悠远，带给我无穷的力量和欢乐，一路芬芳相伴。

记忆中故乡那时真的是山清水秀的模样，从安庆、常丰两村一直延展到文阁、三元两村地盘的数千亩田坝四周绿树环绕，茂郁葱茏；发源于大、小龙潭的小河蜿蜒盘旋于田坝中央，常年浩然流淌润泽百姓，河水清澈见底，水中鱼虾成群。流淌过我家门前那条水桶般粗细的小溪，一年四季流水淙淙、温润可人。夏天，田坝中的稻秧满眼碧绿，生机勃勃；秋天，金黄色的稻浪翻滚，一派丰收的景象；一年四季也在山欢水笑鸟鸣中不断轮回。只不过这些昔日的景致如今都亦然定格为记忆中的过去，随着人口的增多集镇建设的推进和对生态的破坏，当年绿树环绕的田坝四周早已是成林难觅，流淌过我童年的那条小溪已经断流多年，当年的滔滔河流也变成了现在的潺潺小溪，大片肥沃的田坝早已变成旱地且住房林立，再也难觅昔日稻浪千重、遍地金黄的景象，难道这就是时代的变迁和社

会的进步所必须经历的阵痛和所付出的代价！故乡，陌生而熟悉，喧嚣而躁动，我无奈无语无助。可是，无论如何，故乡依然是我的故乡，她永远是我魂牵梦萦的地方。故乡与童年，就像家门前的那条溪流一样，时常在我的梦里悠悠流淌，萦绕不绝。儿时纯真爽朗的笑声，一直回荡在故乡的青山绿水之间，飘扬在故乡的蓝天白云之上。故乡与童年的记忆，亦然镌刻在我的脑海深处，一辈子幸福温暖，一辈子无法忘却。

愿故乡一切安好，富裕和谐；愿故乡花开依然，温暖依旧！

叶光良

贵州省毕节市金海湖新区人，系中国电视艺术家协会会员，毕节市广播电视台总编辑、高级记者。

金海湖不是湖

刘楚仁

一

金海湖是贵州省毕节市一个行政区。

接到采风邀请，才知道这个地名。

虽然已入冬，天气却没有冬的样子，气温还是居高不下。彭澎打来了电话，说要组织一个知名作家走进金海湖新区采风笔会，希望我参加。他强调还邀请了我们鲁院的同学，这个对我很有诱惑力，许多同学近十年都没有见过面。面对同学的一片盛情，我还是有些犹豫，原因是多方面的。十九大刚刚闭幕，宿州市作协进行了换届，我有幸当选为新一届主席，眼前的许多工作千头万绪，忙得不可开交，恨不得能一个人分几个下来。于是我说："我争取吧！"彭澎显然听出了我的犹豫，便提高嗓门道："你必须来！"他的话语里带着命令的口气，还充满着同学的深情厚谊。我无法拒绝，我只能克服困难想办法解决。

彭澎的性格我是了解的。当年我与他同在鲁迅文学院高研班学习时，就见识过他的个性和脾气。我当时任宿州市看守所副所长，刚刚加入中国作协不到一年，能有幸参加这个班学习，实属不易。我们班是鲁迅文学院第十一届高研班，全班五十四名学员，都是经过各省作协和行业作协推荐的优秀作家。彭澎是来自高原地区的作家之一，肤色黝黑，身材不高，但很结实，平时少言寡欲，矜持稳重。

二

下了决心去毕节，接着就是购买机票等事宜。因职业原因，平时很少外出，我联系了鲁院另一个同学顾坚做伴。顾坚兄是从网络写起的作家，他创作的长篇小说《元红》在网上点击率超过千万人次，四次再版，多次荣获国内大奖。他是江苏扬州的，离安徽较近，他要从南京乘机前往毕节。于是，我按照他提前购买的航班，也购买了往返机票。

我乘高铁到了南京，在禄口机场候机室碰了面。有顾坚兄做伴，一路上省了许多心，只要提着行李跟着他走就好了，路途也不觉得漫长。

下午两点十分，我们顺利地到达了毕节机场，接机的朋友已在那等候多时。

我们被安排住在鹏程宾馆。在大厅，见到彭澎兄，多年不见，相见时难免来一个大大的拥抱。彭澎连连拍着我的肩膀说："兄弟，你来了我真高兴！"尽管在"鲁十一同学微信群"中，我们时常有交流，但还是见面更解思念之渴。"鲁十一同学群"是我发起的一个微信好友群，上学时没有能当上班干部，这次趁机当上"群主"。天南海北的同学借助这个平台，畅所欲言，谈天说地，互通信息，不仅增进了相互的了解，还加深了同学的感情。值得一提的是卢卫平老兄，自告奋勇当了"旗手"，每天雷打不动地升旗，为同学们寻找话题，活跃氛围。非常感激卫平兄，没有他的无私奉献，或许这个同学群早已名存实亡了。

此次活动，在全国范围内邀请了三十多个作家，我们到达时大多数作家还没有到。"鲁十一"高研班的同学被邀请十名，除了云南的范稳、新疆的亚楠和广东的卢卫平因故不能参加外，其余全部赶来。彭澎让我们把行李放到房间，先带我们几个去外面喝茶聊天。我和已到的陈然同学被安排同在一个房间，四楼，向阳。陈然是我们"鲁十一"的同学，现居江西南昌，是《创作评谭》副主编，小说家，被圈内称为"短篇王"。

进了房间，打开宽大的落地窗，毕节的街景尽收眼底。眼前景象有些令人失望，一栋栋陈旧破败的楼房被笼罩在雾气腾腾的半山腰，街道狭窄拥挤。后来当地文友告诉我们，这个地方是个老城区，正在拆迁改造。

在彭澎的带领下，我们穿过几条街巷，来到一个幽静的茶室"草木间"。同去的有《散文诗》杂志主编冯德明老师、陈然，还有当地的两个文学青年。顾坚没有去，留在房间休息，他有一个习惯，下午总是要睡上一觉，晚上才会有精神。

茶室大厅里悬挂着毕节市原书协主席王鉴清老师和现任主席王文武的书法作品。我早就听彭澎介绍过王鉴清老师，他是我的老乡，宿州市埇桥区符镇人，九十多岁的高龄，是贵州德高望重的老艺术家。宿州是书画之乡，出了许多书画名家，遍布全国各地。王老的书法拙中见巧，力透纸背，具有魏晋之风。我们一起喝茶聊天，挥毫泼墨，兴致浓浓，一直到夜幕降临才离开。

三

次日上午九点，我们分乘两部大巴车前往各个景点开始采风。

我这是第二次到贵州，其实我对贵州的印象是不好的。九十年代末，我父亲带领乡人在贵州一个山区开发煤矿，经营中一个矿工因琐事与当地人发生了小摩擦，对方纠集社会上一伙闲散人员，冲进煤矿，打伤了许多工人，我堂弟被捅成重伤，父亲也命悬一线。我当时刚从公安大学毕业，接到父亲的电话后，急忙乘飞机赶到贵州，帮助父亲处理这起事件。因此每每提到“贵州”时，总觉如鲠在喉。没想到这一次毕节之行，完全颠覆了原有的印象。

这里有必要简单介绍一下金海湖新区。

金海湖新区于二零一五年十二月六日正式成立，行政管辖总面积五百九十五平方公里，总人口二十七万人，辖九个乡镇（街道）九十二个行政村，是毕节试验区七星关、大方、金海湖“一城三区”同城化核心板块。

采风团第一站到了正在建设中的毕节高铁站。

不知啥时候下起小雨，是那种毛毛细雨，是那种润物无声的细雨，有时看不到，仰起脸才能感受到那丝丝凉意。

新建的高铁站位于一片开阔的平原，建筑物庞大恢宏，如雄鹰一般伺机待发。俗话说要想富先修路。交通是制约经济发展的瓶颈。现在交通发展日新月异，日行千里，天涯若比邻。没有现代化的交通，我们或许一辈子无缘行走毕节。

金海湖新区区位优势明显，交通优势凸显，是黔西北唯一拥有机场、铁路、高速公路、高铁客站、铁路货站、内陆港物流园区和工业园区的新区，目前已形成大物流、大商贸、大平台、大发展的格局。飞雄机场已开通至北京、上海、广州、深圳、成都等国内主要城市直达航线；成贵快铁、昭黔铁路、隆黄铁路、杭瑞高速、厦蓉高速穿境而过，一小时融入黔中，一点五小时融入成渝，两小时融入“珠三角”经济圈，已成为对内连接成渝、滇中、黔中经济区，对外通达东南亚、南亚的重要通道。

不久的将来，新建的高铁站不仅是展示毕节试验区的形象窗口，更会助力毕节的经济快速发展。

双山大峡谷是毕节市一大旅游景点，长约二十六公里，据说是目前世界唯一的城市大峡谷。

我们分批乘游艇或坐皮筏子游览风光，我与陈然和当地一个新闻记者等四人同船。尽管还穿着厚厚的救生衣，还是感觉到水面上的阵阵寒意。峡谷碧水荡漾，风光旖旎，令人陶醉。峡谷九曲盘回，每每感到“山重水复疑无路”时，船到尽头又总会有“柳暗花明又一村”之觉。

毕节还有一个织金大峡谷，同行的诗人康桥这样歌咏道：

织金大峡谷，你必须仰视它
以仰视天空的高度
仰视织金大峡谷
一定要仰视一滴水
它和风一起将山石穿透
它和时光一起将大自然雕塑

四

中午时分，我们采风团赶到了竹园民族乡海马宫村。

这里盛产茶叶，“彝家女贡茶”享誉中外。相传明代杰出的彝族女政治家、贵州宣慰使奢香夫人，曾经在这里修养，喜欢饮用这里的茶，并带了一些进宫面见明太祖朱元璋，朱品后大喜，遂赐名为“彝家女贡茶”。后来为了使贵州西北边陲安定，又赐金银粮帛与奢香夫人，命其修建九驿官道，建九层衙门，设贵州宣慰府，使这样的好茶从此能随时品到。到了清朝乾隆年间，当时贵州大定府（今大方县等地）有位姓简名贵朝的人，曾在山东登县任知县，因对茶颇感兴趣，他回乡葬父后，到海马宫定居，对海马宫“彝家女贡茶”进行一定规

模的种植与加工，冲泡后汤色似竹叶绿，故取名为“竹叶青”。送大定府品尝后，得到官府好评，逐一上送，直至朝廷，后该茶作为贡品年年上贡。

中午，我们在海马宫茶园共进午餐，吃的是具有当地特色的烧烤。我们品尝着当地的米酒，色香味美，三杯下肚，气氛不觉活跃起来，有的唱歌有的跳舞，好不热闹。

海马宫村位于竹园民族乡政府驻地东南面约八公里处，东与东关乡接壤，南与尖山村相依，西抵沙坝村，北邻革新村。全村总面积七点三平方公里，耕地面积三千二百四十二亩，林地面积二千五百七十一亩。是一个少数民族聚居的地方，其中有彝族、苗族、白族、仡佬等十多个少数民族。彝语的“合莫谷”谐音为“海马宫”。悠悠的故事伴着茶香，向我们讲述着海马宫这个古老的村庄和茶叶的渊源。

吃完午饭，大家带着酒意，冒着小雨，赶到山下观看当地民族歌舞，共同享受民族风情的视听盛宴。

千年悠悠的岁月孕育了一个辉煌灿烂的东方神话，十指相连的同胞缔造了一个强大的文明古国。我首先观看了彝族的舞蹈。勤劳的彝家阿哥阿妹生活在这座茶山里，用他们的双手绘出一幅别样的民族风采。他们是一个能歌善舞的民族，他们用歌声和舞蹈表达对生活的热爱。彝族舞蹈的动作简单明快，风格粗犷豪迈，充分地体现了火的气质。可以想象，熊熊的篝火点燃了象征吉祥、幸福、快乐和激情的火把，在婉转悠扬的歌声中，围着篝火跳起了欢快的舞蹈。火把节是彝族的传统节日，有着丰富的民族文化内涵，被称为“东方的狂欢节”。

欣赏完彝族姑娘的舞蹈，乐曲再度奏响，苗家姑娘又登台表演，她们跳啊唱啊，以饱满的热情期待着与我们一同分享。跳起来吧，朋友，丢掉犹豫和羞涩，让我们敞开胸怀，再度感受苗家儿女的热情，于是我们也融入她们的队伍，跳起来唱起来……

在我们返回的途中，远远地听到山中再次传来彝族阿妹的优美歌声：彝家女耶，采呀采茶忙唉，请你来海马宫哟，喝一杯彝家女茶耶嗨！清早起来下茶山，采下幸福和欢乐的容颜，歌声随着茶香走……

观摩革命博物馆，本来不在此次采风计划之列。两天采风活动结束后，大家纷纷离开毕节返回各地，当天我和顾坚的乘机时间是下午四点多钟，利用这个空挡，在鲁院同学周习的邀请下，我们又参观了毕节市博物馆。周习是国土部门的作家，丈夫现任职毕节，她常来贵州，对毕节非常熟悉，曾经撰写过一部长篇纪实文学《行走乌蒙》。

三十年前，为纪念红军长征胜利五十周年庆典活动而成立了毕节地区博物馆。“中华苏维埃人民共和国川滇黔省革命委员会旧址”和“红六军团政治部旧址”作为博物馆馆址，一直固定陈列着“红军展”和“党史展”，并不断推陈出新，展示着毕节地区的历史文物。目前这块宣传阵地已作为当地党委政府的一个宣传革命先烈事迹的“窗口”，传递着毕节远古的历史文化信息，展示着多姿多彩的民族风情。

在周习的介绍下，我对这块红色的革命圣地才有了更多的了解。毕节是革命老区。二十世纪三十年代中期，当中国革命处于生死存亡的关键时刻，中国工农红军震惊中外的“长征”转战于此，革命的星星之火迅速燃遍了这片沉睡的土地。中央红军和红二、红六军团在这里的活动足迹遍及各地，谱写了光照千秋的壮丽篇章。红军用鲜血和生命在这里建立了不朽的丰碑，播下了革命的火种，与当地人民群众结下了鱼水深情。

在党中央、国务院的亲切关怀下，在省委、省政府的坚强领导下，在统一战线和社会各界的帮助支持下，从全国最贫穷地区历史起点出发的毕节试验区，呈现出经济实力不断增强、人民生活不断改善、城乡面貌焕然一新的崭新局面。

金海湖畔建新区，磅礴乌蒙启新程。新区将紧贴长江经济带，融入黔中经济圈，立足川滇黔，放眼珠三角，以建成西南一流、国内知名的新区为总目标，在深化改革、锐意创新、埋头苦干、同心攻坚的精神指引下，围绕“一年出形象、三年大改观、五年上台阶、十年新跨越”，努力把新区建设成为宜业宜商宜居城市和生态文明示范新区。

金海湖不是湖，是秀美之城，是魅力之城，更是圆梦之城。

刘楚仁

安徽省宿州市作家协会主席，中国作家协会会员，鲁迅文学院第十一届高研班学员，先后出版文学作品集《神秘的木乃伊》《印痕》《看守所长手记》《岁月留痕》，长篇报告文学《追逃风暴》《禁毒专班》，长篇小说《亡命天涯》等。

金海湖记

杨献平

再一次去毕节，还是庞巴迪 CRJ900。本来想在空中俯瞰一下那一座奇崛的高地，由于大雾，未能如愿。对出生于河北，长期从军于西北巴丹吉林沙漠的我来说，西南乃至整个中国的其他地区，在毫无预感与方向的期待中，总是神秘、旷远，别具色彩与趣味的。贵州及其屋脊毕节便是其中之一。这块地域，因其地形奇特，聚居民族众多，其风情、风貌的妖冶与灵性，使得我每一次想起，都似乎面对着一个巨大的神话和现实的海洋。是的，地理本身就是有意味的，山川形胜，各有其形状和特点，再加上不同族群的人，两者相互依存，相互渗透与塑造，从而形成了独特而丰饶的一种人文存在。

到市区，灯火遍地。道路也像成都一样的拥塞。事实上，我们的中国已经开始了一种前所未有的变化，长期的和平与得力的政策，激活了每一寸土地及其人民的创造力。而在很多时候，我莫须有地认为，类似毕节这样的偏远地区，不应当像其他地区那样，过早地被城市化和现代化。这个世界，需要一种本然的自我的平衡性的存在，如果每一处都雷同，一般无二，大地将失去个性，附着其上的人群和其他动植物，也将被“整齐修剪”。这种命运，似乎是不可避免的，又是矛盾的。

好在，总有一些事物的内里是不会改变的。如毕节，她在贵州高原的那种雄奇、峭拔与炫彩，全球化和城镇化进程并没有真正地影响到她存在的样貌与精神本质。安顿下来，见到冉正万、陈涛、陈然、彭澎、顾坚、史小溪、哈森、宝贵敏等诸多朋友，还有我刚开始写诗的时候，就名满天下的诗人李发模。他那两道剑眉，那种不缓不急的说话方式，让我很是羡慕。我的性格当中，急躁的成分太多，缺乏的就是一字一句，铿锵顿挫。也因此，我产生进一步靠近李发模的愿望。陈涛老师是我在鲁迅文学院期间的班主任，现在任职中国作协创联部，人正，文章也极好。又是一顿酒（我只是观战，实在推辞不过，抿一下）。散后，大家各自安歇，正万兄到我房间聊天，推心置腹之间，我也吐露了自己的隐秘心事。

事实上，人生在世，关于生活和内心的方向，更多时候更接近夜幕和烟岚。或者说，这才是命运的基本底色，处身其中，但永远无法准确定性自己的感觉与下一步的途程。尽管和正万兄在今年内先后三次见面，这一次，我才告诉他，自二零一一年或者二零一六年初，我患了严重抑郁症的事情，并且简要叙述了生病原因及体验，还有个人的一些想法。冉正万是一位优秀的小说家，为人也极为真诚。早在二十一世纪上一个十年之初，他就是我在《山花》杂志发稿的责任编辑。近些年，又推心置腹几次，我对他的情感，有一种兄长般的信赖、喜欢与尊敬。

毕节之夜，没有太多的噪音，暖而且安然。站在十六楼张望，半个高原城市灯火灿烂而又静谧。我忽然想到，在这里的古人或者不远的逝者，他们当年在这里的生活，该是怎样的一幅情景？这看起来生机勃勃、一片安详的夜晚，以及夜色和灯光以下的大地，究竟发生了多少传奇，其中悲剧、喜剧、荒诞剧与神话剧，肯定一点也不亚于世界的每一块人类聚集的地区。如此一想，凭空觉得这夜晚，尤其是我在的这一时刻，有了一种黏稠的凝重与板结的感觉。大地的每一处，都是人类的生身和葬身之所；每一处的泥土和人迹，生死都紧密联系在一起。而生死之间的张力，是活着，各种各样的生老病死、战祸天灾，但人和草木河流，总是有着无比的类似性，一茬茬，一层层，一代代，推推延宕而来，又汹涌而去。

我的睡眠一直有问题，可这一次，在毕节睡得特别入味。一个人一旦置身于陌生或者新鲜的地方，从某种程度上讲，就会获得另一种身心的安宁。这肯定是地理在起作用。早上醒来，天是阴的。宛如成都。阴霾总是令人不舒服，尤其对我这样的抑郁症患者。好在，大家一起，说说笑笑，就觉得自己是另外一个人了。金海湖新区工作人员带我们去正在修建的毕节高铁站。正在施工的工地上，机车轰鸣，古老的大地被人为勾勒，形成一个新的场地。我也知道，高铁通了之后，对毕节乃至整个贵州，特别是毕节地区而言，不啻是一个福音。向内和向外的通道，在当下的环境下，对于当地的经济发展，人们之间的互联和沟通，是至关重要的。再者，财富的聚拢和疏散，以货易货的文明与文化的发展，都离不开舒适便捷的交通及其配套设施。

就此而言，金海湖新区对于毕节的重要性不言而喻，这个大的交通枢纽，将来就是整个毕节的主动脉和人、物的集散地，对于拉动经济和旅游发展肯定意义作用重大。在参观的时候，我在想，其实，每一个人和地方，生来就不是单一的。也就是说，任何人和事物不管是活动的还是坦陈的，永在的还是速朽的，在这个世界上，都不是单独的存在，必然有使命和承载。一个人所能的，不仅要照顾好自己，且要对更多的人的生活和生命进行必要的呼应与照顾。具体到金海湖新区的设立和建设，它的初衷，一定基于此。即，为更多的毕节人带来现实生活的改变，进而对这里的每一个人的生命和生存质量产生更新的推动与提升。

据当地介绍，金海湖新区另一个特点，是规划和建立了职教区。这种培训，其目的是给更多的人提供各种技能，从而改变他们的现实命运。在当下的世界，人工智能的席卷悄无声息，但影响深远。人类在科技的道路上不遗余力，看起来越来越便捷与轻松，繁杂和高难度的工作都由非人的智能去代替。这看起来是一个进步，反过来，也是对人的生存空间和智力乃至肉身、精神的一种挤压与“等价值抵消”。对此，很少人觉得忧虑，但残酷的事实已经逼近，我们不可以浑然不觉。因为，这个地球及其一切就是为人们而天造地设、量身打造的，而不是为人类的其他“附设”与“臆想及其成品”。

金海湖新区职教城不远，便是面积四千亩的湿地。湿地被称为“地球之肺”。它的存在，对于金海湖，对于整个毕节，完全有一种天赐的感觉。绕着湿地行走，呼吸到的是那种温润轻软的气息，来自大地深处，也掺加了天空的雷电云霓的气息。与云贵高原别处的红土不同，这里的泥土是亮黄色的，还有淤黑色。再乘车去野外，尽管天色阴暗，满山的碧绿依旧令人心神清澈。在西南乃至中国的南方，常青的草木是对人和万物的另一种身心滋养。在毕节，青翠的竹子棵棵如箭，紧密成林，一排排一行行地站在大小山峦上，飒飒有声或者沉静如斯。到双山大峡谷，蓦然觉得，毕节的水资源也是异常丰富。这条水路，名叫落脚河，属于乌江水系，并与六冲河交汇。

泛舟其上，虽然有些冷，可人在汪洋大水中的感觉，让我想到一个人之于亿万同类之中的虚妄和缥缈。这蓝色的大水，都是涓滴所聚。像极了人类。一滴水在其中，它的任何形态和移动，自己都无法掌控，包括消失与存在。老子《道德经》以水喻“德”，说它“利于万物而不争”，为“上善”，并强调“上德不德，是以有德；下德不失德，是以无德”。在双山大峡谷的深阔大水之上，我也觉得，水，其柔韧的本性，其实是人最美好的品德之一，而水的存在，却不只是润泽万物，它所有的柔韧的目的，就是要遂行泽被，并且无休无止，对任何事物都不恋不舍，无论脏净美丑、高低贵贱。

这种美德，当然可以引为世间万物之最高美德。而水的柔软，还有一个目的，那就是所有的软的积攒，都是为了硬的爆破与冲撞和摧毁。也如老子《道德经》“极则反，盈则亏，此乃天道也”之言及其所揭示的人间至理。

泛行之间，我发现，两边犹如刀劈斧砍的峭壁，犹如两面被时间锈蚀了的镜子，用一种笨拙的方式，与怀中蓝色大水相互比照。山和水，川谷和江海，这种积攒和容纳，收容和篡改，都带有强烈的哲学意味。据说，这峡谷全长二十六公里，两边的峭壁在每一段水域，都形貌奇状，各各不同。五个人坐在一艘快艇上，一会儿看翻滚的浪花，一会儿被两岸茂林修竹所吸引。在一个转弯处，蓦然有一只硕大的白鹤，长嘴红爪，一色洁白，站在伸出水面的一截枯木上。我们惊异，以为是人造的。待快艇逼近，却见那犹如雕塑的美禽，忽然张开硕大的翅膀，呼啦啦地飞起，越过对岸的悬崖，消失在昏冥的空中。

倘若日光明亮，双山大峡谷更为雄美。上到堤坝上，却发现，临近的崖壁上长满了爬山虎，正是初冬，有些茎叶干枯了，紧贴在光滑的石壁上，形成一种奇怪的纹路，远看，犹如一种艺术品。那纵横交错，但实际上线条别致，甚至突兀而又充满张力的图案，是植物自己的杰作，是它们用生命完成的精神图腾。我用手机拍了下来，端详之间，有一种深深的震撼感觉。也觉得，大地上的一切，都在进行着各种各样的自我创造，不管生命如何卑微，生存环境如何的优裕与逼仄，它们都有自己的方式去存在，去活着和创造。怪不得，人总是以自然物自比和类比。我也相信，万物之间，形态各异，本质相同。我们与万物，不是主宰与被主宰的关系，而是生死存亡的密友与同类。

就像去海马宫茶场的时候，感觉也是非常清亮。山川之间，嘉木生焉。茶这种植物，进入人类的生活，完全是诗意的。相比五谷杂粮和各种动物的肉，茶叶带给人生命的体验，诗意已经不能全部囊括，佛家的禅茶可能更适合一些。因为，五谷杂粮和各种肉食不过是为了维持生命的能量，至于美食之说，也不过是一种口舌之间的玩味，说到底是低级的，还处在进化阶段的，而茶叶，则是对人的精神的一种滋养和润滑，还有灵魂层面的提升与觉悟。海马宫的绿茶，味道清冽、略涩但香气馥郁，沾唇微甜，入喉清爽，果真是西南地区高山茶的代表之一，虽然比不得竹叶青的味道纯，但在绿茶当中，肯定是一等的佳茗。

海马宫是一个彝族聚居村，村庄坐落在一片洼地里，白色的平房或者楼房，不规则却很自由地散落。村子背后，便是连片的高地山丘。斯时，大雾弥漫，将整个海马宫笼罩在一片虚无的幻境当中。好山好水出好茶。海马宫这个地方，确实是毕节的仙境。吃饭时候，我和李发模老师坐在一起。这位老人，与我母亲同龄，人非常精神。吃的是烧烤，当地人好像很喜欢这些。我则对蔬菜稀粥感兴趣。肉食我天生不爱。不是矫情，而是觉得，吃肉是人类的与生俱来的一种谬误。其他人喝得晕乎乎之间，我私下问李发模老师，对当下诗歌有什么看法。李老师摆摆手，笑笑说：不说。

之所以这样问，是我现在供职于诗歌刊物，每次遇到诗人，总想问问他们的意见，以便于对自己有益，也对刊物好提出建议。李老师的"不说"让我肃然起敬。也觉得，诗歌在当下，聒噪和虚化、人为的东西太多了。浮在面上的，经得起推敲的太少了，更可怕的是盲众和泛众的不明就里，跟着起哄。我们的诗歌，需要的是扎实的，基于前瞻与回望而进行的自我创造，是自觉的自审与自省，以及回到诗歌本体的优雅与从容，而不是呼喊与叫唤，离谱的抬举与互吹。

饭后，正逢海马宫学校的师生们在表演节目，蒙蒙细雨中，孩子们表演得认真，充满了乡野气息，民族味道也很足。我看那些孩子，大都是彝族和苗族的，每一个，都是那么令人心疼。也不知怎么了，近两年来，我对孩子有了一种不能自已的亲近和热爱。人到中年，觉得唯有与孩子一起，方才觉得这个世界是美好和安全的。

而且，我相信，这种感觉不是凭空而来，而是一种预示。返回住处，饭后，去找李发模老师拿书。李老师签字后，又与我说了一些话，不多，但每一句都觉得了这位长者内在的善良、睿智和经验。感激之余，也觉得了前所未有的信心。

又是夜的毕节，城市连片灯火，天空依旧阴霾，冷风在窗外运行，人间依旧，唯有我在的毕节，还是这般沉静。沉沉睡梦中，高原的又一夜过去了。早上，冉正万兄似乎是第一个返回贵阳。他在群里说了，我没有下楼送他。中午，我到机场，李发模老师短信说，无论何时，去遵义，他都欢迎。他也对遵义诗人未言说，以后要把我当自家兄弟看待，多帮我，照顾我。正万兄也发来微信说，心情不好了，来贵阳，他带我四处走走。我不由流泪。看着陈涛老师和哈森、宝贵敏等人登机，我一个人坐在候机厅内，只觉得身下的毕节，一点点在身体和内心生动与温暖起来，持久而隆重。

杨献平

河北沙河人，一九七三年生。作品见于《天涯》《中国作家》《人民文学》《大家》《北京文学》《山花》《诗刊》等刊。曾获全国第三届冰心散文奖单篇作品奖、首届三毛散文奖一等奖、全军文艺优秀作品奖、在场主义散文奖、四川文学奖等数十项。已出版的主要作品有长篇文本《梦想的边疆——隋唐五代丝绸之路》，长篇小说《匈奴帝国》，散文集《沙漠之书》《沙漠里的细水微光》《生死故乡》《作为故乡的南太行》《历史的乡愁》《自然村列记》《河西走廊北151公里》，以及诗集《命中》等。现居成都。中国作家协会会员，《星星》诗刊主编助理。

金海湖的初冬

沈洋

一

《路上》：火车钻过云南的钻洞／昭通藏匿太阳／毕节张开浓雾／雨雾里住有亲戚的亲戚／早年做瓷器，绵泥巴抿罐子／包谷饭糊嘴巴／如今吃大米住新房／在威宁县城／有诗人同学／有摄影陌友和接头暗号／他们平时上班淘生活／业余拍照写诗养精神／滇黔一路粘连／称兄道弟／只为一头扎进金海湖／听说那里是生命发源地／有一道城市大峡谷／有一棵千年古银杏／有奎文阁、集安营和乌箐／正在谈诗论道／把酒临风。

很有些时日没去毕节了。事实上，就没有真正去过。

早在二零零零年时，我们一行三人从茅台镇回昭通，搭乘彝良县报社的一辆“反帮皮鞋”，路过毕节。印象最深的，是路边那些参差不齐的砖瓦房或土坯房，感觉这地方，和我的老家一样贫困。更有黑夜与浓雾的勾结，让我们在一块陌生的大地和山野间摸索，寸步难行。

接到金海湖新区的邀请函，知道一个多年前就神交的诗人彭澎正发起一个全国知名作家走进金海湖的文学采风活动。作为毕节的邻居，我还是有那么一丝丝的冲动，想去看看如今的毕节变成了啥模样，那个金海湖是不是盛满了一盆金子。

于是开始研究路线。如自驾车从威宁去金海湖，昭通至威宁段高速路正在建设中，老路坑坑洼洼，太颠，而且起码也得走上四五个小时。如是从镇雄绕道走，至少也得五六小时车程。这才真是体味到路难行，难于上青天的滋味了。就更加盼望着昭通至威宁的高速路早日通车。幸好，还有火车。而且与著名作家夏天敏和周翔先生一路同行，一路畅聊，真是快哉。

火车似乌蒙高原一支放飞的箭，一路越山飞桥，穿村过镇。昭通阳光甚好，从火车窗里斜刺进来。整列车厢，都弥漫着阳光的味道。这金色的阳光，与我们奔赴的金海湖，都有着金子般的光泽。于是，心情大好。这一去，想必又会搂回一篓“金子”。

威宁作家唐福德到草海车站接我们，火车转汽车，我们驶入了威毕高速，如入无人之境。乌蒙山系层次分明，夹道欢迎，时而雄峨，时而坦阔，其变化万端之气象，让毕节这片山水充满厚重和灵动之气。尤其沿路两边那些从地上冒出来的新式洋房，别致的造型，粉白的颜色，端庄的气象，均彰显出这块土地蓬勃向上的力量。

于是想起曾经为毕节写过的一首小诗《毕节》：多年前的身体／匍匐，朝圣／穿越过一片苍茫大地／明代的酒香裹着小脚，迈着碎步／穿越枪林弹雨和浓雾／循着黔西北的方向／钻头觅缝／七星关，大方的名字／俯首即拾，唯有金海湖／还深藏瓦厂塘／沐浴，更衣。

二

《金海湖》：往大方十五公里／往七星关十五公里／当年奢香夫人的砖瓦厂／从明代就开始给一片金子抛光／水做的金子／命打的金子／冒出的花火，叫金海湖／与滇东北的昭通和世界／只有心的距离。

之前并不知道金海湖的。不知道，并不说明金海湖名气不大，只能说明自己孤陋孤闻了。

金海湖作为一自然之湖泊，是有些历史的了，但作为一个行政区划的命名，只能算得上一个呱呱坠地的婴儿吧！

金海湖新区属“毕节三子”之一，与七星关、大方并列，隶属毕节试验区“一城三区”同城化核心板块。

这个于二零一五年底正式成立的新区，总面积五百九十五平方公里，总人口二十七万人，辖小坝、梨树、双山、竹园、青龙等九个乡镇（街道）九十三个行政村。九个乡镇如金海湖的九个儿子，散落在金海湖起伏有致、磅礴蜿蜒的群山秀水之间，如一颗颗珠玉般静卧，散发着灿烂的光芒。这是一个从降生起就做着城市化和工业化梦想的“新生命体”，因此还在娘胎里，就预留了一百二十平方公里的城市规划区，二十三点六平方公里的工业产业园区。产城一体、校城一体、港城一体、景城一体、城乡一体就已成为金海湖“五位一体”的五个风火轮，安装在这个新生儿每一个能与大地接壤的敏感触角。

沐着黔西北温润的阳光和柔绵的雨雾，金海湖结合扶贫攻坚，把职教产业作为一个事关金海湖前途命运的关节点认真培育，把工业园区作为这个新生儿脑门上的镜子，精心擦洗，一再点亮。毕节机场扩建工程、铁路站前广场、国际内陆港、临空经济区等项目也如火如荼跟进。如此气势，真可谓起点高、手笔大。俗话说“人看从小，马看蹋爪”，金海湖这个孩子，从一出身就发育良好，已然显露出了不凡的气势。

毕节多雨雾，树木浓葱，层峦叠嶂，水山相衔，“大山为景，小山为园；大湖为心，小水为带；峡谷为络，绿廊成网”。这是金海湖人独创的规划理念，志在必得的金海湖人正全力打造一千二百亩金海湖湿地公园、五千亩归化湖以及二十六公里的城市峡谷风光——双山大峡谷。

数风流，还看金海湖。这里已成为坐拥黔西北唯一拥有机场、铁路、高速公路、高铁客站、铁路货站、内陆港物流园区和工业园区的新高地，大物流、大商贸、大平台、大发展的风云激荡正在上演。飞雄机场也如一只膀臂伸展的大鸟，张开羽翼朝向四方，飞机可直通北京、上海、广州、深圳、成都等国内主要城市。蜿蜒成景的成贵快铁、昭黔铁路、隆黄铁路和毕—水—兴城际快速铁路、杭瑞高速、厦蓉高速穿境而过，一小时进黔中，一个半小时进成渝，两小时进“珠三角”经济圈的梦想已经实现。金海湖，无疑已成为对内连接成渝、滇中、黔中经济区，对外通达东南亚、南亚的重要通道。

金海湖人是有雄心壮志的。他们为自己规划了美好的前程，到二零三零年，新区建成区面积将达到一百四十三平方公里，人口将达到一百万人，城镇化率达百分之七十以上，城市绿化覆盖率达百分之六十以上，人均公园绿地面积达九平方米以上。到那时，一个微笑的金海湖，一个丰盈的金海湖，一个诗意的金海湖定将美丽优雅幽居于乌蒙群山中。

三

《海马宫村》：雨雾洗过的脸／是茶的颜色／贡茶抹过的风／哼着明代的采茶调／肺没有味道，透明／脑不用上班，睡到自然醒／寨子里苗族和彝族的孩童／他们的盛装裹着太阳／只要一起舞／就泄露满地阳光。

海马宫，因彝语“合莫谷”谐音而得名。地处竹园苗族彝族乡的海马宫，海拔一千六百多米，年均气温十三摄氏度。因峰峦流岚，群山环绕，水流潺潺，非常适合茶叶生长，因此，海马宫自古以茶闻名。据《中国茶经》记载，海马宫茶“一饮生津破闷，再饮情思朗爽，三饮得道通灵，使君融入和、静、清、园之境地”。今天，还能在海马宫看到古茶树再发新芽。

史载，明朝时，奢香夫人以海马宫茶上贡明太祖朱元璋，太祖品之大赞，奢香夫人就建黔中驿道，为大西南开辟了一条往来商道。往后，清朝官员简贵朝，带来了“竹叶青”制作工艺，加工成“竹叶青”茶送大定府品尝，再得官府好评，便成为朝廷贡品，岁岁上贡。经过多年打造，目前，海马宫茶场有茶园三千四百多亩，“乌蒙山宝、毕节珍好”系列茶已成名优农特产品，成功进入中国名茶排行榜。

去海马宫村时天正下小雨。下得车来，我们沐着初冬的小雨走上了一条通往茶园的路。路是水泥路面，早已被雨水打湿，空气中透着水气，吹着凉风，有些冷。

雨不大，没有人打伞，大概进入冬季，少雨的缘故，也没有人备雨伞。幸好雨不大，大家穿行在小雨中，感受冬雨的抚摸。爬上坡绕过一个路弯，折到一排小房子前，便见一排遮雨棚，大红的颜色像是这个冬天雨雾里钻出的太阳，醒目，温暖。

村里的姑娘媳妇们个个热情俊俏，大方洒脱，忙把她们自己亲手种植的新茶奉上。雨棚下一溜排开，摆了几张桌子，四周摆了塑料凳，一看，就像是农村拉开场子办红白喜事的架势。村里主事者带着几位村民忙前忙后，筹备这次接待事宜。顺房子的墙角，摆了几个烧烤架，里面燃着木炭，红彤彤的，朝外散发着热量，有人就挨近炭火，去感受木炭在冬天里散发出来的巨大诱惑力。

村里的彝族和苗族老乡们早备好了新鲜猪肉、豆腐、韭菜、洋芋等菜品，放在烧烤架上烤得滋滋作响，青烟四起，香味四溢。不多时，就盛在碗里抬上桌，采风团的作家们一个个馋涎欲滴，大快朵颐，吃得欢畅淋漓，好不爽快。

席间，老村主任给大家唱了彝族歌和苗族小调。老村主任身材魁梧，约摸一米七八的个头，胖，站在我们面前像是一座小山，让我们都倍感压力。他先端着酒碗说是来敬大家酒，说海马宫方言都有些打结，不是很畅快。我想，这一定是本色的老村主任，他也许是从来没有一次见到这么多全国各地的作家诗人吧，要不然，从村主任岗位上退下来的老干部，一定是不会怯场的。果不出我所料，当旁边一村民多嘴，说老主任会唱当地民歌时，老主任果真有些腼腆，脸瞬间红了。不过，周围的人开始起哄，鼓动着他。老主任终于没有了招架之功，答应唱歌。于是端着酒碗，朝后退了几步闪开场子，清了清嗓子唱了起来，边唱还边转起了圈圈，来了个三百六十度大旋转。老主任在表演的那一刻，再也没有了怯场之态，显示出了一个乡村老歌者的自信与豪迈。歌声落，老主任微笑着双手举碗，咕的一声，一碗村里人自己煮的米酒就下肚了。这让我自然想起了“大块吃肉、大碗喝酒”的本色描述。老主任唱的歌，词儿说了啥，其实我们也听不懂，咿哩哇啦，曲调优美，旁边一位五十来岁的老者补白说，老主任唱的是苗族的歌，还说他还会唱彝族的歌，说老主任是彝族，但一直生活在苗寨里，所以会彝语和苗语。

大家就起哄，说老主任再来一首彝歌。老主任拗不过大家的热情，在一阵热烈的掌声落幕后，又来了一首更为深情豪放的彝族敬酒歌。在老主任的带动下，村里的文艺表演队也来了兴致，五六位村里的姑娘媳妇着苗族盛装，头戴挂满银器的红色帽子，穿一身红花裙服，也坠满了各式银器，一个个笑容满面，灿若桃花，一桌一桌敬酒，唱得大家热情喷涌，激情四射。整个场面热闹火爆，把那些来自四面八方的作家诗人们给陶醉了，迷住了。

让人尤其感动的是，村里知道我们要来，早几天就精心准备了一场文艺表演。这时，天空中飘起了小雨，看着早已围成一圈的当地群众，我都有些疑惑，下着雨，不会表演了吧。我们就先钻进车里。可演出队还一如既往做演出前的准备工作。著名诗人李发模老师也发话了，说，下车吧，看，人家都准备了，不看不行的。发模老师虽然说得轻缓，但我分明感受到了老师话语里的坚定。发模老师带头，车里的年轻作家们鱼贯而出，融入了围观的人群。

首先上场的，是村里的少男少女着苗族服装表演的芦笙舞，接着是村里幼儿园的小朋友们表演的少儿舞蹈，再是村里的广场舞大妈们上场表演。之后又轮流表演了好些个节目。音乐声声，群舞翩翩。尽管天空小雨飘扬，但村民们热情不减，冒雨表演。小朋友们小脸蛋粉嫩通红，美艳如花，看着孩子们小雨中认真而天然的表演，看着他们冻得有些发红的小手，不禁心生怜悯，见幼儿园园长带孩子过来，我轻声建议她下雨了，孩子们就不用表演啦，怕冻病了不好。可孩子们却表现出了强烈的表演欲望，眼神里透出了坚持到底的坚定。想想城里那些养在温室里的小宝贝们，出门怕风吹雨淋，进门衣食伸手，可谓锦衣玉食。而寨子里这些彝家苗家的孩子们表演歌舞不完不散的劲头，何不是这个寨子的精气神。有了这股精气神，还有什么困难克服不了？

说到海马宫村，自然要说到村里的茶。

去了竹园乡的海马宫村，兴奋之余，忍不住写下一首小诗《竹园》：火把驱散迷雾／歌谣吓走鬼神／彝胞的新房像地里的庄稼／刚刚从季节里探出头来／我从昭通来／汽车转火车转步行／找不到一个熟人和亲戚／却遭遇了一群墨客／他们的笔插地长竹／他们的魂落地生根。

真不舍离开金海湖，这是个美景和诗意栖居之洲，是个来了就不想走的养生宝地。于是对金海湖这个地名也好生好奇。据说金海湖之得名，源于瓦厂塘。明朝时，奢香夫人为建造贵州宣慰府，命人在湖边制造砖瓦，后湖面得以扩大，称之为瓦厂塘，因湖水清澈，阳光照在湖面上金光灿灿，故当地人称之为金海湖。当然，金海湖的美还不只这金灿灿的外衣，这里有国内罕见的长达二十六公里的城市峡谷——双山大峡谷，水绿山碧，崖险峰雄，九曲八弯，幽深迷人；这里是生命发源地，自侏罗纪时代，这片古老大地就有生命繁衍，在一万年前的旧石器时代，人类的祖先就在这片古老的土地上生息；在小坝镇莺戈岩村坡头上组，还有一棵千年神树——古银杏，这是当地人的一棵许愿树，一棵精神树；这里有建于嘉庆十三年的奎文阁遗址；这里有建于同治三年的古建筑遗址之集安营；这

里还有乌箐国家级森林公园，其东南观音岩麓草坪北缘还有一个奇木怪石园。在金海湖，真可谓一步一景，处处迷人。

是的，金海湖虽然是个刚降生不久的孩子，但这块土地的古老不变，这片山水的风韵不变，这方沃土的神秘不减。还有许多的新鲜事物层出不穷。就像在金海湖的地盘上，那个正日夜生产着高品质鸡蛋的养鸡场一样，规模大得围住了一座小山，效益好得让老板和村民笑退了浓雾，那些在不经意间日夜为下蛋作准备的鸡们，异常高明地有着对于生命的另一种诠释和期待。这让我禁不住再写一首小诗《圣迪乐》：

在响水／水响蒙在浓雾里／只看见无数的鸡生蛋／这里的鸡住公寓楼／这里的鸡走传送带和电商平台／落地、打湿、刷洗／烘干、上油、发货／每一枚蛋都在接受挑选与淘汰／淘汰的去施肥／入选的去扶贫。

这些，大抵就是我对金海湖初冬的印象了。

沈洋

七零后，云南省昭通市人。中国作家协会会员，中国电影家协会会员。云南省昭通市昭阳区委常委、宣传部部长。在《中国作家》《人民日报》《光明日报》《文艺报》《中国艺术报》《中国校园文学》《四川文学》《安徽文学》《广州文艺》《黄河文学》《绿洲》《橄榄绿》《散文选刊》《边疆文学》《滇池》等报刊发表作品百余万字。已出版长篇小说《大救驾》《万物生》等八部文学作品集。中篇小说《包裹》被改编为同名电影（编剧之一），入围第三十五届埃及开罗国际电影节“金字塔金像奖”、第四届澳门国际电影节“金莲花”奖，获评为国家教育部和广电总局第三十批向全国中小学生推荐的十部优秀影片之一。电视剧《锻刀》文学原创作者之一，曾获云南文化精品工程奖、云南省政府文艺基金奖一等奖、云南文艺基金贡献奖等奖项。

贵州有一个金海湖

哈森

不曾想过有一天会去黔西北，不曾耳闻贵州的毕节有一个地方叫金海湖。只听说过，贵州到处都是大山，大山曾是那里的人们与外界的鸿障。对“蜀道难，难于上青天，黔路难，更比蜀道难万千”，倒是略有耳闻。

因为一份文学的邀约，我和卓拉踏上了从初冬的北京去往金海湖的旅程。是的，如果不是文学在召唤，我对金海湖，也许会一直保持一种认知空白。

起初以为北京到毕节没有航班，搜各种中转路径，搜到的基本都是一个叫庞巴迪的机型，心里不免有点发憷。后来无意中看到，北京到毕节已经有了直飞，而且只有三个小时，机型也比较有安全感。于是，北京飞毕节的三个小时，成了卓拉我们两个人的狂欢之旅。我俩说了将近一年没说上的话。真是过瘾。我和卓拉，是那种只要有一分钟，就想说三分钟话的朋友。这份友情的根基和延续，无不与我们热爱的文学有关。

飞雄机场，有诗人彭澎和金海湖新区的同志在接机。也可以说，一种源于诗歌的纯粹和惺惺相惜，一种远隔千山万水却延续不变的友情，一个召唤即让我跟金海湖产生了关联的红线，是彭澎。

飞雄机场到金海湖新区的路，无异于任何一个发达地区的高速。车窗外晚秋的绚烂飞逝而过。车上的人们开始言语交流彼此相识。就这样，我认识了本土八零后作家黎巽僎。小黎让我在赠书上签名时，发现他的名字很特别，我这个从小学蒙古语长大的人，第一眼看这两个字，还真是读不出来，不甚汗颜。小黎告诉我：名字是祖父给他起的。巽字为八卦中的一卦代表风；不过听老人讲，单从巽字而言，解字的话上面两个巳字是遵从、辅佐的意思，加上下面的共字，表示共同辅佐，共同遵从。他家有兄弟二人，他排行第二，表示共同遵从、辅佐的意思。加上第二个字僎，通假字，通尊敬的尊，所以老人家给他取这个名字的意思是希望他们弟兄两人，能谦卑，恭敬地尊敬、辅佐别人。我跟小黎说，你们贵州好有文化底蕴，您的祖父一定是旧时私塾出来的老先生吧。当时，有些腼腆的他笑而不语。今天，在朋友圈里读到他的散文《南檐纳日暖》，文中谈到他的故乡——叫作后箐的村庄以及他的家人，他温和地描述道："……水上清风，山间明月，无一变换，故里版图，不过旧时模样，一一如昨。若说有不同的地方，大抵是我的这家人，农闲时，好读散书几本，所谓耕读传家的意思。年少时，还未进学堂，祖父便把《三字经》《百家姓》之类老书，用毛笔写在白纸上给我描红，一为学写一点毛笔字，更为重要的，则是让我自小就要懂得树德立仁的道理。尤记得最初学写的是'天、地、人'三字，初时不过跟着胡乱勾描，现在渐渐明白，'天、地、人'三个字的内涵实在过于深广，于祖父那里而言，是让我们上下能顶天立地，中间能坦坦荡荡，诚以待人。"在这样一个喧嚣的年代，能感受这样的家教家风、人文风貌，能读到这样的文章真是感觉难能可贵。

次日，我们开始领略金海湖新区的风貌。参观了新区高铁站、规划展厅、高职院校区，不由感受到现代化的高铁即将链接黔西北的大山和更为广阔更为精彩的世界，金海湖新区即将以现代化的面容展现于世人眼前。

金海湖公园，湖区还在建设之中，彼岸有山，四周绿树成荫，足以畅想它的四季，将是怎样的风景怡人。公园里，有大片大片的千日红、野菊、勿忘我……都是我喜欢的色系。尤其是千日红，在北方是少见的。相比那些宏伟的东西，我更喜欢关注花花草草小生灵，能够在一个陌生的地方，遇见自己喜爱的生命，应该是一种前世的约定吧！初冬时分，我从北方来，遇见她们 —— 那么一大片的花海，仿佛每一朵花都在等候你的注视。即便是贵州红土地的红泥巴黏得我的靴子不成样子，我还是徜徉在花海中，不忍归去。

高高的乌蒙山，美丽的水西女
爱唱着水西谣，等待着回家的人
古老的幕俄格，出征的男人们

爱唱着水西谣，想起了梦中的她
走过了千万里路，唱过了千万支歌
抵不上唱一句，思念的水西谣
走过了千万里路，唱过了千万支歌
何不唱一句，梦中的水西谣
唱一曲水西谣，男人们酒醉了
再唱一曲水西谣，女人们心碎了
太阳是月亮的歌，月亮是太阳的梦
男人是女人的歌，女人是男人的梦

轻车行驶在金海湖新区，歌声荡漾在每个人的心间。几首歌的工夫我们到了双山大峡谷。大自然格外偏爱金海湖的人民，在金海湖新区三百八十二平方公里的土地上，鬼斧神工地开辟出了偌大的城市大峡谷。泛舟水上，清风拂面，两岸的山崖巍峨庄严，山石间却生长出不少不知名的树木和花朵，不由感叹自然的神奇、生命的坚韧。每当面对这样的自然奇观，我对自然充满了敬畏之情。那些近乎神性的山石、那些表面平静却暗流涌动的河水、那些生长在岩缝里的树木植物面前，我们人类都是渺小的。每当面对这样的自然奇观，我总会词穷，感觉我们再艺术，也艺术不过自然。每当面对这样的自然奇观，心里总会升腾一些歌谣，又如：落脚河上面崖对崖／金海湖边荞花开／谁把月亮挂天上／照得想说的话流成海……

第三天，我们走进了海马宫万亩茶园。那天细雨霏霏，山头云雾缭绕，坐在青幽幽的山里，细品一杯海马宫茶，青高品醇，回味甘甜，再观一场芦笙舞，海马宫的绿水青山从此便驻在了心间。令我感动和感慨的是在海马宫观看的那场民间演出。雨一直在下，不大不小。尝了一杯米酒，有点小晕，又到了我习惯的午睡时间，原本我想偷个懒回到车上打个盹儿。但是，见海马宫幼儿园的小朋友在雨中表演节目，在雨中认真地表演节目，我不由自责。望着那些孩子天真无邪的笑脸，专注可爱的表演，所有的劳顿霎时烟消云散。我开始给海马宫的那些孩子们拍特写，包括在场外的儿童，在母亲的背上酣睡的婴儿。

接着是苗族的芦笙表演。第一次这样近距离现场领略芦笙舞的魅力。帅气的白衣少年，忧伤的芦笙旋律，流畅的芦笙舞技，沉醉了八方宾朋。江西作家陈然说：芦笙就是恋歌。这一句真是恰当。芦笙舞，让我想起了我的马头琴，一南一北两个民族，一吹一拉两种乐器，让我的心一样地感受到了一种尊贵的忧伤。

演出的最后，是一群大姐上台表演现代舞。如果是在我所居住的京城，我是不屑看这样的表演甚至会厌恶。北京的夏季夜晚经常听到广场舞的喧闹，甚至是噪音。每当那时我会绕道而行。然而，今天不同。我在她们的脸上，读到了大都市的广场舞看不到的真诚，以及一种满满的自信。这里远离大都市的喧嚣，这里保持着大山里的淳朴，这里洋溢着满满的文化自信。

夜色向晚，我们恋恋不舍地与海马宫的乡亲们挥手告别。

这时，彭澎的手机铃声响起。是他帮我们约的蒙古族人，并告之相聚地点。

这时，卓拉和我的心头涌起一股暖流。

远离草原在贵州生息六百多年的“铁改余”姓黄金家族的族人要见我们。这是我们此行没有预想过的意外惊喜。

关于“铁改余”姓黄金家族，去年从中央人民广播电台蒙古语广播了解到一些信息：蒙古帝国成吉思汗第五代孙铁蔑赤（又名铁木健），被成宗铁木尔封为南平王。铁木健膝下育有九子一女，分别排序为秀一、秀二、秀三、秀四、庚五、庚六、庚七、庚八、庚九、庚十（女，名金莲）。元朝末年，红巾军起义，朱元璋的大军让元朝退到漠北。铁木健之九子一女庞大家庭，身为蒙古贵族难逃厄运，情急之下，九子一女举家携银帛，带家仆共三百八十余口向西奔逃四川。逃至四川泸县（现泸州市）凤锦桥时，十兄妹决定改名换姓，隐藏蒙古族身份，以躲避红巾军的追杀，并化整为零分散奔逃，自寻生路以求生存。议定改铁姓为金，又恐金铁相近，便去掉金字下面一横为余，以余为姓永不更改，日后相认不得视为路人。十人咬指为笔，以血为墨，每人书诗一句，组成十句联诗一首，分别收存，作为日后相见、亲情传承确认之依据。这一悲壮情形就是蒙古族“铁改余”姓历史的由来，九祖一姑“分手诗”也是铁改余历史非常重要的史料，且世代相传。明朝末年，四川又发生“甲申之乱”，战乱的屠掠让四川各地百姓大举外逃奔命。隐居四川各地十兄妹子孙的平静生活再遭破坏，大部又外逃至贵州、云南各地另觅生存净

土。时至清朝，在长期稳定的社会状态下，九祖一姑的部分子孙又陆续返回四川，有的则长期定居云贵高原。这就形成了六百多年来“铁改余”氏族人在大西南遍地繁衍的状况。铁改余氏族人秉承先人风骨，艰苦卓绝，顽强拼搏，生生不息，与时俱进，对西南地区的经济发展、民族团结、文化交流、社会进步等方面均有一定的贡献。

以为约见我们的族人只有一位。卓拉甚至在路上做好了访谈提纲。然而，当我们走进金海湖那家餐馆的包间，我们惊呆了。

一大屋子的人。都是我们的族人。一张张陌生而熟悉的脸庞在眼前，一股股无以言表的心情在翻腾。我忽然忍不住要流泪。围坐在一起，面对面地望着，仿佛从各自的脸上寻找那久违的密码。总是要有人说点什么的，大哥余昌龙说，我们黄金家族的姑姑们来了。这一句就足已。我忘却了身有小恙，举起了酒杯，话音未出眼泪就不听话了。本想说很多很多话，忽然又感觉多余，记得流泪唱完了那首《甘迪树》：甘迪树上鸟儿徘徊，亲爱的你从远方归来。酒席一半时，居住云南的同胞们也来了。原来，西南地区蒙古族将于十一月十九至二十日在织金县猫场镇白云村举行圣祖成吉思汗祭祀大典。在广西发展的大哥余昌龙，也是专程回来参加这次祭祀大典的，他是土生土长的金海湖人。

那一晚，我和卓拉享受了公主般的、姑姑般的待遇。我指的待遇不是物质的，而是灵魂的。

金海湖之行，除了感受它新生新兴城镇的风采，我所收获的更多是人文的、内心的、情谊的。而后者，使我对金海湖有了更多的念想和期待。不得不提在金海湖相遇相识的作家朋友们：诗歌前辈李发模、散文名家冯明德、高产作家顾坚、多才多艺的西门、温文尔雅的冉正万、幽默风趣的杨献平、美丽大气的周习，文坛奇才陈然……还有，为了见我这个老同学一面，专程从重庆赶了五个小时的路，又冒着大山的浓雾匆匆赶回六盘水的王鹏翔兄。

最后，要说说陈菊。陈菊是一位笑容可掬、极其安静的女子，让人不由想起“人淡若菊”这词。她著有一本书叫《黔西北青年作家访谈》。因我前年也出过一本叫《通往巴别塔的路上——中国少数民族翻译家访谈》的拙作，于是共同的访谈工作经历，使得曾有“止语”微信名的我，跟这位微信名叫“寂默”的女子有了开口说话的引子。我们在双山大峡谷的宁静里慢慢地打开话匣，一路慢慢地聊……慢慢的她跟我说起贵州的、金海湖的人文习俗，那么的古朴、那么的安然。我忽然感觉有些相见恨晚，而我们想进一步交流时已经临近离别。她说，我们这里“结束”不叫“结束”，叫“归一”，是“九九归一”的“归一”。“归一”是好的，回到初心，回到初相遇的美好。

哈森

蒙古族，七零后，供职于中国民族语文翻译局。中国作家协会会员，中国少数民族作家学会理事，中国诗歌学会会员，鲁迅文学院第十届高研班学员。译著有《巴·拉哈巴苏荣诗选》《蒙古国文学经典·诗歌卷》《罗·乌力吉特古斯诗选》《满巴扎仓》《多兰诗选》等，著有《通往巴别塔的路上——中国少数民族翻译家访谈》《风的印记》。曾获第一届和第三届“朵日纳文学奖”、《民族文学》二零一零年度奖，蒙古国作家协会授予的“为了文学”贡献奖章。

金海湖之光

宝贵敏

金海湖，闪着光芒。

照亮了贵州这块土地与我内心的隐秘连接。

金海湖之路

金海湖在贵州。去金海湖之前，想起我的贵州行。

二零零一年六月，第一次去贵州，先在贵阳开会。早晨醒来，雾蒙蒙的，推开窗户就看到山，山上的树叶绿绿的，有小水珠滴落。出去吃夜宵，爬过两个小山坡，城市里起伏的山路，与北方城市的平坦，形成反差。那次，还去了黔东南西江千户苗寨。从贵阳到西江，很远，车沿着山路走。犹记寨前那条河，水流清澈。错落的木楼就建在山坡上，参差起伏。竹楼上的美人靠，第一次亲见，看大家坐过去相互拍照，感到美。那晚，听着苗家女子唱歌，我和同行的定宜庄老师，在苗寨的星空下，唱起了蒙古歌。

那次，是我第一次见到南方。从小生活在长城以北的北方，南方像是一个秘密花园，被我完好地守护在向往里。去贵州，不仅是去贵州，而是去南方。三天会议三天游玩，长途火车去，又回。旅途上我独自一人。从北京到贵阳往返，火车走了又停，停停走走，我一点都不觉得累，也不觉得长，去南方，一定要有足够漫长的旅程，足够遥远的距离，足够放飞情绪的时空，那才像是去南方。从这次开始，我又前后有五次贵州之行。

相隔十六年。再次来贵州，到毕节，探访这座黔西北的城市。毕节是属于彭澎的城市。电话里，他常操着略带口音的普通话说：来毕节玩嘛，这里气候很好。果然这一次，彭澎召集四面八方的朋友们来此，分享金海湖的传奇。

金——海——湖，我端详着这个名字，一个有湖有水的地方，坐落在乌蒙山腹地，所以，金海湖是一个有湖有水有山的地方。从湖边走过时，水正蓝。距我们到来正好一年前，这里发现有恐龙化石和古人类遗址，而我们要探访的是金海湖新区。古代的古，与此刻的新，形成一种呼应，交错出生生不息的节奏。这一切，让金海湖与众不同。

记得，二零零三年去贵州黎平时，我们几乎是沿着山在走。当地的朋友开车接我们，最好的司机，车开得平稳，可我还是感到大山随时就要压下来的恐惧。层层叠叠的山，密密麻麻的山，高耸入云的山。那是一段怎样的路呢，山那么大，那么近，好像一直追着我们。在那些大山里行走时，总听到当地人说起各种翻山越岭长途跋涉日夜兼程的故事。忽然想起友人蔡劲松的那篇小说《火车》，翻出来重读，是的，他的小说里写到路，文字间有南方的气息，潮湿而寂静。从黎平回来后，我编辑一套“侗族作家丛书”，蔡的小说集《亮是什么颜色的》收录其中，那些文字我曾细读过，字里行间无处不在地流淌着南方山寨的层层意蕴。他的故乡在黔东的思南，地处武陵山腹地，与毕节大致在同一个纬度上，两地共享乌江水。近年来，蔡开始做雕塑，画画。画里，多山，形态各异的山，纵横交错的山，缠绵悱恻的山，尤其水墨画中，那些山，此起彼伏，无限连绵。二零一七年十月，在北航艺术馆双年展上，他又推出题为《故乡》的雕塑作品，构图依然是苍劲的山。我们曾讨论过故乡与异乡的话题，如今置身京城，他的画里竟全是故乡的山影与记忆。

当年，山路难行是贵州留给我的印象。我对路很敏感。从小走过很多路，乡间路，草原路，沙漠路，各种路。贵州的山路，在我的心里始终是一个惊叹号，似乎无法逾越。

而这次到金海湖，感受却非常不同。开始，我依经验，想着毕节在黔西北，肯定要从贵阳转机，没想到，居然有从北京直飞毕节的航班。如此一来，好像少走一个弯路，贵州比十几年前近了。哈森我们俩飞落飞雄机场后，就看到前来接站的彭澎，虽有多次电话交流，却是第一次见面，他一如声音里的样子，安静，略带羞涩。是秋季，毕节的树啊草啊，仍饱含着绿意。

如我们一样，有朋友从云南来，从贵阳来，从六盘水来，一路疾驰，很快就能抵达毕节，抵达金海湖。如今，金海湖的路，四通八达，是联通世界的经脉。而那些大山，不再是阻碍和险境，成为沿途层峦叠嶂的风景。我的大学同学王莉如今在贵州大学工作，人格外安静，开始担心她若来看我，路途太远，就没敢联系，后来得知，贵阳至毕节的高速，只需两个多小时，有些后悔没能与她见面。

金海湖之菊

金海湖的那片菊花，击中了我。

这晚秋的菊花丛。平日里的菊花，如电影《雏菊》中所见，花瓣完美，色泽新鲜，拥有一朵花的绰约风姿。而金海湖边，那一朵朵残菊，猝不及防，突然出现在眼前，刹那间让人看清岁月过于无情的痕迹，躲闪不及。如母亲的脸，也像我自己的脸。是啊，那些粉，那些红润，那些水和光泽，那些青春的色彩，正在或已经被风被雨被烈日被冰雹被时间悄悄带走。

朋友们在千日红中拍照，和成片的黄花合影，真的很美。可我还是想在菊花丛中留影，杨献平拿着相机说："在这菊花里拍，不好看。"我知道。我的表情就如这风过残菊的样子吧，于是，让自己笑一点，头再抬起一点，表情再淡然一些，好吧！这恐怕是我想要的样子，迎着太阳，迎着光，迎着风，迎着微寒，迎着绝望，努力保持向上的姿势，向着天空的方向，背负、告别并生长。

想起一位朋友何三坡，他喜欢菊花，写过一首《菊花》诗：

在月光下
栽菊花　我们的影子
被一只知更鸟的
叫声交迭
又分开
那些风把菊花吹得发紫
山下来的土破碎　疏松
我捧在手里
像摸着亲人的衣衫

何三坡，土家族，祖籍贵州德江农村。有一次，他来出版社找人，我们在楼道里遇上。他说自己写了一篇小说，和夜郎有关。再见面时，就把那篇《挎一篮粽子出夜郎》拿来，我读到一个有趣的家伙写下的文字。过四十岁生日时，他呼朋唤友，在三里屯的贵州餐馆聚会，第一次见到诗人芒克。后来，我们在通州做过短暂的邻居。女主人阿简卷发披肩，从房间里走出来，轻轻地说话，远离尘世的眼神里，有流水落花有魔幻深谷也有轻描淡写，她是画家，热爱文字，她的那本《画室里的风景》，曾一度成为我的枕边书。两个人的家里有一张硕大的桌子，能围坐二三十人，记得我们坐在桌前，一起听过齐豫的歌。再后来，他们搬到燕山。“我转过墙根就看见／燕山上的苍天／苍天下的白云／白云下的原野／它们照亮了／我的眼睛”。二零零八年，何三坡的九十八首燕山诗结集为《灰喜鹊》出版。据说，这位老兄与北京“三个贵州人”老板吹牛说，自己的朋友特别多，老板问，多有多少，你请来让我看看，于是，他组织《灰喜鹊》出版聚会，哇，朋友们蜂拥而至，偌大的餐厅座无虚席。《灰喜鹊》我读了又读，任何时候读起来，都感到好。那首《姐姐》，每次读都难过。“那个生养了五个孩子／总被姐夫打倒又爬起来的人／是我的姐姐／冬天的夜晚／有人看到她在镇子里／卖茶叶蛋／冷风吹白了她的头／那个像一株茅草／一阵风就能吹倒在田里的人／是我的姐姐／生病了，在医院门外站一会／她就回了家。

回到北京，总是想起金海湖的那片菊花。一同想起来的，还有一位叫陈菊的女子。她朴素，寂静，她小声说话，她茹素，她送一对开着小菊花的套袖给我。

金海湖之雾

在茶山。烟雨蒙蒙。

雾，环绕在山顶，漫过树梢，漫过茶园，漫过我此刻的注视。很多年没有看到这么美的雾了，轻柔曼舞，缥缈如烟。对雾，有着近乎迷恋的情绪。记得小时候，大雾弥漫的早晨，枝头结满树挂，银色的世界犹如仙境。

此刻，海马宫茶园，沉浸在迷离的雨雾中。我们置身其间，看雨，看雾，合影，记录相聚的欢愉时刻。雾久久地缭绕在山头，远处的白房子，停在山脚，近处的树枝上，小雨滴倒挂着，如一粒粒晶莹的珍珠。一幅乡间茶园的水墨画徐徐铺展开来。此地，此茶，与一位彝族女子奢香夫人相连，望着远山的雾霭，想起这个名字，如此妥贴，又意味深长。此地乃彝族同胞之祖地，我很好奇，想问王鹏翔，但他昨晚已回六盘水。于是给大学同学李庆打电话，他也是彝胞，喜欢读尼采，我们叫他“太阳”，毕节人，电话里“太阳”说：“你最好去奢香夫人纪念馆看看吧。”

大家围坐。喝茶，喝海马宫茶，看嫩绿的茶叶，在水中开花。喝酒，喝彝家酿造的米酒。在这乡野的雨雾间，没有比我们更自在的魂灵。茶酒正酣之时，彝家女子们唱起祝酒歌。她们着盛装，唱歌时，伴着简单的动作，传达朴素的祝福。她们微微低头，微微笑着，歌声带着香气，眉宇间的良善与真诚，让我低下头。

雨一直在下。午后，村寨里的孩子们开始表演，她们天真无邪，她们以天地为舞台，她们的眼睛里满是好奇。多么好。这恐怕是我们唯一的相见。我给孩子们拍照，左拍右拍，怎么拍都觉不够，怎么拍，都无法捕捉她们的美。这是童年里的一场盛大演出，在雨中，在陌生人们中间，她们无拘无束，尽情舒展，尽情欢跳。陈然我们俩也情不自禁地跟着跳了起来。这里是南方。南方的村寨。南方的雨。南方的激情。

记得，去黎平那次也是。第一回在鼓楼听到侗族大歌，歌声，歌者的表情，都淳朴，紧贴着大地的姿态。我们去到一个寨子，山野间，村民们聚集起来演唱，跳舞，大家站在坝子上，水塘边，田陇间，清风参与了音乐会，野草是匍匐的听众，真正的乡野，自由的歌唱，也是在那块土地上，在南方的天空下，我唱了那首“蓝蓝的天上白云飘”。那次，领略了南方的冬雨。淅淅沥沥，从屋檐滴滴答答流下来，不结冰，但感到冷。天晴时，油菜花黄灿灿的，照亮田野。白天温暖，走在田间，湿润的气息扑面，村寨里的人们把饭桌摆在外面，街上，长长的一排，大家聚餐。妇女们忙着做饭，男人们喝酒，女孩子们唱歌。这是南方的盛情。

那天，在海马宫茶山。一只黑狗，沿着石阶小路的边沿，向前走，而我正站在细雨里，站在那条小路的中央。它，很美，健硕的身材，忧郁的眼神，黑色的毛发，当我正想到“优雅”这个词时，它忽然转过身，径直向我走来。它闻我的红靴口，闻我的大衣垂下的包边，我没有躲闪，低下头看着它，看着这突然发生的一切，它也抬起头，久违的眼神，哦，是的，在哪里，我们曾是兄弟，我们

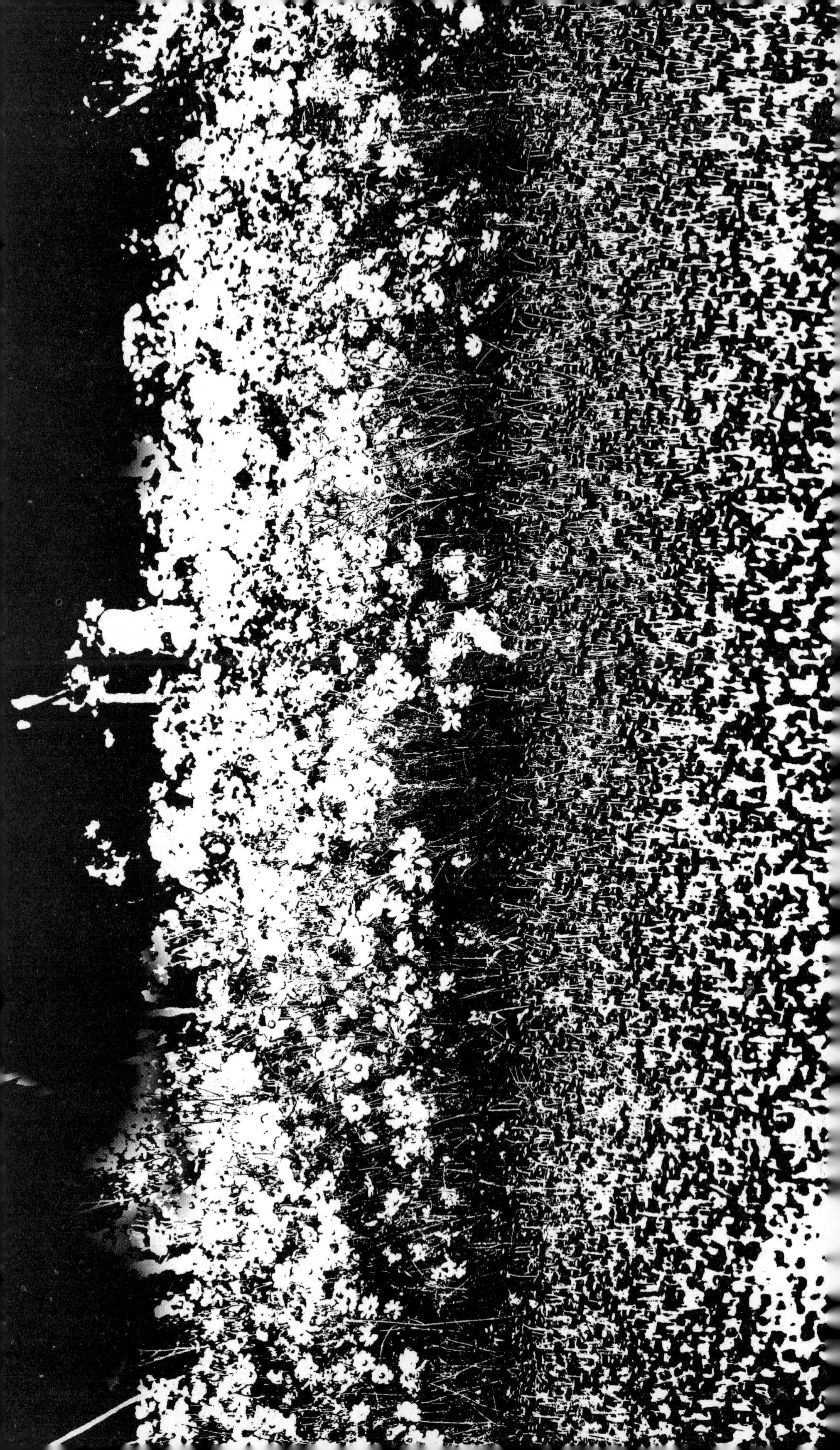

曾是一家人。它就那样乖乖地停在我的身旁，好像我们一直在一起，从未分开过。我抚摸着它的头，合影。雨落在我们的身上，落在无声的对话里，落在难以言说的前世今生。它默默地站着，我转身和它说再见，谁知，它跟着走过来，走几步，停下，抬起头，依旧默默地看着，那一刻我的眼泪止不住流下来。这只狗和我一样，记忆里珍藏着与前世相守的秘密。

金海湖之光

二零零一年去黎平，认识了侗族作家余达忠。他说，见到我，就像见到亲人一般。当时，他教书，写作，到田野采风，我们有过通信，后来失去联系。我知道“铁改余”那首诗和其中的故事，是在之后。《铁改余蒙古族歌》中这样唱道：“凤锦桥边十人分手／悲壮西迁天命由／铁改余为谋生存／世代相传不忘根／我们是蒙古人铁木真的子孙”。其祖上是否就是离散的铁木真家族的后裔呢，兵荒马乱的时代，为保子孙平安，一位年长的族人将蒙古族悄悄地改为了侗族呢？他说，看到我的亲切，是否因为我们都带着族人基因的强大信息，我们从彼此的脸上看到了亲人的密码。这些，我一直没来得及跟这位朋友讲起。

关于“铁改余”的历史，《蒙古源流》有所记载。二零零三年在云南参加蒙古族聚会时，第一次听到“铁改余”的故事，知道了历史上余姓的秘密。余氏家族中间始终流传着一首诗，妇孺皆知。据此，云贵川三省的部分蒙古人，可以找到生命的来处。

本是元朝宰相家，红巾扰乱入西涯。
泸阳岸上分携手，凤锦桥边折柳丫。
否泰是天皆是命，悲伤思我又思他。
余家原无三两姓，一家化作千万家。
十人誓愿归何处，如梦云游浪推沙。

这次在金海湖，与当地蒙古族余氏家族子孙们的聚会上，又让我想起余达忠。刚到毕节，就听彭澎说，这里有蒙古族，他认识一位余姓蒙古人，学者。若能在毕节与蒙古人做访谈，听听远离草原族人的声音，该是求之不得的经历。于是，十一月十八日傍晚，彭澎带着哈森我们俩来到一家餐馆，主人就是一位余姓蒙古人，走进去，满屋子熟悉的笑脸正在迎接着我们。真的，一股亲人的温暖瞬间将我融化。那位长者的脸庞，酷似我的父亲。我忍着内心的泪水，看着他们，那些表情里，深藏着六百余年间远离祖地的风雨雷电。

席间，有云南昭通的几位蒙古人赶到，他们的脸上也深刻着祖先的痕迹。第二天，贵州省蒙研会组织的“西南地区首届圣祖成吉思汗祭祀仪式”，将在毕节市织金县白云村余氏祠堂举行。云、贵、川三省，包括广西及全国各地的很多蒙古人，前来参加这场祭祀活动。是的，有一种唤醒，正越过漫长而遥远的时空，敲打着我们彼此的心灵。

另据蒙古史料记载，当年元亡时，分散在中国各地的蒙古人有四十万，只有六万人设法逃离，大部分没能回到祖地。想到他们，就想到颠沛流离，想到无家可归，想到隐姓埋名，这让我感到深深的不安。这次金海湖之行，得与余氏家族兄弟团聚，是难以言说的福分。哈森流着泪唱起了那首蒙古民歌《甘迪树》：甘迪树上鸟儿徘徊，亲爱的你从远方归来。那夜，我喝了几杯，有些醉意，很想给父亲打电话。如果我亲爱的父亲还在世，一定会与我分享这天南地北相聚的感动。

宝贵敏

蒙古族，供职于民族出版社，哲学硕士。著有散文集《翡翠时间》，口述史著作《额吉河——十七位蒙古族妇女的口述历史》，另有散文诗集《沉默的词》，口述史著作《蓝色额吉河》即将出版。

骨子里透出的诗意

蔡莉

有幸参加“全国知名作家走进金海湖”的活动，与文学前辈们一起领略金海湖的美，倍感激动。金海湖对我而言，陌生而又熟悉。金海湖新区还叫双山新区时，我就在卫计局工作，工作忙碌，天天伏案，原因种种，以至于从未细细感受金海湖的美，其实，这个新城有一种骨子里透出的诗意，不管是湿地公园，还是双山大峡谷、花垚谷……令人向往的、自豪的，是我目睹金海湖荒瘠的昨天，也见证了她变成一片铺满希望热土的今天。

一早，我们一行人开始金海湖之旅，驱车驶入碧阳大道，两边整齐的银杏树一闪而过，心底不由得放松下来，这天，有微微的阳光，金黄色的银杏叶通过光映的晶莹，微风中，零零星星的落叶翩翩起舞，远远望去，像一条均匀染色的绸缎。一晃，来到新区梨树高铁客运枢纽中心，参观了“高铁、中长途客运、城市公交、轨道交通”五位一体的零换乘示范项目，金海湖的这一发展，带动了整个毕节的交通运输事业，整个展厅里，可以感受到毕节将从此进入高铁时代的气息。

随后，来到新区规划展厅，新区党工委副书记、管委会主任喻祖常讲述了金海湖过去的贫瘠、落后，讲述了现在快速发展中的“一城三区”同城化发展的核心板块金海湖，讲到动情处，主任还流下了热泪，说：我希望能带领我的班子成员全力以赴地推进新区发展，加快金海湖的建设，争取商居项目落地，打造这个城市靓丽的名片。是啊，曾经坑坑洼洼的旷野，如今是越来越多井然有序的繁华，有这样的领导、这样的团队，我仿佛看到了金海湖的美好。

来到了建设中金海湖湿地公园，初冬了，天高云淡，湿地公园的上空，竟是那么清澈，新区党工委副书记彭玉祥亲自等候在公园门口，陪同老师们观赏湿地公园，从最高领导到基层，都给予作家们无上的礼遇，足见新区领导对文化的尊重。在彭副书记的讲解下，我们知道了湿地公园以“大山为景，小山为园；大湖为心，小水为带；峡谷为络，绿廊成网”的设计理念。进入公园，看到的，是六祖（龙神、魔神、羊神、虎神、太阳神、竹神）六大图腾的纹样，入口区运用火焰图腾为文化渊源，打造强烈的民族气息、入口氛围。

与金海湖隔湖相望的是金海阁，此时湖面微波荡漾，湖边还有星星点点的花，顽固地美着。想起金海湖盛行的一个传说：传说奢香摄政贵州宣慰府一职时，她筑道路、设驿站的砖瓦，就是用当时塘边泥土制成，久而久之，湖面逐渐扩大，当地人干脆就叫作“瓦厂塘”了。明武宗正德年间，王阳明先生带人从大定府北门出城，夕阳西下，翻山越岭至阁鸦驿。有关阁鸦驿，多说两句：明洪武十四年奢香刚从京城南京回到贵州，一面宣扬朝廷的威德，使人心安定，一面履行诺言，开辟了两条驿道，其中一段是大方到毕节的水西九驿，其中阁鸦驿、归化驿就在如今金海湖新区的地界。

一随从问：我们在此歇息吗？不歇，继续前行。先生边行边走道：昨夜在大定府，听说阁鸦驿与归化驿之间，有一落脚河，过河半坡处，有一处叫五十三道坎的地方，有一面金月亮，我与各位走这段路，就是要看看是否真的有此物。

众人一听，忘记疲劳，来了精神，一炷香工夫，便来到坡头，对面半山腰有一亮光，众人连连称奇，加快步伐，往下急行，蹚过落脚河，爬过崎岖山路，到了五十三道坎，金月亮赫然在目，从金月亮处往对面看去，群山、草木、沙滩、瓦厂塘的水都泛起金色，照得清澈的湖面金光灿灿，这大概就是关于金海湖的来源吧！扔一片碎石在湖面，心中、湖面都会激起涟漪，一圈一圈地盛开，一圈一圈地盛开。

从最初贫瘠、荒废的瓦厂塘，到今天这个初具规模的湿地公园，比起别人，我有更深的体会，以前的瓦厂塘还是毕节的乡村。应该是高二那年，我们春游的目的地，就是当时的瓦厂塘，同学们是骑自行车，只记得走了很久，记忆中尘土飞扬，坑坑洼洼的，交通不便，一直到了目的地。又发现忘记带做东西吃的锅，身边又荒无人烟，大家都很泄气。

时过境迁，如今的金海湖在一步一步蜕变，新区相继开工建设城市干道三十多条，小瓦路、梨寨路、同心大道、双水路、双飞路等，都已开通投入使用，笔直、整齐，宽敞。金海湖湿地公园，则尊重原有的地形、水势，布局错落有致，为久居城市、向往自然生态的市民，提供了一个休闲、度假、养老的地方。

走进公园的花谷幽潭，成排的香樟树，郁郁葱葱。花期已过，公园的花草逐渐枯萎，但，有一种花却肆无忌惮开放，甚至还长出嫩嫩的叶子，初冬了，这绿叶间，花儿却开得姹紫嫣红，有位老师好奇，用手机拍摄了图片，上网一搜，知道这热烈盛开的花叫作千日红。难怪是这样的热烈，却又从容，温暖了这清冷的十月。

一行的老师们童心大发，或笑或闹，东拍西摄，我一张未照，因为，这是我的故土，无论繁花满枝，还是枯木寂寞，生命里潜在的激情，会追随而来，我要用眼睛一天一天见证，见证她美轮美奂的时刻。

下一站，我们直往落脚河，也就是双山大峡谷，峡谷主河道长二十六公里，沿落脚河蜿蜒而下，海拔一千一百到一千二百米之间，众多领导和专家视察时，对落脚河大峡谷给予很高的评价，称其为“城市中的大峡谷”，此言不虚。一进入大峡谷电站的隧道口，就进入了一个原生态的世界，峡谷两旁的大山上，基本没有人家，两岸峭崖对峙，河谷幽深。这几天感冒，就没和大家下水去游览，不过，看两旁的山清水秀、奇峰怪石，连同各种山水美景，也都尽收眼底。站在电站的坝上，俯首望去的，是落脚河的下游，这里水流平缓，景致也和外面大不相同，整个峡谷只有一条在水库下面开凿的小路，仅能两人并排通过，大概是由于交通不便，很少有游人经过，让这里成了一个幽静的世外桃源。

第二天，天空飘着小雨，与昨天气温相比，气温骤降几度。记忆里，金海湖大都是寒冬暖春，这天细细的雨胡乱下着，想到要去竹园民族乡的海马宫村，心里欢喜，倒不觉得冷了，海马宫属暖带湿润季风气候，年平均气温十二度，少数民族人口八千余人，有汉、彝、苗、仡佬、蒙古等民族，形成各自独特的民族文化风情。最为隆重的，是每年农历二月初九的苗族“跳花节”。竹园还有生漆之乡的美誉，自古盛产优质生漆。

不过最让人难忘的，是海马宫茶，我们来到海马宫村时，将近中午，下了车，老师们兴致盎然，走进茶园。茶园三面临山，一面是河流，构成了一幅天然屏障，阻拦外来寒流风沙。茶园内，植被茂盛，形成茶园的独特气候。据说：海马宫茶园的土质为砂岩，土

质疏松，含有丰富的钾元素。好客的海马宫人在茶园内搭建了帐篷，招呼老师们坐下后，我去帮忙倒茶，远远地，竟有丝丝清香传来，一瞬间，整个帐篷都是茶香。海马宫茶具有悠久的历史，早就因成贡茶而远近闻名，以独特的滋味深受欢迎。

海马宫茶属于黄茶类名茶，茸毛显露，香高味醇，叶底嫩黄明亮的特点，又名“竹叶青”，老师们喝着的不知是翠芽或是翠片，茶不知名，但那份心境，倒是感觉时光静好。茶棚里，一抬头就可以看见几面群山环绕，峭岩幽林，说的就是这里，空气中有茶香味，远处细雨绕成白雾，漂浮在群山之间，触手可及。这场冷雨，把茶园洗涤得更加干净、邈远。中午，就在茶园内弄起烧烤，烧烤未熟，作家们已经开始喝起金海湖特制的水花酒，一帮人喝得潮热，也许是冷，也许是心情，也许是酒下茶更别有一番味道。几杯酒下肚，气氛热闹了，平素沉默寡言的几位老师，也会绽放出笑脸，流年、心事，在彝家妹子的敬酒歌中飞得无影无踪，整个茶园溢满了欢声笑语。最后，老友彭澎有些醉了，反复一句话“我不醉，谁醉？”这也许就是《菜根谭》中所谓“花看半开，饮酒为醺”的趣味，我只是确实不知，有几个人可以领略，这醉酒后抒情释怀的境界呢？

几天的活动很快结束，生活又回到正轨，不过，因为这次和知名作家的近距离接触，突然让我有了一种此行来得正好，时光不早不晚，一如此时的心情。原来的自己，早被一地鸡毛的生活淹没，多年未曾提笔写点东西。不是懒，也许是要沉淀自己，也许是抵制寂寞，也许是江郎才尽。这两天，我真的要感谢自己，我这骨子里仍然热爱文学，自己的内心，仍然干净纯粹，真的要慢下来，让自己回归自然，多年的梦想，终于能在这一刻，得以尘埃落定。林清玄说：能感受山水之美的人，不一定要住在山中，能体会水之媚的人，不一定要住在水旁，因为最美的事物永远在心里，不是眼里。想想：生活、工作都是在这个美丽的城市，城在景中，景在城中，人在其中，是一件让人多么幸福的事情。

蔡莉

七零后。贵州省作家协会会员，现供职于金海湖新区卫计局。

在毕节

陈涛

在思绪尚未转入毕节之前，我想先写一写贵州。

想到贵州，我内心时常自嘲式地问自己：贵州是不是不欢迎我？之所以有如此的想法，无非是其间发生了几件事情。最早对贵州有印象，源于一次长途旅行。九年前，独自一人去云南，常听人讲云南有彩云之南之意，想来定是特别美妙的地方，于是背包上路。那是一段漫长的旅途，时常一个人枯坐于车窗前，起初还有闲情欣赏风景，慢慢地也就失了兴致。直到后来我的卧铺对面来了一个年轻的女子，以及一个五六岁的小女孩。年轻女子问我要去哪里？答复是昆明。再问去做什么？答复是旅行。她就有些不满意了，半对我讲，半是自语：你们都觉得云南好，其实我们贵州风景也很美的，不信你到贵阳的时候下车去转转。我微笑地对她说以后肯定要去的。她接着对怀中的小女孩说：让这个叔叔去你家，让你爸妈做饭给他吃好不好？你要不要邀请他？我望着小女孩，小女孩看我一眼，不说话，一副害羞的模样。五年前，终于第一次踏入贵州的土地。我们一早从重庆驱车到赤水，待一晚再从赤水返回重庆。不知是否是因为旅途的劳累，在赤水的我身体很不舒服。时光来到今年的五月，我从北京乘飞机经停无锡到达铜仁，去到了美丽的梵净山与红色圣地木黄镇，尤其在木黄镇的长桌宴与“上刀山”令我充分领略到了别样的风俗魅力。但不知是怎样的原因，我的身体再次不舒服，以至于在整个六月大部分时间都在医院中度过。也正是由于这些之前的事情，让我在听到彭澎兄约我到毕节的瞬间，内心是有些担忧的。

但是作为一个从事文学工作，尤其是从事少数民族文学工作的人而言，毕节是应该也是必须要去的。彭澎兄在《乌蒙青年作家群整装待发》一文中这样评价黔西北文学：“西黔文化之脉，起自周素园、余达父诸贤，风云变幻之间，世界有了崭新的样式，承载着众多文化因子的黔西北八零后、九零后作家，因为人多、势众、力强，而成为贵州同类的翘楚。”而在黔西北的青年文学队伍中，有着毕节印记的又占到了非常大的比例。翻开陈菊女士的《黔西北青年作家访谈》一书，从她对几十位青年作家的访谈与其作品展示中可以感受到这批青年写作者的朝气、锐气、才气以及他们对文学的虔诚与信仰，在他们当中，我还欣喜看到了譬如曹永、雷越、徐源等小有名气的青年写作者，相信假以时日，这批毕节的青年人将会给我们带给更多的惊喜。

离京去毕节的那天很冷，此时的风已经可以沁入肌体。当我穿着厚重的衣服落地贵阳的时候，却感到暖风拂面，原来贵阳的温度竟有二十四五度的样子，等到与朋友深夜再从贵阳乘坐庞巴迪飞至毕节时，又进入了一个凉爽的世界。这让我不禁想起了近两年来自己从北京乘机到兰州再到甘南的感觉是如此的相似。只是从北京到毕节，是由凉入暖，而从北京至甘南是由热入凉，若冬天去甘南，则是由凉入冰了。

到达酒店后已是深夜，大厅里聚满了许多熟识的面孔，都是多少年不见的朋友了，彭澎、康桥、陈然、楚仁、顾坚以及同时到达的西门、毛竹等人，其中的一些朋友竟有八年未见了。多年后再见，大家状态依旧，谈笑间如若昨日。回到房间，正万与献平过来，又是一番寒暄。朋友相见，无酒不欢，彭澎兄带大家去一家颇有特色的小饭馆，在那里我第一次见到他们将啤酒加入枸杞大枣后煮来喝，几次跃跃欲试，但苦于身体原因，最终也未饮一杯，如今想来算是一种遗憾。在席间，当地的青年朋友们唱起了一首彝族歌曲《水西谣》：“高高的乌蒙山，美丽的水西女，爱唱着水西谣，等待着回家的人。”他们将原本如水般柔情的歌曲演绎的阳刚热烈，炽热豪情穿过水煮啤酒蒸腾的浓浓热气扑面而来。

毕节地处乌蒙山腹地，群山环绕，千余米的海拔之地终日雾气氤氲，谈及雾气时，朋友调侃讲这可不像是北京，这里可真都是雾，不是霾。其实非用他讲，我的身体已然告知了我答案，清新微润的空气进入身体，沁人心脾。

这次来毕节主要是参观金海湖新区。新区成立于两年前，这是毕节市委、市政府在新的历史起点上做出的重要举措。通过成立金海湖新区，转变地区发展方式，拓展城市发展空间，推进产业城市的融合。经过两年多的发展，它已经变成了深化改革开放的试验区、川滇黔区域合作的新高地、毕节经济发展的重要增长极。在新区内，有突出的生态优势，自然景观独特，高新技术产业聚集，各大项目先后落成并投入使用，尤其是它拥有独特的交通优势，是黔西北唯一拥有机场、铁路、高速公路、高铁客站、铁路货站、内陆港物流园区和工业园区的新区，大物流、大商贸、大平台、大发展的格局已经形成。在新区的所有建设中，我对于交通是最关心的，我深知在崇山峻岭之间开凿铺设一条铁路是怎样的艰难，或许是当地朋友早就看出了我的念头，于是在到毕节的第二天，便安排大家去金海湖新区高铁站规划展厅参观。

坐在去往那里的车上，看着熟悉的环山路，思绪便回到了甘南。在甘南时，记得有次去县里开会，早晨七点出发，走的是一条林区的路。这条路被大山与森林环绕着，起初道路平坦，车外空气清新，鸟语花香，令人心旷神怡，待进入坑坑洼洼的碎石铺就的环山路后，欣赏风景的心情也就一下子暗淡了，连刚吃下的早饭仿佛也要被颠出来。司机见我紧紧抓着车门把手沉默不语，笑着问我是不是第一次去县里，我冲他笑了笑没有回答。他冲我笑着说习惯了就好了。这条路绝大部分依山而修，一边是山，一边是深沟，曲折往复，蜿蜒而去。一个个的拐弯，有着相同的样貌，一个个的高坡，有着相似的坡度，看似很近的路，却需要向相反的方向行驶，再迂回前行，如同人生。坐在车里，时冷时热，开着车窗，风吹来滚滚尘土，关上车窗，尘土的气息同样浓烈。成群成群的牦牛在山上吃草，更多的就那样站立着，一动不动，如同黑色的木桩。天空明净，白云半隐于远山之后，脚下山腰处密密麻麻扎满了颀长的树，向天空直直刺去。山上的乌鸦很多，一片片地掠过天空，它们是那么大，黑色羽毛泛着油亮亮的光，没有叫声，就那样飞过来，飞过去。偶尔有两只灰喜鹊，无精打采地落在路边，神色凄然。司机经验老到，已经在这条路上开了很多年。他告诉我说他们经常深夜开车从这条路上过，有时候因有急事不得不飞奔，听到这些，我瞥一眼身侧百多米的深沟，不禁毛骨悚然。当然，毕节的路要比甘南的路况好很多，也没有那么大的危险。

在参观高铁站规划展厅前，我是对决策者们为民造福的担当与不畏艰险的勇气充满敬佩的。只有身处大山的人们，才知道一条公路、一条铁路的重要。我曾见过许多祖祖辈辈生活在大山深处的人们，一生当中从未走出大山看看外面的世界，等到年轻人想出去闯荡讨生活了，每次的外出与归乡都是艰难的跋涉之旅。同样，只有身处大山的人们，才更知道修好一条路的艰辛，公路尚好，若是一条铁路，垫土筑基是必须，开山钻洞更是免不了，想到即将面对的一切多数人都会摇头不已吧！但当我站在展厅沙盘前，听解说员自豪地讲解时，想象着眼前沙盘上的模型即将拔地而起，从心底为毕节、为毕节人高兴并自豪。

从高铁站规划展厅出来，我们又先后参观了金海湖新区规划展厅、金海湖湿地公园以及双山大峡谷等地。在规划展厅里，听一个中年人为我们耐心细致同时充满感情地讲解，我没有记得他的名字，但是他在讲到胡总书记对毕节、对金海湖新区的关心时哽咽了，我看到很多同行的朋友也被他打动，围着他一一询问各种细节。下午时，我们一行驱车去参观双山大峡谷。我们沿着盘山路到达一个洞口，再从这条人工开凿的山洞进入，顿时豁然开朗。上午在展厅时有看到介绍，双山大峡谷是条全长二十六公里的世界罕见的城市峡谷风光，等真眼见后，果不其然。望着身后的山洞，设想假如没有开凿出这样的一条路线，又有多少人知道在厚厚的岩石后面，有这样一条风光宜人的大峡谷呢？或许是尚未开发的缘故，谷内山水别有一番野趣。峡谷幽静，不时可见白鹭在碧绿的水面飞行，水两面的山谷高耸，默然相对，壮丽非凡。

当地的朋友找来一艘快艇以及两艘气囊船，请我们沿水欣赏两岸的风景，我一边欣赏，脑中却出现了另一个相似的湖泊，那汪我无数次泛舟其上的湖水。它的名字叫冶海天池，当地人称为“常爷池”，相传因明朝将军常遇春率军在此饮马而得名。它是一处天然的高原淡水湖泊，湖面海拔二千六百多米。冶海天池是安多藏区三大圣湖之一，藏族人称它为“阿玛周措”，即“母亲圣湖”的意思，农历每月的十五那天都会有许多藏人从各地赶来，他们在向湖内投掷五谷，高撒风马祈福，从而使得冶海边常年经幡舞动，桑烟袅袅。冶海天池不仅风景怡人，也充满了神奇。据当地人讲，每当冬季的时候，因为湖面结冰，冰面会出现许多千奇百怪的图案，这被称作“冶海冰图”。这一神奇的现象吸引了很多游人的参观，当地人也会去参观，不过他们所寻找的是那些五谷粮食的图案，并通过这些图案的多少来预测来年庄稼的收成。虽然冬季的冶海天池会结冰，但

毫不影响它向下游的流淌，水温也不似夏日清冽，反倒有丝丝温热，在冬日里隐隐冒出热气。此外，冶海天池会有一些枯枝落入，无雨还好，若赶上下雨，掉入冶海中的枯枝会根根直立，如同插入水中，我向当地人询问原因，也无人答出。

当我们原路返回时，在山洞的墙壁上看到爬满的绿植，红枝红叶，纤细却紧紧密布于岩石之上，坚硬与柔美竟这样巧妙地结合在了一起，并呈现出完美的和谐。

在毕节的三天时间里，我感受感知感悟了毕节，毕节的发展、山水与民风都给我留下了深刻的印象。在毕节我还多次想到了甘南，想到了那个风景与毕节同样美丽，民风同样淳朴的地方，它们都给了我一种相似的感觉。但相比起甘南的地广人稀而言，毕节则更多了一些人间烟火的气息。在甘南时，我的情绪时常很低落，我曾经这样写道：小镇散落于群山的缝隙之中，是否这地理的设置早就预示并注定了他们生存空间的促狭？他们在早早看清的人生之路面前，是悲是喜？若是喜，我为何一点都体会不到快乐，若是悲，又要把多少怪罪于生存空间的促狭？多少归结于个体安于现状的软弱？这段话是为小镇上的青年人所写，我与他们一样受困于环境，发展这个字眼，对地方而言，对个体而言，都意味着需要付出极大的持续不断的努力。当我走过毕节的城市、乡镇与农村，看过他们的高铁、高新区、景区之后，一方面欣喜于毕节的迅猛发展，另一方面也对甘南充满了信心，我相信它们都将在不久的将来拥有更加光明的前景。

陈涛

七十年代生人，文学博士，现供职于中国作家协会创联部，从事中国现当代文学研究、评论工作与散文写作。先后执笔《80后文学创作群体创作与生存状况调研》《中国当下非会员状况》《一至四届鲁迅文学奖短篇小说文本分析》等省部级研究课题。在《人民文学》《当代作家评论》《中国现当代文学研究丛刊》《光明日报》《文艺报》等报纸杂志发表散文、评论作品。《甘南乡村笔记》入选二零一六年中国作协重点作品扶持项目。主编有《中国青春文学典藏书系》。

阳光照在金海湖上

周舒艺

不等三更过天晓白，
奢香夫人赶月归来。
她把日光画心上，
照得漆黑的夜亮堂堂……

六百多年前，元明交替之际，西南边陲地方割据，风云激荡。彝族公主奢香嫁给了彝族土司、贵州宣慰使陇赞蔼翠为妻，婚后常辅佐丈夫处理政事。一三八一年（明洪武十四年），蔼翠病逝，因儿子年幼，年仅二十三岁的奢香承担起重任，摄理了贵州宣慰使一职。她筑道路，设驿站，沟通了内地与西南边陲的交通，巩固了边疆政权，促进了贵州社会经济文化的发展，明太祖朱元璋赞其“胜得十万雄兵”。奢香夫人，成为贵州人民敬仰的维护国家统一、民族团结和边疆稳定的彝族女英雄。

深秋的一天，应朋友之邀，我来到了贵州毕节的金海湖新区。

金海湖本身是一片湖。听说，这片湖原叫瓦厂塘。当年，奢香夫人为了建造贵州宣慰府，命人在湖边制造砖瓦，于是这片湖就被叫为瓦厂塘。后来，人们看到灿烂的阳光照在湖面上，金光闪闪，便将其改名为“金海湖”。

金海湖，阳光照耀的湖，纪念着古代奢香夫人的传说，见证着今天翻天覆地的变化。

从“金海湖”到“金海湖”

今天的金海湖，已不仅是一片水域，而成为一个大型的湿地公园。从前的金海湖是什么模样，我不知道。不过，光从“瓦厂塘”这个名字来判断，我猜想这片水域的面积并不大，也许只是一个小小的池塘。然而今天，金海湖水域面积达到了一千二百亩。不难想象，整座湿地公园又该有多大！

走入公园，远远望去，草坪、树木、花朵、湖水……构成了所见。有趣的是，你本以为，公园就是眼前所见的这一片，但是，当你继续往前走，就会看到，在那一边，居然还有一片水域，水域的周边，又是一大片草地、树木、花朵……而在那片水域的远处，还有没有水域呢？也许，当你走近后，又会再一次收获惊喜。你所能做的，是一次次地惊叹——那边居然还有湖水，又是一大片湿地！

湿地公园里，最让人中意的是那些花草树木。那连绵的土壤上，遍栽树木和鲜花。走着，走着，我们被远处一大片紫色的、红色的、黄色的花海所吸引，立刻奔了过去。这些漂亮的小花都是些什么花？当地的朋友告诉我们，这是百日菊，那是千日红……似乎并不是什么名贵的品种，单看一朵小花也没有多漂亮，但是，当它们以浩浩荡荡的姿态蔓延在大地上时，你的视线里便满是紫色、红色、黄色的色彩之美，瞬间沉浸在视觉上的冲击和享受里了。于是，迫不及待地冲进花海中，想要亲近那些最美丽的花儿。说来奇怪，置身于花海中，心情马上被那美丽的花儿所感染，立刻也变得美好起来。

已是深秋，树叶落了不少。可是，即便是那些只剩零星叶子的树，也别有一番风景。它们向上伸向天空，以深秋的天空为背景，好像是一幅画，又像是一首诗；它们向下倒映在与之相邻的湖水中，与水中本就生长着的水草及荷花的残叶，相映成趣。

说是公园，其实并没有明显的大门，也没有围栏，与周边的山体等自然环境连成一体。也是，若将它围起来，多了些人造的意思，就少了些原生态的味道。不过，这里也不是没有人造之物，草坪之间新修的硬化道路，湖面上架设的曲桥，树木间偶见的凉亭……既方便了游人与自然进行更近距离的接触，又为自然更增添了几分情趣，人工的痕迹恰到好处。

此刻，工人们还在紧张的施工之中。据说是要赶在明年毕节试验区成立三十周年之前完工。到时候，这里的面貌该是焕然一新了。同行的毕节朋友拿出春天来这里时拍下的照片，有樱桃树，还有各种漂亮的小花。可惜这个季节来此的我们，无法饱此眼福。不过，相信用不了多久，当明年的春天来临时，当一切都完工时，金海湖湿地公园一定会呈现出一幅最美的画卷。

说到这里，如果你认为金海湖仅仅是一个湿地公园，那么你又错了。今天的金海湖，代表着一个新区。具有历史意义的一刻发生在二零一五年十二月六日，由毕节双山新区和贵州毕节经济开发区组建而成的毕节金海湖新区成立了！金海湖新区，是毕节市大力实施工业化、城镇化带动战略的主战场，是把毕节打造成川滇黔渝结合部区域性中心地带、综合交通枢纽和物流中心的核心。如今，面积达五百八十九平方公里的金海湖新区中，并不只有金海湖，还有旅客吞吐量突破二十一万人次的毕节飞雄机场，多家企业入驻、拥有国家级新能源汽车高新技术产业基地、国家新型工业化产业示范基地的工业园区，包括设有四十三个高职专业、在校生达一点四万余人的毕节职业技术学院、毕节医学高等专科学校等六所公办职业院校在内的职教城，以及即将于二零一九年建成使用的毕节市高铁客运枢纽中心……所以，可以展望的是，在不久的将来，金海湖新区将成为毕节唯一同时拥有机场、铁路、高速公路、铁路货站、内陆港物流园区和千亿级高新技术产业园的新区。

金海湖，从一个美丽的湖泊，到一个宏伟的新区，它叙说着一个美丽的传说，更寄托着一个美好的愿景！

高铁　高铁

看，那一片就是毕节市高铁客运枢纽中心，毕节很快就要通高铁了！在金海湖新区，毕节的朋友指向不远处的一片工地对我说。这真是一个天大的好消息！我为这个消息而激动，我为毕节而高兴。因为，我太能体会交通对于一座城市发展的重要意义。

之所以会对这个问题有如此深刻的体会，大概是与我自己的亲身经历分不开的。我的家乡是一座有着两千多年历史的古城，历史上曾经很繁华，但是到了近代以后却渐渐衰落了。改革开放后，一座又一座城市迎来了腾飞，但家乡却没有重现往日的辉煌。究其原因应该是多方面的，但我以为，交通是制约家乡发展的一个重要因素。曾几何时，周边的城市接二连三铺设了铁路，有了火车站，通了火车，与外面的世界联系越方便，也越来越紧密。相比之下，家乡，就像是一座被遗忘的城市。家乡人要到远一点的外地去，只能取道临近的城市搭乘火车。出行不便是一方面，另一方面是心理上的感受。谁不希望自己的家乡，位置重要，四通发达，人来人往，繁荣兴盛呢？家乡人是多么渴望自己的城市也有火车站，可以在家门口就坐上火车，到达全国的各大城市。梦想终于在二零零四年成真。家乡人盼星星盼月亮，终于盼到家乡也有了铁路，有了自己的火车站。从此，家乡人在家门口就能坐火车到北京、成都、西安、武汉……这一次，家乡终于和全中国其他地方连为一体了！

火车开通的那一年，我就有幸乘上了开往北京的那趟车，到北京旅游。至今仍清楚地记得，同行的家乡人上了火车后，在火车上兴奋地聊着天，关于这趟车，关于北京。家乡人好奇，家乡人开心。有的人甚至兴奋地一夜都没有睡着。而我，也因火车的开通，书写了一段人生的际遇。我参加高考的那一年，是火车开通的第二年，当时车次并不是很多，能达到的城市也不多，但就有武汉。于是，本来就想报考武汉大学的我，在报考志愿的时候，毫不犹豫地填了武汉大学，并如愿以偿被录取。若是在前几年，我大概是不会选择武汉大学的。那时候，火车还没有开通，来往武汉极不方便。现在，火车开通后，从家乡出发，十四个小时便可到达武汉。晚上上车，第二天早上就到了，十分方便。可以这样说，是火车，成全了我的人生一段极为重要的命运。如今，火车早已与家乡的发展、家乡人的生活紧密地联系在了一起。它将家乡人带到了全中国，也将家乡带到了全中国！

毕节市高铁客运枢纽中心位于金海湖新区梨树镇。我们来到这里的时候，它还在建设之中。光看这一大片工地，也许看不出什么来。然而，当我们来到项目指挥部，面对着一片沙盘模型时，一切便豁然开朗了。整个沙盘里，有铁路，有公路，有广场，有草坪，有绿树，有高楼。沙盘的最前面、面对着我们的，是高铁毕节站，候车大厅、站台、铁路连成一片，相当气派。高铁毕节站是成贵高铁线（成都—贵阳）上的一站，二零一九年通车后，从毕节到达贵阳便只需三十分钟，到达成渝、滇中、“珠三角”等地的时间都将大大缩短。高铁毕节站与旁边的长途汽车站、公交客运枢纽等一起，构成了毕节市高铁客运枢纽中心，由此，毕节形成了集高铁、轨道交通、中长途客运、城市公交、机场的“五位一体”，成为贵州省第二大交通枢纽。

迈入高铁时代的毕节，从此，将与周边的贵州等省内其他城市，以及邻近的云南、四川、重庆等省市，甚至整个全中国，越来越紧密地联系在一起，融合为一体。现在，我完全可以相信，有了高铁，毕节人的出行更方便了，毕节人在家门口坐上高铁，便可以出去看中国、看世界。有了高铁，外地人来毕节也更方便了。外地人乘高铁到达毕节，不用出站，在高铁客运枢纽中心里即可换乘汽车、公交，去欣赏毕节的杜鹃、峡谷等美景。如果说飞机的价格太昂贵，汽车的耗时又太久，那么，高铁就是最佳的选择。有了高铁，即使山再高，水再深，也挡不住毕节与外面世界的联系！

沙盘里，远处，那一幢幢高楼是金海湖新区未来的职教城、商业混合体、商贸城……一盏盏小灯亮起来了，此刻，我突然想到，当全部这些都建成之际，夜幕降临时，华灯初上的金海湖新区，应该就是这么美丽吧！而那满城的光亮，又仿佛让人看到了金海湖新区和毕节一片光明的明天。

峡谷与银杏

"新区"这样一个名字，是最容易让人忽略历史底蕴的。人们总认为，既然是新区，能有什么历史底蕴？此话不是全无道理。但有的却未必，比如毕节金海湖新区。在这里，我便遇见了两处极有历史感的自然景观。

我们是在落脚河大桥上远眺双山大峡谷的。因为没有与大部队一同行动，所以就没有坐船看峡谷，而只是在落脚河大桥上远眺峡谷。但在我看来，落脚河大桥才是双山大峡谷的最佳观赏点。在这里，你可以看到整个峡谷的全貌。而坐在船里，你固然可以欣赏两岸的奇石怪洞、苍松翠柏、飞鸟走兽，但看到的只是峡谷的局部。

双山大峡谷是典型的喀斯特地貌。具体形成于什么年代，不得而知，但一定离今天很久远了，唯有千年的积累，才能形成这般震撼的景观。那些山，海拔在一千一百米到一千二百米之间。葱茏的绿树遍布在土黄色的山体上。峡谷两侧相对着的峭壁，就像是被人用巨大的斧头劈开似的，笔直地矗立着。峭壁上似乎还有洞穴。那一个个洞穴，让我一下子想到中国传统石窟艺术。历史上，人们也许在这峡谷的峭壁上凿出过信仰的模样。我也情愿相信，千百年来，这里说不定还给动物甚至是人遮过风挡过雨。峡谷中间，蜿蜒着流向远方的河流，主河道长达二十六公里。现在，这条河流已成为一个水库，河面上筑起了大坝。从几百米高的大桥上往下看，河水清澈得发绿，水质之好可想而知。水面平静得不见一丝波澜，但我猜想那水面之下的深处，却定是波涛汹涌。

值得一提的是，双山大峡谷是国内罕见的城市峡谷，位于金海湖新区城市规划中心。大峡谷的南部距离金海湖新区核心区仅仅两公里，北部是毕节内陆港物流园区。所以，在地理位置及交通上，双山大峡谷有着独特的优势。现在的双山大峡谷还没有被旅游开发，相信若是开发出来，景色优美、地理位置优越的它，一定会吸引很多人前来观光。我期待着那一天的到来。到那时，就会有更多的人知道双山大峡谷，知道金海湖新区，知道毕节，旅游的开发带动着经济的发展。但同时，我又有着隐隐的担忧。但愿，旅游的开发，能建立在对环境最大程度的保护之上。人来了，山还是那么绿，水还是那么清。

我们所身处的这座落脚河大桥，就横跨在峡谷之上，全长五百零七米，主跨达二百七十八米。河水从桥下流过。而桥面至河面的高差，高达二百五十米。光看这几个数字，你就可以知道落脚河大桥有多么气势磅礴。网络上有人将落脚河大桥选入“中国现存的最令人叹为观止的二十座惊世桥”，我以为名副其实，至少，在我见过的大桥中，它的确最令我叹为观止。不禁又想到，在这么深、这么宽的峡谷之上，建这样一座大桥，是多么不容易的一项工程。如果你有机会看到双山大峡谷的航拍照片，那么会看到这样一幅画面：在那万丈深渊的上方，一座悬索桥高高地而又孤独地飞架在两岸的群山之上。自然的美与人工的美恰到好处地结合在一起，你感慨大自然力量的鬼斧神工，也感慨人工力量的伟大智慧。

带着对双山大峡谷的无限惊叹，我们回到车里。一段路程之后，车驶向了大山深处。车在乡间崎岖的小路上颠簸着，海拔也越来越高。这是要去哪里？我们不解。毕节的朋友说，去看一棵银杏树。银杏树？哪里没有银杏树呢？为了看一棵银杏树，这么折腾，值吗？然而，当我们终于抵达金海湖新区小坝镇莺戈岩村，看到那一棵银杏树时，一路上的颠簸与辛苦立刻烟消云散。

这是我见过的最大的一棵银杏树！整棵树高三十多米，树干需要十多个成年人手牵手才能围住。银杏树的上部，一根根枝桠向四

周伸展着，伸出来的虬枝，甚至又在旁边长成了一棵棵小树。枝桠上，长满了银杏叶。虽然已是深秋，但因地处南方，所以树叶还未全部变黄，有不少还是绿色的。远远望去，银杏树的树冠就像是一把撑开的巨大的伞。银杏树的下部，露在外面的树根，像一只只龙爪牢牢地抓住脚下的这片土地。而今这片土地已变成一个隆起的小土丘。我猜想，那里面应该正是由无数密集而交错的树根汇聚而成。那些根基，早已深入到大地的深处，如此，方能支撑起地面上参天的大树。落叶铺满了土丘，就像是一层黄灿灿的地毯。踩在上面，咔擦咔擦地响，仿佛每一声都在告诉你，这就是灿烂美丽的金秋。

银杏树已经一千七百多岁了。它还活着。今天，它还在用那生机勃勃的生命，守护着这个小村子，保佑着小村里的人们。看，村里的孩子们正在树下玩耍。四五个五六岁的孩子，欢笑着，追逐着，绕着粗壮的树干奔跑，笑声在宁静的小村里久久回荡。此时，天色已渐晚，孩子却还没有回家。看见我们这些生人来了，也不害怕，继续玩耍，有时候还停下来回答我们的问题。我想，一定是这棵大树给了孩子们安全感，他们知道，在树下玩耍，古树一定会保护他们。

如今，银杏树的周围，道路已修葺一新。有零星的房子，不过很多人似乎都已搬走，住在这儿的人并不多。倒是远一点的山坳里，有人家的烟火气。听说，现在树是有专门的人看护的。那么，以前呢？我想，过去的上千年里，正是在一代又一代村民自觉而不懈地保护之下，银杏树才没有被砍伐，一直活到今天，长成了今天这般壮观的景象。千百年来，人们保护着古树，也对古树充满了敬重。据说，从前每年的正月初一和十五，村民都会到这里许愿，祈求风调雨顺，财源滚滚，长命百岁。现在，树的枝桠上挂着不少红布条，那是人们来此祈愿的时候系上去的。想到这里，我面对着银杏树，也默默地许下心愿。我相信，这棵银杏树是有神性的。且不说千年来，它到底吸收了多少自然的精华、天地的灵气，见过了多少历史的变迁、世事的沧桑，光是这生命本身的力量就足以让你感动，从而不由自主地生发出一种信仰了。

阳光照在金海湖上

在金海湖新区的土地上，我听到了毕节的历史与未来的对话。

我在双山大峡谷、莺戈岩的银杏树里，触摸着毕节的历史；我在金海湖湿地公园、高铁站里，展望着毕节的未来。此刻，我唯有送上内心最真诚的祝福：愿历史以它原本的面貌继续留存，愿未来能够一片光明；期待在金海湖这一片土地上，激荡一曲毕节的历史与未来交相辉映的宏大重奏！

周舒艺

上世纪八十年代后期出生，江苏扬州人。本科、硕士均毕业于武汉大学，获文学硕士。现供职于人民日报社文艺部，为《人民日报》“大地”副刊编辑。编辑工作之余，亦有多篇散文、报告文学、言论等作品，刊发或转载于各类报刊。编有《多味斋》（副刊文丛），译有《运河人家》（“寻找中国”丛书）。曾获全国报纸副刊最佳专栏、中国文化记者采风征文一等奖等奖项。

树枝上盛开的朵朵鲜花

宋武全

十五年前，我师范毕业，分配到梨树坪教书，梨树坪就是现在的金海湖新区梨树镇，在那片梨树林边，生活了整整十五年……

是一片近四千亩的梨园，阳春三月，满山的梨花开遍，周末，我带学生到梨园看花。站在高处远眺，广袤无垠，梨花闹成一片，宛如团团白云，又似北国初雪，银装素裹，花影重叠，一片片，一簇簇，梨花层叠相依，像林海雾凇，似冰雕玉琢，花海波涛阵阵，花香随风袭人。

走进梨树林，微微颤动的花瓣洁如点点雪花，悠悠地，飘曳在柔和的风中，花瓣上滚动着的露珠，晶莹剔透，不时洒落身上，清爽润透心肺。徜徉在梨树林中的小道，尽情享受这遁世的逍遥和愉悦，树间鸟雀欢快的嬉戏声清脆悦耳。

金秋时节，梨子成熟，金黄色的酥梨挂满枝头，果实累累。这时，梨园迎来四面八方的游客，在梨园边的路上，车辆排成长龙，游客或采摘金秋梨，或品尝农家美食，尽享自然生态旅游带来的乐趣。

梨园旁边的大山上，是漫山遍野的野生毛栗。深秋周末，和邻居上山打毛栗。带上炸脆的洋芋片和花生米当小吃，再装上满满一壶梨子泡的包谷酒，到山上找一块空地，将酒和小吃摆开，大家坐成一圈，划拳喝酒。我年纪稍轻，主动申请去打毛栗下酒，得到同意，便暂时离开酒场。

毛栗果较板栗小，风味甘美优于板栗。五千多年前，我们祖先就采摘野生毛栗，它是一种珍贵的药材，栗果能补肾、益气、养肠胃、治疗筋骨断碎……成熟的毛栗果高高挂在毛栗树上，长满刺的外壳，张开一条口，里面露出两瓣毛栗，像睁开眼睛露出的眼珠，看着我这个不速之客。

拿一根长木棍，在毛栗树上敲打一番，毛栗便落了一地，装了鼓鼓一布袋，回到酒场。大伙吃毛栗，喝烧酒，吹闲牛，等到日落西山，唱着“酒歌”，歪歪斜斜回家。

短短十五年一晃而过，梨园更宽，毛栗林也更宽了。家住梨园边的吴伯告诉我，毛栗林得到政府的支持，老百姓将野生毛栗发展成为经济果林。

在金海湖新区，除了诱人的经济果林，还有远近闻名的海马宫万亩茶园和青山村的玫瑰庄园。

海马宫彝语“合莫谷”，地处金海湖新区竹园民族乡，海拔一千六百米，茶园四面环山，山峦叠翠，溪流纵横，云雾缭绕，尤宜茶叶生长。本地茶叶生产，历史已有两千余年，《中国茶经》记载，海马宫茶“一饮生津破闷，再饮情思朗爽，三饮得道通灵，使君融入和、静、清、园之境地”。历史记载，奢香夫人以海马宫茶上贡明太祖朱元璋，太祖品之甚喜，大加赞赏，列为朝廷贡品，岁岁上贡。又有清朝官员简贵朝，为海马宫带来“竹叶青”制作工艺，加工成“竹叶青”茶，深得官府好评。现在，海马宫茶业有限公司的海马宫茶已被列为“乌蒙山宝、毕节珍好”名优农特产品，并进入中国名茶排行榜。村里的老人讲，这片宁静的土地经历了将军山战役，持续八天八夜。海马宫人民不畏艰难，为红军运送物资，煮茶送水，救助伤员，鱼水情深。如今，屹立在将军山的将军山战役纪念碑，伴着茶香缅怀着这片宁静土地上牺牲的先烈们，心里涌现出无穷的哀思。

去年初秋，海马宫茶业有限公司的老总王淑俊相约到海马宫品茶。我们在山顶吃烧烤，喝水花酒，品彝家茶，看当地原生态的苗族芦笙舞，正玩得尽兴时，耳旁传来优美歌声：“彝家女耶，采呀采茶忙唉，请你来海马宫哟，喝一杯彝家茶耶……”一曲《海马宫彝家茶飘香》在茶园久久回荡。原来茶业公司王总是著名的音乐人，这动听的歌曲便是他的杰作。

在金海湖，相比历史悠久海马宫茶园，青山村的玫瑰庄园更显当代活力。那是占地三千多亩的一个大花园。花开时节，瑰丽无比，满山遍野的红玫瑰，娇艳欲滴，鲜红的花瓣在阳光照耀下慢慢舒张，椭圆的绿叶，在微风吹拂下，随着花朵左右摇晃，犹如妙龄女郎。

盛开的玫瑰花，是观赏花卉中的珍品，含苞待放的花蕾，还是药苑中的良药，具有行气活血的功效，加工而成的玫瑰花干，具有颜色鲜艳、味香等特点，可制成玫瑰酒、玫瑰露、玫瑰酱，有清热消火、美容养颜的奇特功效，果实富含维生素，可作天然饮料及食品。原来青山村种的玫瑰花，主要目的不是观赏，而是药用。现在的青山村，已经是一个乡村旅游的好去处。一座座民房充满民族特色，青砖木雕、鲜花点缀，不同文化主题的墙体、彩绘随处可见，整个乡村焕发出全新魅力。每年七月，在民族文化广场上，都有一场盛大的彝族火把节节日庆典。

于彝族火把节，本地有一个古老传说：名叫十大力的恶魔到人间破坏人们的幸福生活。地上的一名叫包聪的大力士与他摔跤定胜负，恶魔斗输后，放出各种害虫来糟蹋人们的庄稼。包聪集聚众人，点燃一支支火把，去烧死害虫，以还人民幸福生活，这一天，正好是农历六月二十四日。彝族群众每年这天，便以传统方式击打燧石，点燃圣火，燃起火把，走向田野，以祈求风调雨顺、来年丰收。人们载歌载舞，普天同庆，久而久之，便形成了彝家一年一度的火把节。

去年夏天，青山的第三十五届彝族火把节如期举行，我有幸参加庆祝活动。火辣辣的太阳，丝毫阻挡不住游客前往的脚步，中午时分，青山文化广场上人山人海，青山村彝族同胞身着节日盛装，唱着彝家歌曲，跳着彝族舞蹈。在广场旁边的小丘上，摔跤、爬杆、荡秋千……尽显彝家风采。

受彝族同胞的邀请，我们参加了他们的节日晚餐。餐桌上除了煮包谷、煮土豆和各种农家小菜外，还有一大锅水花酒。在享受美酒佳肴的时候，门外传来优美的歌声：“阿老表端酒喝，阿表妹端酒喝，阿老表喜欢不喜欢也要喝……”我们也跟着唱起了“管你喜欢不喜欢也要喝……”歌还没有唱完，就有几位彝家妹子，端着大碗，往我嘴里倒酒，我乘兴先干一碗，谁知接着第二碗、第三碗……直到我双手捂着嘴巴，妹子们才唱着歌离开，去敬别的客人。

夜幕降临，篝火晚会拉开序幕，广场上燃起熊熊篝火，不分男女老少，手拉手围成一个大圈，跳起舞来，游人也情不自禁加入其中，直到夜深人静。

多年前，我乘车从贵毕路落脚河大桥上经过，不止一次看过桥下的峡谷风光——两侧是悬崖绝壁，灌丛密布，中间是宽阔的河面，水质清澈，这便是双山大峡谷。

从金海湖的宣传资料里得知：双山大峡谷是国内罕见的城市峡谷风光，位于金海湖新区城市规划中心，主河道长二十六公里，海拔一千多米，水深约五十米，水面最宽处水面四百米，最窄处三十米，峡谷两侧多为绝壁，最高处达四百米。峡谷内山水相连，风景秀丽，如诗如画。上游水急滩险，水流清澈，波涛汹涌，两岸绝壁，灌丛密布，峡谷风光最为明显，具有险、古、雄、奇的特点。下游主要以湖光山色为主。乘游船沿途可欣赏两岸的奇峰异石怪洞、苍松翠竹、空中的飞鸟、水中的游鱼，可尽情领略“船在水中行，人在画中游”的绝妙意境。峡谷南部距金海湖新区核心区仅两公里，北部是毕节内陆港物流园区，具有得天独厚的旅游开发价值。目前，双山大峡谷上现有杭瑞高速、贵毕高等级公路、城市主干道双水大道、飞双大道及织毕铁路跨河大桥各一座，金海湖新区政府正依托双山大峡谷二十六公里及支流响水河峡谷四公里优美的自然风光，打造毕节市中心城区集漂流、航渡观光、休闲度假、传统民俗文化表演、郊野避暑、影视摄影为一体的大型综合旅游项目。

今年初冬，我如愿能够亲自到峡谷看看。在峡谷里的度假山庄吃过午餐，步行穿过一条长长的隧道，来到一道高高的坝上，眼前的水面看起来很宽，那是一个宽大的峡谷水库。同行的友人有的乘坐观光船，有的乘坐皮划艇，向峡谷深处出发。我和一位划船的小哥单独有一艘皮划艇，我们在宽阔的水面慢悠悠向前划去。峡谷里平静的湖水像一面镜子镶嵌在那里，绝壁上长着许多杂木，鸟儿在树丛中飞来飞去，扑鼻而来的新鲜空气，让人心花怒放，舒服安逸。

划船的小哥告诉我，峡谷这里有一个神秘的传说。明朝名士王阳明先生听闻奢香夫人修建的九驿栈道中，阁鸦驿与归化驿之间有一落脚河，过河半坡，叫五十三道坎的地方，有一面“金月亮”。一次去毕节，特意夜走此路，要看看是否真有其物。众人蹚过落脚河，爬过崎岖的山路，到了五十三道坎，金月亮赫然在目，从金月亮处往对面看去，群山、草木、河水、沙滩均泛起金色。先生对众人说道：“此处乃吉祥瑞地，集日月之光华，聚天地之灵气，故能发出金色之光。”众人继续赶路，走近一山脚下，驿道无路可行，众人迷路，天色已晚，只依山而卧，天明时一觉醒来，大家面面相觑，昨夜不见的路，现在出现在大家眼前。只见两座山高约数十丈，树木苍绿，形状、大小相差无几，路就从两山之间越过。先生后遇当地一老汉，将昨夜诡异之事告知，问其缘由。老汉说当地人知道这两座山白天分开，中间有一条路通过，到了子时，这两座山合二为一，中间路没了，夜晚任何人都无法通过。老汉问先生，有何妙法使两山夜晚不再相连，方便行人。先生说若要不使两山夜晚相连，需在两山之间修建一石拱洞。洞建成后，取名凉风洞，于洞顶建一庙，香火长燃，佛号长念，禅钟长鸣，路可长通，岁可长丰，人可长寿。老汉说此地无名，请先生赐名。先生说:“白天两座山，夜晚山连山，今后洞建成，定然成双山。”于是双山由此得名，后来落脚河也便叫双山大峡谷。

峡谷两边的绝壁上，除了有石笋，还有许多溶洞。我和划船的小哥商量，把船靠到一个接近水面的溶洞边，我们将船用绳索拴在树枝上，下船走向溶洞。洞口矗立一个巨大的钟乳石，犹如守门将军，令人望而生畏。

站在洞口，一股凉意袭来，抬头，顶部的岩石上倒挂着一根根钟乳石，像千万把锋利的宝剑，悬在头顶，仿佛就要落下来，我不由自主，抱头加快脚步走开……洞内没有亮光，我们只能在洞口驻足，一刻钟后，恋恋不舍，乘船离开。

和双山大峡谷的幽深神秘相比，我更喜欢秀丽的金海湖公园。金海湖原名叫瓦厂塘。相传，奢香夫人为建贵州宣慰府，命人在湖边制砖造瓦，形成池塘。后人称瓦厂塘。湖水清澈，阳光照在湖面金光灿灿，更名“金海湖”，现开发建设成金海湖公园。

夏日。湖水很静，静得宛如明镜，清晰映出蓝的天，白的云，红的花，绿的树。微风一吹，层层鳞浪随风而起，岸边随风飘摆的垂柳，悄然而立，像几位对着湖镜梳妆打扮的窈窕淑女，几只白鹭从湖面低飞而过，停在柳枝上，远处不时传来一两只小鸭的扑翅声。

从百度里搜索，“金海湖公园”一词，满屏都是：金海湖公园占地四千多亩，公园依托金海湖自然风光、山水脉络，依山就势、亲近自然的天然优势，深度促进山、水、湖、林的有机结合，设计秉承“大山为景，小山为园；大湖为心，小水为带；峡谷为络，绿廊成网”的理念，紧紧围绕“生态”这个关键词，把生态策略融入建设理念中，着力把金海湖新区打造成新型山水生态园林城市的典范。公园共分区建设了六大板块，包括同心荟萃、花谷幽潭、湿地寻芳、晓枫荷苑、葱茏岁月、闲逸动韵。

“同心荟萃”是整个公园的主入口，设置有民族广场、民族浮雕墙、民族剪影墙、党派名人雕像、党派纪念石等，充分展示同心文化及毕节民族文化的魅力；“花谷幽潭”则利用谷地地形，营造从水生、湿生、陆生植物和山地乔木多层次过渡的缤纷花谷景观，主要景点有梦幻花洲、七彩花廊、齐心石阵、竹荪长廊、阳光草坪、花谷幽潭等；“湿地寻芳”以湿地观光、水土保持展示为主要内容，以阶梯广场为端景，营造宽敞、庄严、大气景观，湖畔浅滩设置湿地，利用台地和金海湖最开阔区域，融入彝族六祖传说的图腾纹样，设置在水一方节点，与金海阁隔江相望，充分展示湿地景观；“晓枫荷苑”以莲花为主题，利用场地内鱼塘设置垂钓廊，利用低洼设置莲花池，在山体与水面之间设置开阔缓坡入水，更便于欣赏广阔湖面；“葱茏岁月”以亲子活动为主题，林间拓展、水边亲子乐园、儿童游乐园、生态岛等内容穿插其中，在接近湖区的视线焦点制高点设置金海阁，作为标志性建筑，同时能俯瞰全湖；“闲逸动韵”为南入口，运用火焰图腾为文化渊源，打造具有强烈民族气息的入口氛围。

七月，我从杭州乘机回毕节，飞机快要在金海湖的飞雄机场降落时，我在空中清晰地看见了不一样的金海湖美景：厦蓉高速、杭瑞高速、成贵高铁……像一条条树枝，职教城、工业园、金海湖公园、双山大峡谷、银盘山深林公园、玫瑰花庄园、万亩茶园……一如树枝上盛开的朵朵鲜花。

飞机平安降落后，我乘出租车回毕节，车窗外是一栋栋高楼和一排排厂房。当车经过梨园时，看着树上大个大个的梨子，我的脑海里又突然呈现——我们在梨园边的毛栗林，划拳喝酒唱歌的那些情那些景来。

宋武全

现供职于毕节金海湖新区政治部，业余从事现代诗创作及新闻采写工作。

时光的底片

王纯亮

得让时光的底片往回倒，从一片银杏叶开始，严格地说，是从一片莺戈岩的金黄银杏叶开始。我即将抓出藏在口袋里多年来的一些琐碎之事，扔进这方方正正的文档。那些平日里不言的片段，我便也将之从木讷的口齿请出来，远远地，从记忆的窗框，抛进南国这个空气湿度超负荷的冬天。

与此同时，我便想起了十岁时冻进我稚嫩的少年骨头的冬。那一年，我是在一个玉米秸秆围成的所谓教室里完成学业的。远山里的“学校”，和整个枯黄衰败的季节融为一体，隐身，也沦落。烂泥里奔波前来的一双双“破解放鞋”，显然遮掩不住物资的匮乏和对物资匮乏的无奈。

“教室”里，用泥土垒起来的煤炉，仅有的温暖都要被来自四面八方的冷空气挟裹而去，继而溶解在那让人记忆犹新的季节深处。无论是流着脓水的冻疮，还是僵硬麻木的脸蛋，那一个个支撑在几块梧桐木板搭建的课桌上的小脑袋，对求知的渴望和对温暖的渴求，已然变为了一对矛盾体，在寒风里拧成枯黄的麻花。

一日，大雪纷飞，簌簌的声音完全替代了寒气下的静默，当我们沉醉在相互靠近取暖的课间十分钟时，一张暖色调的银杏叶片从同学新购的《新华字典》里飘然掉落，那叶片悠悠然，在空气中打着回旋，绕过长条梧桐板的边沿，绕过我们用石头和砖头垒起来的桌腿，无声地，像一个短暂的梦，落将在“连绵起伏”的泥土地面，悠然停靠稳当。

那枚金黄的暖色叶片，顿时成了我们争先恐后先睹为快的“西洋镜”，“不要给我扯坏了，不要给我扯坏了！”物主的颤音里具有百分之八九十的祈求成分。

话音未落，一双双冻得发紫的小手，已经将这“西洋镜”传递得不亦乐乎。不多时，我听见了微弱的“嘶”的一声，这一声尔后，孩子们顷刻间像被按下了静音键。

那个我们从来没有见过的“西洋镜”，被一撕为二，定格在两只沉默的、生着冻疮的手中。那扇形的尤物，刚才似乎还有着四射的激情，却阒然寂灭于孩子们陡然升起的好奇心。

银杏叶的主人虽没有哭惊四座，但却泪雨滂沱，我们试着用各种方法让它“破扇重圆”，却依旧于事无补，越是于事无补，“扇”主人的眼泪越是决堤般崩溃，我等顿感祸事临头，因为他才道明，这是千年银杏的叶片，是有着神性和灵性的稀有之物，“扇”主人是有缘人，所以好不容易拥有那么一片。

物以稀为贵，树叶长成银杏叶那样也算是奇葩了，也难怪激起众人歆羡。接下来的课，上得并不怎么平静，得知原委的老师用教鞭指着天空“发誓”，说次年春天带我们去看这棵长在王家坝坡头上的“神树”。

“先行听课，要相信我，我也想去看看的。面包会有的，牛奶也会有的！”他笑笑。

我知道后半句话是他借用的，我好像是在父亲的哪本书上看到过，但是不管出自哪里，在那之前，我压根就没有见过真正面包和牛奶，连看了半集彩色的《西游记》，都是在赶场天去理发的档口，理发师拿着推剪在我头上嗡嗡滑动，还时不时把我的头上下左右地摆弄着，我犟得像一头愤怒的牛犊，使劲斜乜着眼睛才勉强扫描到的。

诗人说，冬天到了，春天还会远吗？但是我觉得那年的冬天特别漫长，日子在寒风里孑孓而行，好不容易过了一个颤颤巍巍的秋季学期，考试成绩通知单到手时，冬天更加发威了，便是到了一年中气候最严酷的时候，孩童们也可以任意玩擦炮、相约去钻山洞或者用辣椒熏田鼠了。

年关，置办年货的紧要关头，农村人少不了一阵忙碌。我家住在四个乡镇的交界处，一个离周边集市都很折中的位置，走到每处都是十五公里甚至更远。

赶小坝乡场得逢有四、九的号数，一个月可以赶上六场。要是赶在大年三十当天赶集，大人们也会带上“助手”，沿着泥泞不堪的羊肠小道，云里雾里，山环水绕，不辞辛劳去弥补置办年货过程中的疏漏。在那交通基本靠走、通讯基本靠吼的年代，一个来回非得满满当当的一天。

那年小坝集市的最后一次开场，软磨硬泡之下，母亲答应带上我。我们抱着家里的两只大母鸡，准备去场上换成钱，然后再置换一些干海带、苕粉、虾皮和花生米之类的。

其实我非常明白去赶远场的难处，那些匆匆前去的人，遇上不好的天气，无一不是稀泥搅拌到背心，沿路，他们那发梢上凝结而成的水珠抑或小冰柱，在体温的作用下升腾着袅袅热气，然后飘进浩渺的大气层，无影，也无踪。

我的心思并不在赶场的热闹上，听说，此行要经过传说中已经生长了一千多年的古银杏，为了一睹其风姿，我的心是坚定的。这似乎会阿Q般地为我增加不少傲气，而成为平日里在放牛山上打开嗓门添油加醋向同伴炫耀的谈资呢！

也或许是那片叶子对我的诱惑实在是太深了，它那空中妖娆飘摇的姿态，我想象不出还有谁能够把舞姿婀娜到如此痴狂，继而让人心生神往。

那时，我并没有找到“兴尽晚回舟”的感觉，因为遗憾的是，千年古银杏并不是长在我想象中的王家坝的路边，而是在另一条上山小道的末端，落尽枯叶的银杏树巍巍而立，虽然是远眺，它仍有一股不凡的气质，王者一样凝视着周遭。

围着古树的十余户人家，倒还紧凑，貌似熏制腊肉的炊烟，柔软地沿着山坡荡开去，似乎还有几分“仙”味。

实际上，这个寨子倒像一个飘向高空的风筝，“风筝线”，也曾牵动着几多外出游子的心，同时也“勾引”着远方少年好奇的心。

忘乎所以地过了年，盼着盼着，随着五岳朝天大山的最后一片冰雪消融，化为淙淙溪水浸润到沉睡了一整个冬天的大地，不多时日以后，春雷滚过，虫豸们也渐渐地从春天的芳土中探出头来，王家坝有，公鸡山有，天生桥有，瓦岗寨也有，它们像是要参加一场关于春天的巨大盛会。

枷担原本是耕牛犁地时套在其肩头用力的工具，春耕时节，乡民们都把劳作形容为“枷担上背”，以此形容自己的辛苦。我倒是觉得用“枷担上背”来形容乡民一年一度轮回的苦楚，和“面朝黄土背朝天”有近似的深刻。

不过，那片土地充满着燃烧的信念，所有的花朵吐蕊，都像极了热烈的、跃动的火焰，看得我两眼姹紫嫣红。它们中，仿佛没有哪一朵能憋得住等到来年开春再绽放，整个山乡都迫不及待地爆发了。坡头上古银杏的嫩叶，也就一并爆发。

春季学期开始，我们也“枷担上背”，又读书又忙着帮家里干农活，是我们的生活必不可少的部分。春耕虽忙，但老师也没食言，开学不久，他带领我们亲眼目睹古银杏的愿望，在一个朗朗晴天达成。

在坡头上，也就是今天人们常说起的金海湖新区小坝镇莺戈岩，我们终于把古银杏树一睹为快。

据说，古银杏树树龄长达一千七百余年，我倒是没有确凿的证据来证明它究竟有多古老，只是回来之后我们的游记都不约而同地用了“巨大”“庞大”等词来形容它。

走近古银杏一看，但见该树独树成林，虬枝招展，错节盘根，倒垂的树枝上还有长短不一、形状各异的树乳，有如妇乳的，有若悬钟的……古银杏如莲似伞的树冠直插云间，覆盖面积甚广，而树干则要数人才能合抱，好不壮观。主树干旁，数根深入到地下的树枝经过无性繁殖，也长成高达二十余米的参天大树，儿孙般侍奉着这位“千年老人”。

出生在坡头上的抗美援朝老战士、年近九十的史开武老人说，从他记事时，这棵古银杏树就已这么粗壮的，春去秋来，年复一年，古银杏陪伴了当地一代又一代人。每年秋冬交替的季节，单是掉在地上的银杏树叶就有近千斤，金灿灿的叶片，吸引了很多旅游爱好者前来观光赏景。

“生长在这棵古银杏下，是我们的福气。”仙风道骨的史开武老人，捋着雪白的胡须向来者娓娓述说。

多年来，当地人与古银杏树之间产生了一种别样的感情，村民们每每讲起与古树有关的故事，总会显露出对大自然的热爱以及对古树的敬畏。而古树如今的枝繁叶茂，当然更离不开当地村民的呵护。难怪古银杏周边的村民一直把古银杏树奉为“神树”，经常都会到树下许愿、祈祷、祭祀，祈求逢凶化吉、百事安泰。

两年前我再次前往莺戈岩，虽时值初冬，好在有骄阳普照，金黄的银杏叶铺满一地，像是一个巨大的毯子，“毯子”上活跃着几只并不怕人的家禽，环绕着长髯的老翁和蓬头的稚子，相互间显得异常亲密融洽。

香客们敬奉的香蜡纸烛，恰到好处地归并于古银杏一旁的石槽里慢慢焚化，我倒觉得这场景倒像是在哪里见过的一幅画，但想不起来也就作罢。

乡民们说，当地对古银杏的保护，近些年还得到了政府部门的支持，他们划定了保护古树区域的绿化面积，还修了一条上山的观景公路，并找专人看护。善哉善哉！

待要离开时，悄然回首，在初冬难得的骄阳照耀下，巨大的古银杏树更显风姿绰约，静若处子般的姿态，让此番美景更沁人心脾、令人生敬。

除了这棵古树，我打访到，莺戈岩村还有两棵百年以上的古树，当地人认为，在乡村旅游日趋兴盛的今天，在这上面做点独特的“文章”，兴许甚好！

时间的概念在我的脑海里有两种前进方式，一种是直行，一种是蜿蜒前行，在直行和蜿蜒前行并举的路上，有很多东西我们自己无法选择逃避，有一些东西我们自己却一直主宰着。

我的人生轨迹上，很多道路是蜿蜒前行的。

那就倒回去赘言几句吧，初中毕业那年，我原本是可以上最后一年能够端所谓“铁饭碗”的师范的，可是多重因素迫使我“卷土重来”。小范围内的人都说，紧挨着古银杏树的那所小学，教学质量很不错，每年都有几个考取市里的重点中学什么的，半信半疑中，我懵懵懂懂地在这里报上“卷土重来”的名了。

那是一个残忍的学期，从家里走到学校，单程少说十五里，十五里并不远，但是泥泞不堪的羊肠小道走起来，就非常地远了。

那一年的天气糟糕得让人无比郁闷，在我的记忆里，就没有几个像样的晴天，“天无三日晴”被演绎得淋漓尽致，深入骨髓——我一般是早上六点出发，中午没有午餐，晚上七点归家，一天一个来回共十五公里，风霜雪雨，加上补课时间，我咬牙坚持了五个月。

这五个月里，我的时间基本上是被浸泡在学习和起早贪黑走路上了，关于那棵曾经觉得无比神秘的古银杏，虽然它离我上学的地方近在咫尺，但我却一次也没去过。

当初，我所在班上的同学，有好几位已经开始接触《人民文学》《诗刊》《散文诗》一类的纯文学刊物，他们大多是用古银杏的叶子做书签的，有的还用蝴蝶标本，见多了，就不足为奇了，但是我盼望着把这些书借到手的心，别提有多急迫了，殊不知，他们也是向在城里读书的高年级学生借来的。

相比现在有书却没有多少时间读的悲哀和彼时“啃”上半页也可回味三天的劲头，我自愧已经堕落得太深了。

“除了坡头上的古银杏，王家坝的包谷草我都敢烧，难不成我还怕了你？！”这句话是我在王家坝的一位同学的“名言”，他家就住在古银杏旁，这是他在毕节城上高中那会儿，自己的尊严受到社会混混严峻挑衅的时候，飚出来的一句并没把对方威胁成功的“狠话”。

时过多年，这古银杏下衍生出来的这个小故事，倒还能让人微微一笑的。

近年来，我所知道金海湖片区的银杏树倒还是不少的，随着城市化的发展，金海湖新区作为未来毕节的“中心地段”，无论是从莺戈岩坡头上还是窝中屯，无论是教育园区抑或工业园区，一条条大道旁，成排的银杏树像是一个个忠诚的卫士，寒来暑往，日复一日，静静地守望着新区日新月异地发生变化。

在窝中屯，另一棵巨大的古银杏，也是被当地人精心呵护着，每年春天，一批白鹭如约飞来，在树上筑起了十数个巢，鹭鸟们一夫一妻，相亲相爱，要不了多久，便创造出一堆雪白中有几分鹅黄的小精灵，它们时而啁啾，时而盘旋，时而亲昵，时而炫舞，十分自在。

说到白鹭，秋天里，金海湖公园周边的数量居多，据有一次摄影圈的朋友们晒出来的视频估算，少说也有两千只。金海湖水碧波荡漾，透明如少女清澈的眼睛，湖畔的密林上，“白压压”的一片鹭鸟举办着盛大的舞会。

而湖畔的大花园里，千奇百怪的花朵竞相吐艳，不远处，东一堆西一堆的银杏落叶，又是一番让人眼花缭乱的景象，难怪好几个挥舞着画笔的写生人说，在湖畔一坐就可以是一整天。

我是一个不善于画画的人，我喜欢一种比画画更为直接的方式——摄影，画山水画花鸟画银杏的人，瞬间就能成为我的镜中之物。

只是我带着妻儿来时偏晌午一些，白鹭并不多，估计它们和我

一样，也带着妻儿到另一个同样漂亮的地方去玩耍去了。

儿子尚小，而钟情于钓鱼，湖岸我是不让他窜过去的，他找到一根“鱼竿”，在金海湖公园宽阔的草坪里开始专心地“垂钓”，起初说是钓鱼，再后来他干脆说他是在钓秋天，那一片片飘落的银杏叶，瞬间成了他的最爱。

他知道秋天是什么吗？或许并不明了，但我看他是爱这景象的。这景象妻也爱，阳光斜照着，她盘腿坐在一棵银杏树影子的“枝丫”上，双手合十，开玩笑说是为儿子“缘木求鱼”。

我又举起相机。

快门按下的同时，侧逆光巧妙地勾勒了儿子和她母亲的轮廓，背景简洁素净，他们此刻的幸福，就像是一枚高色温的银杏叶的色彩，金灿灿的，这让我也心生温暖

多年后，儿子对这里的记忆会是什么呢？当然，他不可能和我再经历一样的事情。

钓起银杏叶，儿子嚷嚷着说钓到秋天了，这又难免让我想起我年少时和古银杏的那些底片一样的往事来。

过去的也就过去了，未来的还在延续。过去的斑驳旷渺，一切都将被时间所淹没；未来的辉煌灿烂，一切都将被阳光所照耀。

给人深刻记忆的欣欣向荣的莺戈岩古银杏，作为一个象征，也就让一切都跟着欣欣向荣起来。莽莽天下，烟村树影，也不再保持亘古的沉默。听，万物拔节的声音正在这片厚重的土地里倾巢出动。

王纯亮

上世纪八十年代中期生于贵州毕节，二零一零年毕业于西北民族大学新闻学专业，作品散见于《人民日报》《诗刊》《山花》《贵州日报》《芳草》《散文诗》《散文诗世界》《西部蒙古论坛》《高原》等报刊。爱好摄影、写作，现为新华社、中新社签约摄影师，贵州省作家协会会员，贵州省摄影家协会会员，供职于毕节日报社。

从金海湖归来

黎巽僎

落脚河曲曲逶迤，将黔西北腹地的一块方寸之地一分为二，两岸延绵灵动，就有了些山南水北的意蕴。

河的右岸，小坝、梨树、响水、竹园，再加上后来新辟出来的青龙街道，依次排列，规矩各态。河之左岸，星散开去的，是双山、是文阁、是岔河，以及由原归化等地改组而成的金海湖街道办事处。东西合围，山水相聚，组成了现在的新区，金海湖新区。

溯源金海湖新区的由来，得到二零一一年，那时的名字还叫双山新区，面积不大，所辖范围仅是毕节的梨树镇、岔河镇和大方的双山镇、响水民族乡和文阁乡。到了二零一五年，毕节市委、市政府将原双山新区与贵州毕节经济开发区进行整合发展，并正式更名为金海湖新区，才有如今这番规模，五百九十五平方公里，二十七万人口。

语言上的分野，让我们能快速地区分生活不同地域的人。

金海湖新区还未成立时，原属毕节和大方的几个乡镇，虽是一衣带水，邻里相顾，语言上却各自操持着毕节话和大方话，绝无混杂，完全泾渭分明。较于毕节话或是毕节其他县份的语言，大方话发音声部更浅，气声更重。比如“一”，他们直接用舌尖顶住前齿，从齿缝中擦出声儿来，发成了气音变调的“日”。这样的音变，大方话中比比皆是，说者自然流露，听者却觉余味无穷。

所谓言之无文，行而不远。一个地域语言的流变，多无书籍典册记载，只于潜移默化中，经由本地人讲本地事，就慢慢改变了。现在，原分属两地的人，同辖于一区，不仅在语言上，生活上的其他诸多方面，也都将会有很多同质。我想，若能作一门学问来研究，定是一件极为有趣的事情。

旧时要去贵阳，或是通达更远的地方，金海湖是必经之地。一次次过界行走，早已谙识了金海湖下辖范围内的地名，甚至还熟络其中某些地点的特征，每每与旁人讲起，还有点如数家珍的意思。然而，虽往复经年，用固有的经验，实难描述每一次行程所眼见的地形和样貌。犹记得在中巴车的颠簸中，四野苍茫，抬眼望去，地势起伏之间，一条泥巴路时高时低，蛇形山间，偶然低洼而至，或是深嵌裂谷一段，猿猱愁度似的，唯飞桥相连，绝无他路。少有的平坦处，庄稼、树木，袒露的石头便一起生长，齐齐指向天穹；一旁的房屋，散漫无际，寂寂无言，完全无意聚成村落。这些，时不时地，都组成了一次次记忆的游丝，宛然眼前。

多年发展经营，金海湖早已不是旧时模样。

先是交通，“厦蓉”“杭瑞”等多条高速前后贯通，并在其境内设置出入甬道，昔日的荒岭野坡，已然阡陌内外，纵横交错，南北东西，你来我往。随后，大约是二零一五年，飞雄机场悄然竣工，开了毕节人飞机出行的先河。再有，就是铁路、内陆港物流园区的规划并破土建设，作为毕节交通枢纽，慢慢地，金海湖的地位就更加凸显。

两年前春节，借着做新闻记者的机会，和数位同行去刚刚开通不久的飞雄机场采访。犹记得那天的鹅毛大雪被寒风裹挟着，迎面向我们扑过来，四下里早已白茫茫一片，什么也看不清。我们知道，这样的天气，飞机起落的难度极大，甚至都有取消航班的可能。如此这般，一边是我们等待航班到来的焦急心情，一边是机场工作人员忙着铲雪、扫雪，疏通跑道的身影。还好，算是皇天不负有心人，航班准点抵达，没有辜负大家的努力和期待。当飞机缓缓靠在停机坪上，一个个归乡人走出机舱的时候，作为一个西部边缘地带的人，那时我能真切地感受到，更加现代的交通带给我们的便捷，不仅是在空间距离上，更多是心灵上的无限接近。而融通他想，我亦一下子明白了太多如我一般的毕节人，那种急切的、翘首多年终实现夙愿的心情。

这些年，四处采访，走过了许多地方，接触了太多匍匐底层的人，我算是理解了一点点底层人们生存的不易，同时也明白，一个亟待发展的地区，交通和教育，当是首要发展的工程之一。

“天下不可一日而无政教”，也许说的，正是这个道理。

那么，位于金海湖新区的毕节“职教城”的规划建设，对周边整个地域甚至是多个县区的发展，无疑是大有裨益的。

老辈一点的本地人都知晓，“职教城”中的毕节职业技术学院、毕节医学高等专科学校、毕节工业学校、毕节信息工程学校等还在老毕节城区时，是培养了大量人才的。如今活跃在政界和教育界的许多人，掐指可算，大多从这些学校出来。只是时移事迁，现在的发展趋势，需要更多专业尖端人才。所以，这样大体量模式的集中办学，更能吸纳和网络人才及资源。

数月前的一个黄昏，我目睹了这座崭新区域的风貌。那时，把车随意停下，与老师信步行走在金海湖的街道上。街道宽而直，人迹罕至，新落成的学校一座座，接踵而来。抬眼望去，夕阳斜斜映照下来，与我共同抵达了这片全新的地域，城市、树木、山峦、河流，以及能目击到的所有物什，便显出一片嫣嫣的金黄，迷离中有着神秘。经验是这样的，由于无知和不自信，太多的城市营建者习惯了林林总总的模仿，习惯了鳞次栉比的自豪，所以那一瞬间，对于这座俯身群山之上和众河之间的新区，我于内心中是企望它能俨然自持，保持着自己独有样子的。

只是，心里还是恹恹的，有点说不清道不明的话语。

其后，我们瞥见了一个叫作夜郎西的地方，名字至是有趣。走进去，偌大的区域，错落分布着黔西北土地上诸多少数民族特有民俗的东西，一步步挪移和接近，便是一寸寸地回溯和感知，心一下就释然了。昔日李太白在《闻王昌龄左迁龙标遥有此寄》中写道："我寄愁心与明月，随风直到夜郎西"。要是如今，听到好友王昌龄到夜郎以西来旅游，只怕大诗人不仅不会忧愁，反而是更想随君仗剑走上一遭。

除了首屈一指的新，亦不乏丰富沉厚的旧。在金海湖，历史底蕴和人情风物，随便都能侧耳听到，抬眼望见。

只单说它的名字，就有着一番来历。

金海湖原来的名字，叫瓦厂塘。

相传，明朝时彝族首领奢香夫人为建贵州宣慰府，命匠人在此掘泥以造砖瓦，宫殿建成，泥巴挖尽，地面凹进，风来雨往，汪成了一湾水塘，遂被世人称为瓦厂塘。

当地老一辈的人说，塘中央原曾有一片小洲，树长草漫，四季如茵，渐成一景。令人称奇的是，无论干旱还是雨水，这小洲总在人们的视线里，时刻保持它原有的形貌，不会因为涨水被淹没，也不会因为干旱而突出。只是时间迁移，不知何年何月，小洲竟不翼而飞，翩然天外，云游海阔了。

昔日的瓦厂塘，现在已叫作金海湖。

常常，湖水清澈明净，阳光照在湖面，金光灿灿地耀眼。金海湖新区成立，当地依托湖水及周边的自然风光、山水脉络，依山就势，以“大山为景，小山为园；大湖为心，小水为带；峡谷为络，绿廊成网”，建成了规划占地面积四千余亩的金海湖湿地公园。

初冬时节，与同作家前辈，再次走进了金海湖，于我而言，算是故地重游。一路到了金海湖湿地公园，汽车径直进到公园入口。下车来，眼前景致，已截然不同数月前。

几个工人，数辆大车，正安静地工作着，显得有条不紊，知是工期已近尾声。入口区，火焰状的图案平展开去，成了地面广场上的纹饰，带着强烈的民族气息，熊熊燃烧在胸中。只是，平生太过孤陋寡闻，不能尽说它确切可靠的来历，仿佛道听途说是来自本地多个民族的文化的融合，只悄悄隐在心中，不敢与他人道。一路走去，先前在设计图纸上看到的同心纪念墙、民族浮雕墙、民族广场、民族剪影墙、党派名人雕像、党派纪念石等景观，便一一展现在眼前，传说中的龙神、鹰神、羊神、虎神、太阳神、竹神纹样，作为文化元素，亦嵌入石柱，矗立在民族广场两旁，庄严更显神秘，直直指向穹宇。只是随手触摸到的栏杆石块，也都是本地风物的浮雕，滚山珠、撮泰吉等，很快就活灵活现在了眼前，像极了黔西北文化栏目的集体呈现。

再走近些，枝枝蔓蔓的路分叉开去，回环相交，丝带般参差在新植不久的树木和花草之间。细看，花草、树木的品类多样，许多能说上名字，更多是不能识，颜色各异，栽植以及设计的形状又绰约而有新意，迎风生长在怪石、小山、亭台之间。循着一条鹅卵石小道，慢慢地行，迟迟地走，过得一座拱桥，到对岸去，一片亩许的紫色细花陡然映入眼帘，仿若暮春的景象。回头再看，路、树、花以及山石亭台，与那回环往复的路网，齐齐把一抔碧蓝的湖水团团围住，流水再稳稳地入拱桥，轻轻地漫浅溪。就在那样的时候，停驻其间，能感知到眼前的金海湖景活络了，灵动了，并不斧于人工，而是自然在黔西北的山水之间，由此有了原生之魅。

仿佛是对古老的敬意，金海湖的建设并没有肆意破坏山河的原始状态而毫无节制地叠加，相反呵护着一山一地的突起与平缓，顺从了一点一滴的水流和它日夜向东的尊严。小心翼翼，聚山成城，

顺河建区，不疏不狎，毗邻而居。

作为城市峡谷，二十六公里长的双山大峡谷，不在野外，却把金海湖的地域硬生生分成了两段，在全世界，也是独一无二。

路盘桓在山间，十八道湾似的向下。道旁一棵棵行道树，冒出了野棘乱荆，在初冬的微寒里吐纳着冷气。尽管有些困倦，一车的人，左摇右晃中，还是绝难睡去的。有的人兴奋地举起手机，对着车外的景拍照。稍作停歇，还是一拐弯，车上了去往峡谷的路。并不长，却更加逼仄，像在半山上担了一块五米来长的水泥板，只能斜斜地供一辆车向上爬行。

车停下了，还没有到峡谷。得步行过一条百十来米长的隧道，是有些年月了的，开凿时还没有现在这样先进的机械。只是凭着人工，一錾一锤地砸。徒手摸上去，遥远时代叮叮当当的脆响，便冲破了时间的烟尘，顺着膈人的石纹，传到耳边来。心里有丝丝的疼，是对过往岁月的疼。

尔后，双山大峡谷，就到了。

仿若一块巨石砸到眼前来，你看着它，活活被造物者从中劈开，留给水一条裂缝的位置。

不是石头，便是水。

坚硬和柔软，交融了。力与美，交融了。

再仔细端详，猛然惊诧到，这石头上，竟也长着树。一株株歪歪扭扭，长在石缝中，长在被风吹来的些微泥巴上。有的，甚至奋力抓住凸起的石壁，裸露出枝枝虬根，像极了人类使劲时绽开的青筋。冷风吹过来，悬崖上的树便沙沙地响，回荡在峡谷内。感觉到了冷意，才一下意识到自己正站在一个电站的大坝上。眼前的水，碧森森地有些蓝，同样在寒风的吹动下，现出粼粼波纹，拍打着两岸的石壁，是天然呼应，更是一种注定了的回响。

已等不及了，心总被什么无形的东西吸引着。

一条质地简单的皮划艇，把我带进了双山大峡谷。

我曾目睹过黔西乌江百里画廊的秀美，亦曾饱览过沿河乌江山峡的壮丽。虽同属乌江流域，同样是水过峡谷，双山大峡谷少了一分媚态，多了九分力道。

船低低地行着，寒极了的冬水漫过船沿，浸湿了裤腿，浸湿了荡漾中使劲抓住船边绳头的双手，浸湿了水雾里迷蒙的双眼。走近，再走近些，方才看清，两岸的绝壁，逼人眼目地延绵，一直压迫着神经向前。需要抬头，需要仰望也需要对视，才能读懂两岸石崖上垂直于水面的条条纹路，裂痕摄人心魄。何况，还有那些死去的树，依然盘根错节，死死攀附在石头上，风吹不折，雨打不腰。生与死，在这一刻都是一样的，岁月流逝中，什么都在向前。尝试着把眼界放开些，又能望见，两岸的石崖，是彩色的，赭红、棕黄、青绿、淡蓝等色块，不成规矩地从石头内里渗出来，再加上时而深陷的石洞，间或突出的石柱，构成了一幅极富抽象意味的图景，蜿蜒在大地上。

大自然的造化神秀，当然抽象得意味深长。

倘若还有一次相对的推动，我想峡谷两岸的石壁一定还能再次合拢。力与力再次交汇，如同动物的撕咬一般，疼痛得严丝合缝。那么回过头来，当初，要把它们分开，到底使了多大的力，历经多少痛，这已超出了我想象的范围。

黔西北，是被石头定义的高原，比比皆是深谷高山，是石漠化和风化。自然环境极其恶劣，然而，人们还是生存了下来，硬是在山间建起了城市和村庄，硬是在石头上长出了植物。所以那时候，在双山大峡谷，我的心是卑微的，虔诚如同一次长远的伏地跪拜。

那天，我们还去到了海马宫的茶园。

更加浓烈的雾气里，汽车也是在山路上曲曲环环地绕。只是，全无了在大峡谷体会到的那般力道十足。

车停下来，一个古老的村落，静谧在群山之间。彝语“合莫谷”，汉语谐为“海马宫”，清雅得如同江南生长的地方。

海马宫有好茶，贡茶。据说奢香夫人以之上贡明太祖朱元璋，太祖品之甚喜，大加赞赏。《中国茶经》记载海马宫茶：“一饮生津破闷，再饮情思朗爽，三饮得道通灵，使君融入和、静、清、园之境地。”

呷一口茶，闭上眼睛，时间慢慢停在那里。这是黔西北高原上的静极，亦是人内心的静极。

漫步茶园，雨雾轻轻落下来，黏在周身，伸出手去，又湿在了掌心，抬头望，它们却远远地贴在半山。村子，更静了，身前身后的屋瓦，时隐时现，让人看得见，亦看不见。

黎巽僎

贵州毕节人，一九八七年生，贵州省作家协会会员。现供职于贵州省毕节市七星关区委宣传部。

后记：我们一起见证

彭澎

组织“知名作家走进金海湖”文学采风活动，有些偶然。那天去金海湖新区找玉祥说点事情，几句话的活路。末了，随意说些闲话，也就说到文学。

就时间言，金海湖新区还真是新，对外宣传方式上，也多以新闻报道为主，或纸质或视频或网络，唯独少了文学样式。便建议换一下。因为用文学的表达，比其他形式留存时间长久，更有生命力，更有影响力，会更为形象，效果要好。毕竟在这片大地上，大家都有着深厚的文化情结，一辈子长存心底的情结，绕不开。一个念想涌上，说要不找一群人来写，阵容大，层面广，到时再出上一本书，正好赶上毕节试验区三十周年，作为献礼，当是一个上好的策划。都觉得好。于是找来昌新，就采风路线，接待安排，经费落实，这样那样，现场办公，做了一个商量。说定一旦前端准备就绪，我这边就开始约请作家老师们。

约请的作家老师，初定是三十到四十人。想法是这样的，来的老师所写文章，如果每人四五千字，十五六万字的体量，附上相关图片，做一本书，不厚不薄，正好合适。之前有过类似经历，往往，你约三十个人，得准备四十个人选，因为其间，会有这样那样的变化，临到近前，也时有变故。人多，倒也好说，闹热。人太少，欠了氛围，达不到设想效果。原本有些老师，也是答应好的，最后还是原因种种，无法成行。不事先做好安置，无奈总是会有，予人措手不及。时间掐算过来，也实在紧，常规下的图书出版周期，当是三个月，这中间还得并无半点耽搁才是。幸好预案在前，要不还真是被说上了，临时，真是有好几个老师不能到来，也是无奈之事，由不得自己，不能怪他们。

冠以知名作家之称，得有几个重量级的老师才是。这点上，在约请老师时，就考虑在里面。这些年行走在文学之中，其间事务，算得略知一二。有些作家是专事写作的，有的作家则是用来走场子的。名声大，文字也好的，当然也认识几个，只是你约他来，说出来，知道谁谁谁也来了，起的作用只能是这个。真要请他写上一行两行的文字，实在难上加难。也有些作家，形式大于内容，名声大，这也著名，那也著名，文字却不忍卒读。这样的名家，显然于我们这次活动人选，当不在此列。如此看来，约人，并非易事。

好在，到了时间点上，发模老师来了，天敏老师、小溪老师、明德老师，连同正万兄、献平兄也来了，哈森、宝贵敏也来了，我鲁迅文学院的好几个同学也来了，包括周边的昭通、泸州、六盘水、贵阳的朋友们，连同毕节本地的，也都到齐。《解放军文艺》文清丽、人民日报社周舒艺因为单位急事，不能随大部队前来，会期的尾上，随后也赶了过来。阵容是好的，组构也是好的，至少，这波人的文字结集出来，横向纵向比去，一点不差。

采风所到之处，因为事先安排妥当，预案也做得细致，接待环环相扣，不留死角，走过路过，也都深得赞许。既有自然风物，也有人文景观、民族风情。这些，于外埠的朋友，算是洞开新的天地，兴致奇好。诚然，双山大峡谷的奇峻雄强，海马宫的轻灵柔美，酒意中的苗歌彝舞，每个节点上，都有着自我特色，无论在场，还是过后的说道，总还有人不住想起当时的美好。虽则是雨水天气，路道泥泞，远山迷蒙，却也幻化出别样的风情，玩出了别样的情趣，让人流连与眷恋，说起，多少有些意犹未尽。

《诗经》有言：崧高维岳，骏极于天。说的是人站得越高，孤独离你越近。文学诚然也是如此，在文学界域里，站位越高，你就更能体量高处之寒。有些选择，你是可以选择的，有些，你却是不能选择的，那就顺其自然，心随自我。

给大家预留的写作时间是一个月，五千字的文字，这时间倒也可以，宽余说不上，但至少不逼仄。我知道作家们大多率性随意，时间宽松，做事从容，文字也会从容，不致让人狼狈。到了时间点上，稿子一一寄来。大家写得认真，笔横意纵，文字美好，意味浓郁，皆可称佳构。事先并没有规定分别，体察物事，笔底便也别有风致，呈现种种繁茂风华。埠外的作家们，写的多为现场观感，眼里风物；境内作家则重文史，述旧闻。多重角度观照金海湖，多维空间勾勒金海湖。说来，这是目前首本以文学的形式，图解金海湖的书籍，当是外界了解金海湖、研究金海湖的一个最好蓝本。说来，于文学生态渐事式微的西黔，这样的做法，无疑是一束灿然的星火，微澜的水面划拨出一圈大美涟漪，就作者阵容与文章质量，也当是开了书写西黔先河的大书，如今尚无教化可鉴。

尊老于我们，素有传统，故而文字的编排上，我们一改旧法，以作者年岁的长幼排序，这样做来，感觉这些文章组融在一起，便有了家人一般的暖和，并无你我的差异。文字长长短短，意蕴清淡杂然，酒味浓烈，茶香幽婉，闲情遣志，既呈百千景致。体认之功，修正之法，读之诵之，雅适之至，清远之至。

絮叨数言，只为述事，交代其间的来龙与去脉。让人知晓，在这样的时代做文学，还能做得如此有板有眼，有心有肠，中间得要多少坚守，得有多少担当？

二零一八年三月

图书在版编目（CIP）数据

湖光金海 / 李昌新主编 . -- 北京：民族出版社，2018.5
ISBN 978-7-105-15372-5

Ⅰ. ①湖… Ⅱ. ①李… Ⅲ. ①散文集—中国—当代
Ⅳ. ① I267

中国版本图书馆 CIP 数据核字 (2018) 第 101133 号

湖光金海

责任编辑：宝贵敏
插图提供：王纯亮
书籍设计：吾　要
出版发行：民族出版社
地　　址：北京市和平里北街 14 号
邮　　编：100013
电　　话：010—64228001（编辑室）
　　　　　010—64224782（发行部）
网　　址：http://www.mzpub.com
印　　刷：河北鑫兆源印刷有限公司
经　　销：各地新华书店
版　　次：2018 年 5 月第 1 版　2018 年 5 月北京第 1 次印刷
开　　本：787×1092 毫米　1/16
字　　数：280 千字
印　　张：17.5
定　　价：39.00 元
书　　号：ISBN 978-7-105-15372-5/I · 2928（汉 2822）